JN277440

子規とその時代

復本一郎
Fukumoto Ichiro

三省堂

子規とその時代

はじめに

俳句は作るけれども、私は俳人ではない。三省堂の『新明解国語辞典』は「俳人」を「俳句を作ることをライフワークとする人」と端的に説明している。私の俳句作りは、すこぶる気紛れである。一方、ごくごくたまに評論めいたものを書くこともあるが、無論、評論家などと思ったことは一度もない。私は、あくまでも一研究者であるに過ぎない。一研究者として芭蕉や鬼貫《おにつら》を中心に江戸時代の俳論の研究を長いこと続けてきた。

そして子規と出会った。子規研究にかかわってすでに十数年が経過している。ごく最近では、平成二十四年(二〇一二)三月、松山市立子規記念博物館刊行の『「なじみ集」翻刻版』の編集作業に参画し得る幸運にも恵まれた。「俳句分類」と双璧をなす子規畢生《ひっせい》の、文字通り心血を注いだ大事業の翻刻作業である。苦闘しつつも、この翻刻作業を通して子規と対話し得る喜びに存分にひたることができた。これぞ研究者冥利《みょうり》に尽きる仕事であった。

研究者は能弁であってはいけない、というのが私の持論である。私は、私流の勝手な子規への思いを語ってはいけないのだ、と常に自戒している。私の子規論は、俳人の子規論や、評論家の子規論や、小説家の子規論と同じであってはいけないと思っている。可能な限り子規自身に、あるいは子規周辺の人々に子規を語ってもらうべきだと思っている。従来の子規論に眼を通していると、子規が論者に都合のよいように歪められているように思われるところが少なくない。例えば、高浜虚子著『朝の庭』

(改造社、大正十三年)の中に収められている「病床の子規居士」なる文章の冒頭を見てみよう。
子規居士の家庭は淋しかつた。病床に居士を見舞ふた時の感じをいふと、暗く鬱陶《うつとう》しかつた。先づ表戸を開けるとリリリンと鈴がなつて、狭い玄関の障子が寒く締まつて居るのが目にとまる。

子規の母堂八重をして「升《のぼ》は清さんが一番好きであつた」(『子規居士と余』)と言わしめた、その虚子が綴る子規の家庭の雰囲気である。こんな現実から目を背けて、子規をやたらに美化することは、私にはできない。資料に密着したかたちで、どこまで子規の魅力を語り得るか。そんな方向で子規論を書き続けてきたし、今後も書き続けていくことになろう。その際、私が心掛けてきたことは、新資料をも含めて、各種資料を、いかにわかりやすく読み解くかということであった。国文学者流の難解さは、なんとしても避けたいと思ってきた。私の意図するところが本書で実現し得ているかどうかは、読者の皆さんの判断に委ねるばかりである。

本書は、三省堂出版部の松本裕喜さんとの二人三脚で誕生することとなった。『子規とその時代』なる書名を考えてくださったのも松本さんである。子規とともに子規の時代を逍遥した感のある諸論であるので、少々面映《おもはゆ》い思いはするものの、大いに満足している。松本さんも私も、そして子規も、伊予の生まれである。伊予の男二人によって子規を顕彰し得る至福を、私はしみじみと味わっている。
収めるところの論考十九篇、長短あるが、すべて私と子規との真剣な対話から生まれたものであり、子規の言葉を一語も聞き洩らすまいと努めたつもりである。いくつかの新資料、あるいは見落されていた資料を紹介し得たことも研究者冥利に尽きるものであった。忌憚《きたん》のないご批評をお願いしたい。

本文について

一．漢字表記は、原則として常用漢字表・表外漢字字体表に準じた。

二．難読語には現代仮名遣いで適宜振り仮名をふった。

三．新聞『日本』については、子規グループの通称『日本新聞』を適宜用いた。

掲出句について

一．同じ作者の掲出句が並ぶ場合、作者名（俳号）は初めの句にのみ示した。

二．俳句・短歌などの難読語には歴史的仮名遣いで適宜振り仮名をふった。

装幀・間村俊一

表紙・子規「仰臥漫録」より朝顔、夕顔・干瓢
財団法人虚子記念文学館蔵
子規「菓物帖」より蜜柑、天津桃
国立国会図書館蔵

本文・子規書簡（『文学』第11巻第1号より）

第一章　私註『病牀六尺』

一『一年有半』

正岡子規の随筆『病牀六尺』は、明治三十五年（一九〇二）五月五日より九月十七日まで、百二十七回にわたって『日本新聞』に連載されたものである。高浜虚子の俳話集『俳諧馬の糞』（俳書堂、明治三十九年）の中に、虚子の「俳諧日記」なるものが収められているが、それを見ると『病牀六尺』が、折々、虚子によって「筆記」（口述筆記）されていたことが窺《うかが》われる。周知のあの第一回目の書出し、

病牀六尺、これが我世界である。しかも此《この》六尺の病牀が余には広過ぎるのである。僅《わずか》に手を延ばして畳に触れる事はあるが、布団の外へ迄《まで》足を延ばして体をくつろぐ事も出来ない。甚だしい時は極端の苦痛に苦しめられて五分《ごぶ》も一寸も体の動けない事がある。

も、虚子によって「筆記」されたものだったのである。虚子が、この第一回目を筆記したのは、明治三十五年五月三日のこと。掲載日の二日前である。他の場合も、ほぼ二日前。子規自ら筆を執って記す場合にも、二日前に原稿を書いて日本新聞社へ渡す、というペースは、守られていたようである。それゆえ、九月十七日の『日本新聞』に発表された第百二十七回目の原稿は、九月十五日に

出来上っていた、ということになる。そして、これが、子規生前、最後の文章であった（辞世三句の執筆は、九月十八日のこと）。正岡子規、九月十九日没、享年、数え年三十六。

明治三十五年七月二十六日の『日本新聞』には『病牀六尺』の第七十五回目が掲載されているが、その中に、左の一節が見える。

兆民居士《こじ》が一年有半を著した所などは死生の問題に就てはあきらめがついて居《お》つたやうに見えるが、あきらめがついた上で夫《か》の天命を楽《たのし》んでといふやうな楽むといふ域には至らなかつたかと思ふ。(中略)居士をして二三年も病気の境涯にあらしめたならば今少しは楽しみの境涯にはひる事が出来たかも知らぬ。病気の境涯に処しては、病気を楽むといふことにならなければ生きて居ても何の面白味もない。

子規は、境涯が似ているということもあり、中江兆民、そしてその著作『一年有半』に大きな関心を示している。

中江兆民は、「革命思想の鼓吹者」（門人幸徳秋水の言）。弘化四年（一八四七）、土佐高知城下新町に生まれ、明治三十四年（一九〇一）十二月十三日、小石川武島町の自邸に没している。享年五十五。板垣退助の弔文朗読に始まる、宗教色を払拭した、その葬儀に会した者、五百余名という。秋水の号を兆民より譲られた幸徳秋水は、兆民の死後、『兆民先生』（博文館、明治三十五年）なる一書を編んで、兆民を偲んでいる。この書、兆民の人となりが髣髴《ほうふつ》として、すこぶる興味深い。例えば、同郷ということもあろう、坂本龍馬を崇拝していた兆民の左のごとき言葉を紹介している、といった具合である。慶応元年（一八六五）、長崎での出来事である。

予（筆者注・兆民）は当時少年なりしも、彼（龍馬）を見て何となくエラキ人なりと信ぜるが故に、平生人に屈せざるの予も、彼が純然たる土佐訛《なま》りの言語もて、『中江のニイさん煙草を買ふて来てオーせ、』などゝ命ぜらるれば、快然として使ひせしこと屢々《しばしば》なりき。彼の眼は細くして、其額《そのひたい》は梅毒の為め抜上《ぬけあ》がり居《い》たりき。

龍馬、兆民のいかにも人間臭い実像が浮び上ってくるではないか。秋水は、『兆民先生』の中で「革命の鼓吹者」である兆民の思想的姿勢を、

階級を忌《い》むこと蛇蝎《だかつ》の如く、貴族を悪《にく》むこと仇讐の如く、誓つて之《これ》を刈除《がいじよ》して以て斯民《しみん》（人々）の権利を保全せんと期せるや論なし。

と伝えている。その兆民に、明治三十四年三月、癌腫（喉頭癌）が発見された。耳鼻咽喉専門医師堀内某は、兆民に、

一年半、善く養生すれば二年を保す可《べ》し。

と宣告する。その時の兆民の感懐は、

一年半、諸君は短促（短期間）なりと曰《い》はん、余は極て悠久なりと曰ふ。若《も》し短と曰はんと欲せ

ば、十年も短なり、五十年も短なり、百年も短なり。夫《そ》れ生時《せいじ》限り有りて死後限り無し。限り有るを以て限り無きに比す、短には非ざる也《なり》。始より無き也。若し為《な》す有りて且《か》つ楽むに於ては、一年半是《こ》れ優に利用するに足らずや。

というものであった(『一年有半』)。かくて随筆集『一年有半』の執筆ということになるのである。兆民は、執筆の楽しみを『一年有半』の中で、

余の目下の楽《たのしみ》は、新聞を読む事と、一年有半を記する事と、喫食《きつしよく》する事との三なり。

とまで言い切っているのである。『一年有半』が堺市の寓居で擱筆《かくひつ》されたのが、同年八月三日。八月四日、その稿は、西下した秋水に手渡される。兆民としては、当初、「我瞑目の後、汝宜《よろ》しく校訂して以て公にす可《べ》し」との希望を伝えたのであったが、秋水の「請《こ》ふ直《ただ》ちに之《これ》を刻するを許せ」との願いで、生前の刊行ということになったのである。

先に示した秋水の著作『兆民先生』の巻末部に『一年有半』第二十二版の広告が載っているが、そこには「初版以来既に印刷すること二十万部」との惹句が記されている。これは、大変な数である。例えば、明治三十三年十二月に出版の、子規が序文を書いている叙事文集『寒玉集』(ホトトギス発行所)。この『寒玉集』は、「一千部を印刷して、今尚《な》ほ残部あり」(明治三十六年十月十二日付『東京朝日新聞』)といった状況であった。そんな状況下での二十万部という発行部数である。桁違いに多くの読者を獲得したということである。その読者の一人に子規がいたのであった。

中江篤介《とくすけ》(兆民)著『一年有半』(博文館)は、明治三十四年九月二日に出版されている。全一冊、洋装菊判、全二百六十一頁。巻頭に兆民仏国留学中の小照(小さな写真)一葉、「門生幸徳秋水」の序(引《いん》)二頁、目次十二頁、「一年有半　『生前の遺稿』」本文百五十四頁、「一年有半付録」(論文二十八篇)九十二頁より成る。定価、金三十五銭(ちなみに、先に示した子規序の『寒玉集』も三十五銭)。

子規がはじめて兆民の『一年有半』に言及したのは、非公開の日記的随筆『仰臥漫録』においてである。明治三十四年十月十五日の条に左のごとく見える。この時、兆民は、まだ存命中。

兆民居士の一年有半といふ書物、世に出候よし、新聞の評にて材料も大方分り申候。居士は咽喉に穴一ツあき候由、吾等は腹背中臀《しり》ともいはず蜂の巣の如く穴あき申候。一年有半の期限も大概は似より候ことと存候。乍併《しかしながら》、居士はまだ美といふ事少しも分らず、それだけ吾等に劣り可申《もうすべく》候。理が分ればあきらめつき可申、美が分れば楽み出来可申候。杏《あんず》を買ふて来て細君と共に食ふは楽みに相違なけれども、どこかに一点の理がひそみ居《おり》候。

この記述によって、子規と兆民の接点と相違点が仄《ほの》見えてくる(あくまでも子規の側からのものであるが)。子規は、先に示した『病牀六尺』の明治三十五年七月二十六日の条で(この時、兆民はすでに没している)、

病気の境涯に処しては、病気を楽むといふことにならなければ生きて居《い》ても何の面白味もない。

と述べていた。ここに病子規の意地と矜恃《きょうじ》の二つながらを見て取ってよいであろう。兆民が『一年

有半』の中で「一年半てふ、死刑の宣告を受けて以来、余の日々楽とする所は何事ぞ」と述べているが、子規の側からの争点は、ここである。旦夕《たんせき》に迫った有限の時間をいかに「楽む」か、ということである。子規は、有限の時間(命)への「あきらめ」は、「理」によって獲得し得《う》るが、「楽み」は、「美」を解することによってのみ手中に収め得るというのである。

右の『仰臥漫録』中で子規のいう「杏を買ふて来て細君と共に食ふは楽み」とは、兆民の『一年有半』中の左の記述を指している。

余固《もと》より産を治するに拙にして、家に逋債《ほさい》(負債)有りて貯財無し。而して斯《この》重症に罹《かか》る。悲惨と云はゞ悲惨なり。此夕、余笑ふて妻に謂て曰く、卿《けい》(君)年已に四十余、余死したる後《のち》復《ま》た再嫁の望有るに非ず、余と倶《とも》に水に投じて直ちに無事の郷に赴かん乎《か》、何如《いかん》と。両人哄笑し、途中南瓜一顆《いっか》と杏果一籠を買ふて寓に帰る。時に夜正に九時。

兆民五十五歳、妻彌子(1)四十六歳。仲睦まじい二人の関係が髣髴とする描写である。が、子規は、この二人のささやかな「楽み」に対して、「楽みに相違なけれども、どこかに一点の理がひそみ居候」と評するのである。「杏を買ふて来て細君と共に食ふは楽み」に至るまでの、やや理屈っぽい記述に拘泥《こうでい》しての批評と見るべきなのであろうか。兆民夫妻の日常茶飯事の「楽み」の中に、子規言うところの「美」とのかかわりから生ずる「楽み」がないことは、言わずもがなである。が、このあたり、似たような境遇にある子規の「楽み」と、兆民の「楽み」との間に懸隔があったということなのかもしれない。二人の二十歳の年齢差も作用しているかと思われるところの「楽み」の質の違

いである。兆民は、日々の楽しみを、

余毎日吸入を行ひ薬を服し、若《も》しくは一年半を記し、其間時に庭に下り餌を池に投じ、以て楽《たのしみ》と為《な》す。

とも記している。このような「楽み」も、十分に肯定されてしかるべきと思われるが、三十五歳の病臥のままの子規には、できない相談であり、それゆえになおさら反発したくなる、ということであったのであろう。病臥の子規の見出した「楽み」とは。『病牀六尺』の明治三十五年八月六日掲載第八十六回目では、左のように記している。

此《この》ごろはモルヒネを飲んでから写生をやるのが何よりの楽みとなつて居る。けふは相変らずの雨天に頭がもや〳〵してたまらん。朝はモルヒネを飲んで蝦夷菊を写生した。一つの花は非常な失敗であつたが、次に画いた花は稍《やや》成功してうれしかつた。

「美が分れば楽み出来可申《もうすべく》」と語る、子規の見出した「楽み」である。「五分も一寸も体の動けない事がある」子規の、これはこれで見事な「楽み」と言ってよいであろう。

子規は、『仰臥漫録』の中で、もう一度『一年有半』に言及している。明治三十四年十月二十五日の条である。そこで、子規は、

「一年有半」ハ浅薄ナコトヲ書キ並ベタリ。死ニ瀕《ひん》シタル人ノ著ナレバトテ、新聞ニテホメチ

ギリシタメ忽《たちま》チ際物《きわもの》トシテ流行シ、六版七版ニ及ブ。

と一刀両断のもと斬って捨てている。精読した結果の、かかる酷評と思われる。子規が、かかる酷評をするに至った原因は、『一年有半』の記述そのものの中にあったと見てよい。兆民は、和歌、俳句に言及して、まず、

和歌僅々《きんきん》三十一字、是《こ》れ世界文章中小品の又小品也。万葉、古今既に在り。後人は唯《ただ》陳腐の文字を並列するのみ。是猶《これな》ほ七絶、唐以後観るに足らざるが如し。体制甚だ小にして、意を致し餔陳《ほちん》する(陳述する)に処無きが故也《なり》。即ち俳句、川柳も亦《また》同じ。

と述べている。子規が心血を注ぎ、命を賭して革新に努めてきた短歌、俳句が、詩型の小なるをもって一蹴されているのである。しかも、子規が一番嫌った評語「陳腐」をもってして。子規の存在そのものが全否定されたに等しい文言である。この記述を目にした時の子規の心中の怒りを忖度《そんたく》するならば、『一年有半』に対する子規の批評の言「浅薄ナコトヲ書キ並ベタリ」「際物」など、まだ抑えに抑えた表現だったと言ってよいであろう。子規の冷静さにかえってびっくりさせられるくらいである。さらに、兆民は、別の箇所で、

詩にもせよ、和歌、俳句にもせよ、古人の意を蹈襲《とうしゅう》(踏襲)して、纔《わずか》に字句の表を変じたる者は、一誦、人をして厭気《いやけ》を発せしむ。然れども和漢滔々《とうとう》大率《おおむね》是《こ》れ也《なり》。

と繰り返している。要するに、詩にせよ、和歌にせよ、俳句にせよ、「古人の意を蹈襲して、纔に字句の表を変じたる者」ばかりであり、「新奇」なく、「陳腐」充満しているというのである。

先にも述べたように、『仰臥漫録』は、あくまでも非公開の日記的随筆。ごく身近な人間を除いて、『一年有半』に対する子規の憤懣を知り得ないのである。そして、ついに、子規の堪忍袋の緒が切れたのであった。子規は、明治三十四年の十一月二十日、二十三日、三十日と、三回にわたって『日本新聞』(正確には『日本』。『日本新聞』は子規たちの通称)という公の場で「命のあまり」と題して、怒りを爆発させ、『一年有半』批判を繰り広げたのであった(三回目は、第三者による「乳臭の俗論」に対する反論に費されてはいるが)。といっても、子規の執筆態度は、きわめて冷静。この記事を目にした兆民をひどく不快にさせたようなものではないように思われる。むしろ、その矛先の大部分は、定見なく「ほめ立てた」新聞に向けられているのである。子規は、言う。

死にかゝつて居る病人が書いたといふものを、いくら悪口ずきの新聞記者でも真逆《まさか》に罵倒するわけにもゆかず、恰《あたか》も死んだものが善人も悪人も一切平等に「惜哉」とほめられるやうな格で、「一年有半」も物の見事にほめあげられたのである。此間《この》にあつて若《も》し「一年有半」を罵倒する資格(チト変な資格だが)があるものを尋ねたら恐らくは予一人位であらう。死にかゝつて居るということは両方同じことで差引零となる。たゞ先方が年齢に於ても智識に於ても先輩であるだけが評しにくい所以《ゆえん》であるが、その替り病気の上に於ては予の方が慥《たしか》に先輩である。

ここには、礼節を重んじる子規(兆民は、子規が尊敬する同郷の先輩、内藤鳴雪と同い年である)、ユーモアを忘れない子規がいる。妙な言い方が許されるならば、節度を守っての鬱憤晴《うっぷんばら》しである。それゆえ、「罵倒」は、実にあっさりしている。「罵倒する程の書物でも無い」との言に、子規の万感の思いが込められていよう。

評は一言で尽きる。平凡浅薄。仮りにこの本を普通の人が書いたものとしても誉めるに足らぬ。まして兆民居士の作としては平凡浅薄であるといふことは、誰も認めて居るに違ひない。

子規の念頭には、必ずや兆民の和歌、俳句批判があったものと思われる。

二　酔桃館蔵沢

明治三十五年（一九〇二）六月七日付の『日本新聞』には、子規の『病牀六尺』の第二十六回目が掲載されている。

今日只今《ただいま》（六月五日午後六時）病牀を取巻いて居る所の物を一々数へて見ると、何年来置き古し、見古《みふる》した蓑、笠、伊達政宗の額《がく》、向島百花園晩秋の景の水画、雪の林の水画、酔桃館蔵沢《すいとうかんぞうたく》の墨竹、何も書かぬ赤短冊……。

と書き始められる。子規自身が「六月五日午後六時」と明記していることによって、『病牀六尺』の原稿が、掲載日の二日前に書かれていたことが確認される。

右の冒頭の一節から始まって、さらに数々のものが列挙されていくのであるが、私が注目してみたいのが、それらの中の「酔桃館蔵沢の墨竹」。なぜならば、子規に、

草庵
冬さびぬ蔵沢の竹明月の書
草盧
蔵沢の竹も久しや庵の秋

の二句が残っているからである。両句とも子規の自筆句帖『俳句稿』の中に収められている。〈冬さびぬ〉が明治三十年、〈蔵沢の〉が翌明治三十一年の作品である。この二句を味わうにも子規と「酔桃館蔵沢」との関係を明らかにしておく必要があるように思われるのである。

そこでまずは、墨竹を得意とした画家、蔵沢その人についてである。この手の解決には、しばしばその糸口が得られる明治二十六年刊、狩野寿信編『本朝画家人名辞書』(大倉保五郎刊)には、残念ながら未収録。手近の人名辞書類で、唯一蔵沢を掲載していたのが、漆山天童《うるしやまてんどう》(又四郎)編『近世人名辞典 二』(青裳堂書店、昭和六十年)。この書、公刊は、昭和六十年(一九八五)であるが、稿は、

かなり早くに成っていたようである。
　天童の令愛遠藤文子氏の序に「かねがね岩波茂雄氏が上梓《じょうし》を約束されてゐたが、氏の死去、満洲事変の勃発、長い間の太平洋戦争からやうやく終戦をむかえて間もなく、昭和二十三年父は七十七才の生涯をとぢた」と記されているからである。蔵沢を広く世に知らしめんとした最初の人としての漆山天童の名は、しっかりと記憶されるべきであろう。『近世人名辞典』全三巻の収録範囲は、明治、大正時代の人物にまで及び（子規も収載されている）、大変な労作である。
　そこで、早速、『近世人名辞典』の「蔵沢」の項を左に掲げてみる。この簡潔な記述によって蔵沢像が、かなり鮮明に浮び上ってくる。

　蔵沢　画
吉田弥三郎。後久太夫、諱《いみな》良香、別号予章・贅巌《ぜいがん》・酔桃館。款《かん》「蔵沢平」又は「蔵沢井」等あり。伊予松山の士。享和二年歿、年八十一。

ついでに、同書三（昭和六十二年）によって子規句中の「明月の書」の「明月」の項も掲げておく。

　明月　書
釈。名明逸、字曇寧《あざなどんねい》。伊予松山円光寺義空の法嗣《ほうし》。畸行あり。周防の人。寛政九年七月寂、年七十一。寛政六年「扶桑樹伝」あり。

これにて、先の子規の二句の世界の鑑賞がある程度可能となったのであるが、さらに子規と蔵沢との関係を探ってみたい。

ひとまず蔵沢に戻る。漆山天童以降において、本格的に蔵沢研究に取り組んだのが、石井南放氏である。氏は『國華』第八百七十七号(昭和四十年四月)に「吉田藏澤とその作品」を発表し、蔵沢の墨竹世界の魅力を明らかにしている。この論考には、「藏澤年譜」も備わっている。

すでに石井氏も触れているところであるが、蔵沢の人となりの一端を窺うことのできる資料として、文政元年(一八一八)稿、安井熙載《ひろのり》著『却睡草《めざめぐさ》』がある。『国書総目録』には、未収載。伊予史談会双書の一冊として、伊予史談会文庫本が『却睡草・赤穂御預人始末』(伊予史談会、昭和六十一年)に翻刻されている。著者熙載は、松山藩士。『却睡草』は、伊予の各階層の人々の逸話集である。中で、蔵沢については、左のごとく記されている。

吉田久太夫蔵沢は、禅者也《なり》。名士にして甚《はなはだ》奇行多き人也。七十余にて落歯の再《ふたたび》はへし程矍鑠《かくしやく》翁也。唐画の墨竹を好み、誠に其《その》妙なる事、神に入れり。天下の人、これをもてはやせり。性《せい》白砂糖を好《すけ》り。是を送れば竹をゑがき呉《くれ》る也。今其価千金也。其才量は豊なれど、性質深刻也。風流、雅情、人に秀《すぐれ》たる所ありといへども、我意また不少《すくなからず》。尤《もつとも》、無欲なり。

「性質深刻」には「ウマレツキムツカシクキビシキ」との片仮名ルビが付されている。右の記述だけでも、無欲恬淡《てんたん》、性やや狷介《けんかい》な蔵沢の人間像が浮び上ってきて、大変興味深い。描くところの墨竹は、生前より人気があったことも窺われる。没後当初は「価千金」ということであったようである。

こんな蔵沢と、その蔵沢に関心を寄せる子規との関係が最初に窺われる資料として、明治三十二年(一八九九)八月二十三日付佐伯政直《まさなお》宛書簡がある。政直は、父方の従兄(子規の父常尚の兄政房の長男)。松山住。子規は、幼時、政直より書の指導を受けていたようである。

松山にては蔵山和尚、明月和尚の書など尋常を抜け居《おり》候。(中略)私前年帰省之節、蔵山の横幅を得て、当地(筆者注・東京)にて人に示し候処、皆〻驚居候。それと蔵沢の竹(大幅《たいふく》)とは私の宝物にて、松山を誇るに足り申候。昔より南宋の画家多けれど、竹ニ於テ蔵沢位《くらい》なのハなかるべく、諸大家(画ノ大家)の賞賛を博し申候。

ここでは、書において、明月に加えて、蔵山が挙げられている。蔵山は、臨済宗天徳寺十一代住職、天明八年(一七八八)寂七十七歳(講談社版『子規全集』第十九巻参照)。子規は、「蔵山の横幅」「蔵沢の竹」(それに、当然「明月和尚の書」を加えてよいであろう)を「私の宝物にて、松山を誇るに足り申候」とまで賞賛しているのである。子規としては、松山に縁《ゆかり》のあるこれらの人々に対する評価が、当時、地元においてすら今一つであることが、大いに不満であったようである。ここまで子規がこれらの人々に惚れ込むところは、那辺《なへん》にあったのであろうか。右書簡の少し先の方に、左の文言が見える。

蔵沢、蔵山などハ余りにもてはやされず甚だ遺憾ニ存候。字デモ画デモ筆ノ尖《さき》、手の尖デ書クヤウニ思フテ居ル間ハ到底物ニナリ不申候。

蔵山、明月、そして蔵沢の書や画を通しての、子規の自戒を交えての、書画開眼の弁である。彼等の書や画が、決して「筆ノ尖、手ノ尖」で書き、描かれたものでないことを見て取ったのである。「筆ノ尖、手ノ尖」を離れることによって、「俗気」から脱け出し得るとの、子規なりの悟りである。その境地に導いてくれたのが、蔵山、明月、蔵沢の三人だったのである。子規は、政直宛のこの書簡を「筆ニ任セテ思ハズ大気焔を吐き候。過言御海容被下度候《くだされたく》。呵こ《かか》」と結んでいる。過言を十分に承知しつつも、それにまさる開眼の喜びを、政直に伝えたかったのであろう。

ちなみに、石井南放氏は、蔵沢画の魅力を「蔵沢は、大幹の竹を最も得意とした。それが、人を威《い》かくするような外面的な力の誇張に陥らず、内に深く機微な人間の情感を秘め、しかも、単一至純、豪快無比に描破している。その胸のすくような爽快さは蔵沢墨竹最大の魅力である」と述べている。

次に子規が蔵沢に言及しているのが、明治三十三年十一月二十日発行の『ホトトギス』第四巻第二号掲載の「明治卅三年十月十五日記事」。その日の午後四時になってからの描写である。「何か面白き事は無きかと頬杖の儘《まま》正面を見れば、正面は一間の床の間にして例の如き飾りつけなり」として、「床の間」に置かれている諸々《もろもろ》を順に綴っているが、その最初に描写されているのが、蔵沢の軸なのである。

先づ真中に、きわめてきたなき紙表装の墨竹の大幅を掛けあり。此絵《この》の竹は、葉少く、竿多く、最太い竿は幅五六寸もあり。蔵沢といふ余と同郷の古人の筆なり。墨色濡《うるお》ふが如く、趣向も善きにや、浅井、下村、中村など諸先生にほめられ、湖村は一ケ月に幾度来ても、来る度《たび》にほめて行く。余が家、此外《このほか》に蔵幅なければ、三年経ても、五年経ても、床の間の正面は、いつも此《この》古びたる竹なり。

子規の「宝物」の一つである「蔵沢の竹(大幅)」について、かなり詳細に報告されている。「紙表装」の質素な軸であり、描かれている竹は、「葉少く、竿多く、最太い竿は幅五六寸」と説明されている。この軸(大幅)、講談社版『子規全集』別巻三の口絵部分に写真が掲げられているので、不鮮明ながらも、どのようなものかを窺うことができる(なお、蔵沢の諸作品は、求龍堂刊『画集藏澤』により披見し得る)。

この蔵沢の大幅が、「浅井、下村、中村」あるいは「湖村」によって賞賛されたことが、満足気に記されている。「浅井」は浅井忠《ちゅう》、「下村」は下村為山《いざん》、「中村」は中村不折《ふせつ》で、それぞれ子規と親交のあった洋画家である。この記述、先の佐伯政直宛書簡中の「諸大家(画ノ大家)の賞賛を博し中候」との一節と符合する。「湖村」は、漢学者、漢詩人の桂湖村《こそん》。

この「明治卅三年十月十五日記事」に注目したのが、子規の愛弟子《まなでし》で同郷の河東碧梧桐《かわひがしへきごとう》。その著『子規の回想』(昭南書房、昭和十九年)に収める「室内」なる文章の中で、まずは子規庵の蔵沢大幅の伝来について、

松山の士分の家には、大抵《たいてい》蔵沢の竹と名づけられる物が、襖や屏風や掛物に遺《のこ》つてゐた。別に画代をとるのでもなければ(筆者注・蔵沢が)、気が向けば誰にでも書いてやつた。それが各家々

に分配されたものらしい。子規庵のも、恐らく昔から正岡家に持ち伝へられたものであらう。

と推測した上で、大幅そのものについては、

床の間の一幅によつて、其の家、其の主人の趣味性の一斑《いっぱん》が推想されるなら、子規庵の蔵沢は、正にお誂《あつら》へ向きに出来てゐた。竹の色も地の汚れた色と融け合つて、一見摑《とら》へ処のないやうな絵でありながら、どこかに偉大さがあり、高朗な超脱味があり、主人の心境と操守《そうしゅ》を代弁してゐるのであつた。

との、いかにも後日「蔵沢研究に没頭し」たと自らいうところの碧梧桐らしい感想を綴っているのである。

なんと子規は、この蔵沢の大幅を「写生」していたのである。明治三十五年五月二十九日付水落《みずおち》露石《ろせき》宛書簡の左の一文とともに、露石に贈った「床の間写生図」がそれである(2)。

小生、時に筆を取りて極めて拙き画をつくり、独り自ら楽《たのし》み居《おり》候。然るに他人ハ珍重いたしくれず、大不平に候。呵《か》ゝ《か》。其《その》くせ一枚ゝ持去り、今日も貴兄ニ旧製でも送らんと存候処、何も無之候。別《べっ》帋《し》只今即席の実景、御笑草ニ御目ニ懸申し候。御一覧の後、御焼捨被下度候。頭を枕につけて居《い》て絵をかくなどは無法も甚《はなはだしき》敷次第ニ候。

門人露石(子規より五歳年少)より『文鳳《ぶんぽう》画譜』(文化十年刊)、その他を贈られた礼にと「即席」で

描いたものが「床の間写生図」だったのである。「頭を枕につけて」、「手ばかり動かして」、大変な思いをして完成させた一枚だった。書簡の末尾を「ア、苦シイ」と結んでいるところからも、精根込めての子規の苦闘が窺われる。

「床の間写生図」は、今治市立河野記念館蔵。縦三十八・五センチ、横二十七センチ（『子規写生画』）。画の横に「明治三十五年五月廿九日午後三時病床所見実景　規写」と墨書されている。画には、右に砥部焼《とべやき》白磁瓶に活けられた芍薬、前に卓、そして中央に蔵沢の「紙表装の墨竹の大幅」が描かれている。それに、わざわざ「蔵沢画」と墨で注記している。子規の愛着ぶりが窺われようというものである。

子規は、この画を描いた六日後に、小稿冒頭に掲げた『病牀六尺』の第二十六回目を書いたというわけである。その折、子規は、再び「病牀を取巻いて居る所の物」の数々の中の一つ「酔桃館蔵沢の墨竹」に注目したのであった。それは、子規のなによりの「宝物」であったからである。

そして、子規自身が「余が家、此外《このほか》に蔵幅なければ、三年経ても、五年経ても、床の間の正面は、いつも此《この》古びたる竹なり」と記しているように、また、後日、門人青木月斗《げっと》が「根岸庵は、年百年中、蔵沢の竹が掛ってあつた」（青木月斗著『子規名句評釈』非凡閣）と記しているように、そして、吉野左衛門が「当時、草庵には、何時《いつ》行つて見ても床には松山藩の蔵沢が描いた墨竹の軸が懸けツ放し」（「子規居士の追憶其他」）と記しているように、子規庵の床の間には、いつもいつも「酔桃館蔵沢の墨竹」が掛かっていたのである。

かくて、下谷区上根岸町八十二番地の子規庵を訪れた、子規と交流のあった人々は、浅井忠、下村為山、中村不折、桂湖村、そして河東碧梧桐、青木月斗、吉野左衛門などに限らず、必ずや床に掛っている蔵沢の大幅に目を止め、そして話題にしたに違いない。

そんな人々の中の一人として子規の親友夏目漱石がいた。子規と父方の縁戚関係にあった森円月《えんげつ》は、俳誌『茎立《くくたち》』第一巻第七号(昭和十七年十月十五日発行)に「漱石さんの思ひ出」を掲載、明治四十三年(一九一〇)十月十一日に麴町区内幸町の長与胃腸病院に入院した漱石に、(3)病気見舞として蔵沢の画幅を贈ったことを、

漱石さんは予《かね》てより蔵沢の墨竹を望んで居《お》られたことを知て居《お》り、当時私は一幅を持て居り、それは落款《らっかん》とては印影のみで署名もなき紙表装の粗末な幅ではあつたが、可なり能《よ》く出来て居たので、この墨竹を病床のお慰めにと贈つた(下略)。

と記している。病室に届けたのは、円月の使いの者。漱石は、大喜びし、同年十一月十二日付の円月宛書簡に、

先日御寄贈の竹、病院の壁間に懸け、毎日眺め暮らし候。今朝不図《ふと》一句浮び候まゝ記念の為め短冊に認め進呈致し候。病院に在つて自家になき小生の句としては甚だ嘘の様なれど、先づ家に帰りたる時の光景と御思ひ可被下《くださるべく》候。

と認《したた》め、この書簡に添えて、

蔵沢の竹を得てより露の庵

の短冊を、円月に贈ったのであった。この時、漱石の頭の中には、かつて訪れた子規庵の床の間に掛けられていた蔵沢の大幅が浮んでいたことであろう。爾来《じらい》、大きな関心を持ち続けてきた蔵沢の画を手中にし得た喜びが一句の「露の庵」の措辞から伝わってくる。

この漱石句、子規の先の〈冬さびぬ蔵沢の竹明月の書〉の句、あるいは〈蔵沢の竹も久しや庵の秋〉の句と時間を超えて呼応しているように思われる。子規への挨拶句と見てもよいであろう。

三　四ツ目屋事件

次の一文に注目いただきたい。江戸時代後期の国学者、狂歌作者石川雅望《まさもち》の著作、文化六年（一八〇九）刊『都のてぶり』中の「両国の橋」の章の一節である。両国橋近辺に建ち並ぶ様々な「仮《かり》屋《や》」の描写に続けての記述である。「乞食《かたい》の語り仮屋」を出たところ。

さてそこを出でてさまよひ歩くに、佐々木の家の幕じるしかと思ふばかりなる紋つけたる軒あり。薬ひさぐにや、長命帆《ほ》ばしらなど、金字にだみたる（筆者注・金箔をはった、金色に彩色した）

札をかけたり。長命とは不死の薬なるべし、帆ばしらとは何ならん、もしくは風の薬をいへるなぞ〳〵にや。かゝるむづかしげなる薬さへ、その心得て買ふ人あればこそ、なりはひとなして世をわたるなめれといとをかし。又人形を頭《かしら》より手足まであまたの糸もてつけて、うたひ物に合せて、糸引きあやどり使ふを、南京のあやつりと名づけて、むかしよりこゝにて行ふ。をさなき者は皆これに心よせつゝ、つどひ寄るめり。（テキストは、塚本哲三校訂、有朋堂文庫『石川雅望集』による）

「薬ひさぐ」かと思われる「商人《あきびと》の家」、そして「南京のあやつり」大道芸の描写である。この後、「京くだりの某の大夫《たいふ》の仮屋」の描写へと続く。この『都のてぶり』の序は、歌人、国学者の橘千《たちばなち》蔭《かげ》が書いているが、その中で千蔭が「其《その》書ける事はさとび事ながら、詞《ことば》はみやび言《ごと》にとりなせり」と言っていることが十分に納得し得る。右の描写など、まさしくその顕著な箇所と言えよう。後半の「南京のあやつり」はよしとして、問題は、前半の、正体不明の「薬ひさぐ」かと思われる「商人の家」である。人々のこの描写への理解不足が子規を歎かせることになったのであるが、そのことは、もう少し先に述べることとし、平明な内容ではあるが、右の前半部に言わずもがなの解説を少しく加えておく。

まず、雅望が「薬ひさぐにや」と記しているところの「佐々木の家の幕じるしかと思ふばかりなる紋つけたる軒」である。ここで江戸時代の（あるいは下って明治時代も含めての）大方の読者は、すぐさま、この「商人の家」の正体を合点し得たのであるが、子規の歎きも、実は、そこにあったのであるが、後述する。「佐々木の家の幕じるしかと思ふばかりの紋」とは、目結《めゆい》紋と言われる紋であり、方形に方形の穴を抜いたものが四つ揃った紋であり、「隅立て四つ目紋」と「平四つ目紋」がある。平安時代後期の武将佐々木秀義の紋で知られている。ところが、「隅立て四つ目紋」、江戸時代にあっては、佐々木家の家紋というよりも、むしろ、『誹風柳多留』三十五篇（文化三年刊）の、

佐ゝ木家に冑《かぶと》其外《ほか》せめ道具　玉かき其流

の川柳に窺われるような、薬屋は薬屋でも、淫薬、淫具専門の薬屋「四ツ目屋」の紋として知られていたのである。川柳中の「冑」とは、鼈甲《べっこう》や水牛の角で作った淫具の「冑形《かぶとがた》」のこと、「せめ道具」は、言うまでもなく「床《とこ》の責道具」（『好色一代男』）である。もう少し見ておくならば、雅望がとぼけて「長命とは不死の薬なるべし」と記している「長命丸」は、「江戸両国の四つ目屋で売った強精剤」（『大辞林』）であり、「帆ばしらとは何ならん、もしくは風の薬をいへるなぞ〳〵にや」と記している「帆ばしら丸」は、当時の「四ツ目屋」の報条《ほうじょう》（引札、ちらし）によれば、正式な名称は「男根危檣丸《ほばしらがん》」。効能については、「四ツ目屋忠兵衛」の名で「此薬一廻り御用ひ被遊《あそばされ》候へば、いかほどよはきなんこんなりとも、せいりきをまし、もつとも御老人なりともこゝろのまゝにつよくする事、はなはだ妙なり」と記されている。「佐々木の家の幕じるしかと思ふばかりなる紋つけたる軒」の「商人の家」である「四ツ目屋」については、このあたりで切り上げる。詳しくは、母袋未知庵《もたいみちあん》著、花咲一男補『川柳四目屋攷《こう》』（太平書屋、昭和五十八年）に譲る。同書によれば、この「四ツ目屋」、「明治三十一、二年頃までは、確かに存続していた」とのこと。子規は、「四ツ目屋」を実見したや、

否や。

そこで、子規と「四ツ目屋」の関係である。『病牀六尺』の、明治三十五年(一九〇二)六月十二日付で『日本新聞』に掲載された三十一回目のものに左のごとく記されている。まずは、前半部を引用してみる。

○高等女学校の教科書に石川雅望《まさもち》の書きたる文を載せたるに、其《その》文は、両国の四ツ目屋といふいかゞはしき店の記事にてありし為め、俄《にわか》に世間の物議を起し、著者(筆者注・教科書の編纂者、監修者の意)を責むるもあれば、文部省の審査官を責むるものもあり。其責め様にも幾らか程度の寛厳があるやうであるが、余の考へにては世間一般の人が責める所の方面、即ち著者の粗漏《そろう》とか、審査の粗漏とかいふ事でなく、他の方面より責めたいのである。其《それ》は、著者及び審査官の無学といふ事である。余の臆測にては、著者も文部省の審査官等も、恐らくは四ツ目屋の何たるを解せずして、之《これ》を書中に引き、又之を審査済として許可したるものであらうと思はれる。而して見れば彼等の無学は、終《つい》に此《こ》の不都合なる結果を来したるもので、其無学こそ責むべきものではあるまいか。

子規がここで少なからぬ関心を示しているのは、当時「四ツ目屋事件」とか「帆檣《ほばしら》問題」とか呼ばれた「高等女学校の教科書」事件である(『川柳四目屋攷』)。一口で言えば、「高等女学校の教科書」に、小稿冒頭に示した石川雅望の『都のてぶり』中の「両国の橋」の章を掲出した、ということなのである。このことに対して、世間一般の人々が「著者の粗漏」「審査の粗漏」を指摘するのに対して、子規は、「著者の無学」「審査官の無学」こそが原因であるとの見解を披瀝《ひれき》しているのである。そこで、この「四ツ目屋事件」「帆檣問題」について、当時の新聞を開いて、もう少し詳しく見ておくことにする。子規が記者として『病牀六尺』の稿を寄せている明治三十五年四月二十九日付の『日本新聞』は、「帆檣問題と文部当局者の談」の見出しで左のように記している。いやでも子規の目に入ったであろう。当の落合直文編纂の『女子国語読本』を子規が実際に手に取って披見《ひけん》したか否かは定かでないが、病牀のことゆえ、多分見ていないであろう。(4)

当局者曰く、高等女学校国語科教科用を目的とせる落合直文著、三樹一平外二名発行(昨年二月)の女子国語読本は、一旦検定済(昨年十二月十八日付)の後、本年三月中旬に至り、其巻五の中に不穏の記事一節あることを発見し、直ちに之《これ》が訂正を発行書肆《しょし》に命じたり。其《その》結果として書肆は之を訂正発行し、本月八日更に之に対して検定を与へたり。(中略)抑《そもそ》も中学校、高等小学校等の教科書に在りては、其内容の大体に就《つ》き取調ぶるものなるが故に、例へ検定済のものも固より多少の誤謬等なきを保せずと雖《いえ》ども、本書の如き不穏の記事を当初審査の際発見せざりしは不都合と言はざるべからず。其責は、図書課長始め其審査に預りたるものに於て、之《こ》れを免るゝこと能《あた》はざるや明《あきらか》なり。

この記事によって「四ツ目屋事件」「帆檣問題」の報道の実態の一部を窺うことができる。子規も、これにより事件の概要を知り、先のごとき発言となったものであろう。翌四月三十日付の『日本新聞』も、「帆檣問題と高等女子師範学校長」の見出しで高等女子師範学校長の談話を掲載している。

一部摘記してみる。

今回の事件は、然《し》かも教科書に麗々と猥褻《わいせつ》極まる文章を載するとは言語道断にして、実に教育の神聖を害するや大なり。斯様《かよう》の文章は、著者の何人たるを問はず、先づ常識なきものゝ書き綴りたること疑なし。文部省の検定は或は疎漏《そろう》を以て責を免るべきにあらず。

先の文部省の当局者は、「其責は、図書課長始め其審査に預りたるものに於て、之れを免るゝこと能はざるや明なり」と謝罪しており、「女子高等師範学校長」(『明治二十六年東京修学案内』によれば、女子高等師範学校は、本郷区湯島三丁目にあった)は「文部省の検定は或は疎漏を以て責を免るべきにあらず」と断じて、著者(編纂者)をも追及している。これに対して、すでに見たように、病牀の子規は、事件を冷静に受け止め、著者(編纂者落合直文)と審査官の「無学」を指摘したのであった。

なお、少しく横道に入るが、「四ツ目屋事件」の波紋は、少なくなかった。明治三十五年六月、「リギヨル講演　前田長太通訳　尾張捨吉郎速記」の『四ツ目屋事件と現今の学説』(三才社・昌平館)なる一書まで誕生しているのである。著者(講演者)リギヨルは、フランスの宣教師。明治十三年(一八八〇)、パリ外国宣教会から派遣されて来日。井上哲次郎のキリスト教排撃に反駁《はんばく》。明治カトリック界有数の著述家として活躍した。大正元年(一九二六)離日(『日本人名大辞典』講談社、平成十三年)。『四ツ目屋事件と現今の学説』は、全二十一ページの小冊子。一書を公にしたリギヨルの目論見《もくろみ》は「四ツ目屋事件を機会にして、現今の学者の説を批判して見やう」とするところにあった。「現今の学者」が「四ツ目屋事件」に言及、それぞれの見解を披瀝し、それにリギヨルが反駁する、といった底のものではなくして、眼前の「四ツ目屋事件」に対して、当時通行していた唯物主義、主観主義、あるいは倫理学、哲学の諸説によって、どこまで対処し得るかという、一つの興味深い試論である。結論としては、日本で通行している難解な諸学説では対処し得ず、「新聞記者の叫び声」にこそ「正義の叫び声」が集約されているとの、やや拍子抜けの感のある見解が披瀝されている。ただ、巻末部で、この「四ツ目屋事件」をきっかけとして、「男子の道徳」について言及、

女子が幾ら淑徳正しいものであるとしても、それが男子に依つて滅却され、遂に其《そ》の家庭が不幸に陥ると云ふやうなことは、昔から度々例のあることでございますから、女子の道徳を監督すると同時に、男子の道徳に付いても一層《いつそう》注意されんことを私共は切に希望するのであります。

と述べている点は、当時の日本人に対しての的確な指摘として大いに注目してよいであろう。「幾ら外人でございましても、実際見て居ることを見ない振をすることは出来ませぬ」と語るリギヨルの面目躍如である。「四ツ目屋事件」について積極的に発言していた子規が、この『四ツ目屋事件と現今の学説』の一書を入手して通覧していたら面白いと思うが、子規の『蔵書目録』の中には、この書、見当らない。

ここで、『病牀六尺』三十一回目の後半を引用してみる。ここからが、子規が本当に言いたかったことだと思われる。

従来、国文学者、又は和学者などゝいふものは主に源氏物語、枕草子などの研究にのみ力を用ゐ、近世の事、即ち徳川氏以下の事に至つては、之《これ》を単に卑俗として排斥《はいせき》し、顧みない為に、近世三百年間の文学は、全く知らないものが十の八九に居るのである。今度の四ツ目屋事件も、之を知らなんだといふ事は固《もと》より一小事であつて左《さ》のみ尤《とが》むるに足らんやうであるが、其《その》実、此《この》事に限らず、徳川文学を全く研究しないといふ結果が偶然爰《ここ》に現はれたのであるから、余は、何処《どこ》迄も所謂《いわゆる》擬古的文学者の無学なのを責めたいのである。殊に其《その》意味さへ解せずして之を教科書に引用した教科書著者の乱暴には驚かざるを得ない。此機を以て文学者の猛省を促すのである。

審査官はさておいて、子規の糾弾の矛先は、「四ツ目屋」にかかわる雅望の文章を掲載した『女子国語読本』の編纂者落合直文にむけられている。子規に言わせれば、「四ツ目屋」を知らなかったのは、「固より一小事であつて左のみ尤むるに足」りないかもしれないが、そこには、計らずも「擬古的文学者」(国文学者、和学者)の「徳川文学」(近世文学)への無関心、「無学」ぶりが露呈されてしまっているというのである。落合直文は、文久元年(一八六一)の生まれ。子規より六歳年長。明治三十年(一八九七)三月に合同新体詩集『この花』(同文館)を出版した新体詩人の会での子規の仲間である。『この花』の緒言(明治三十年二月付)に、

一年四回相会して、この道の研究をなすと共に、相互の交情をも温め、或は時に、その作れる所の詩を集めて、世に公にせんとす。

と見えるように、子規と直文とは、直接面語の機があったようである。新詩会の第一回の会合は、明治二十九年九月五日、上野公園三宜亭《さんぎてい》で行われている。その時のことを、佐佐木信綱が、随筆「おもひでの二三」(『日本及日本人』第百六十一号、昭和三年九月)の中に、

与謝野寛君や大町桂月君に一緒に「新詩社」を興して、不忍池畔の茶亭や、上野公園内の三宜亭で小集会を催した時は、子規君も車に乗つて来られた。落合直文君も来られて、快談をせられたことであつた。

と記している。子規と直文は、旧知の仲だったのである(明治三十一年三月十九日付落合直文宛子規書簡も残っている)。その落合直文に対して(もちろん、不特定の国文学者も視野に入っているわけであるが)、「近世三百年間の文学は、全く知らない」と言ってのける子規なのである。いかにも子規らしいと言えば子規らしい。そして、このことは、若き頃からの子規の持論であったようである。

後に日本を代表する近世文学者として多くの業績を残した子規門下の藤井紫影(藤井乙男)は、随筆「正岡子規君」(明治三十五年九月二十九日付『日本新聞』)の中で、明治二十四年十月二十四日の文科大学大山遠足直後の子規を訪問した折の子規の発言の内容を、

大学の教師に文学趣味のある人がない事、徳川文学を度外視するは不都合である事、こんな教育では国文科の卒業生も文典の教師より外《ほか》出すことは出来ぬといふ事、蓮月には偽筆が多い事、こんな話で、暇《いとま》を告げたのは、彼是《かれこれ》九時頃で、雨夜の上根岸は真暗闇である(この時は本郷真砂

町十八番地の常盤会寄宿舎住。紫影の記憶違い)。

と記しているのである。

四　吉原の太鼓聞えて更くる夜に

正岡子規は、明治三十一年(一八九八)八月二十一日付の『日本新聞』に短歌「われは」八首を発表している。その中の一首に、

吉原の太鼓聞えて更くる夜にひとり俳句を分類すわれは

がある。この時の子規の住居は下谷区上根岸町八十二番地。指呼《しこ》の間とは言わないまでも、吉原での遊興の太鼓の音は聞こえてきたであろう。子規は上京直後、吉原で遊んだ経験があったが、明治二十九年よりは臥褥《がじょく》の生活。そんな中で子規は孜々《しし》として「俳句分類」に励んでいたのである。

ところが、明治三十五年六月三十日付の『日本新聞』に発表されている『病牀六尺』四十九回目には、左のごとく記されている。

英雄には、髀肉《ひにく》の嘆《たん》といふ事がある。文人には筆硯生塵《ひつけんちりをしようず》といふ事がある。余も此頃《このごろ》「錐錆《きりさび》を生ず」といふ嘆を起した。此《こ》の錐といふのは千枚通しの手丈夫な錐であつて、之《これ》を買うてから十年余りになるであらう。これは俳句分類といふ書物の編纂をして居た時に常に使ふて居たもので、其頃《そのころ》は、毎日五枚や十枚の半紙に穴をあけて、其《そ》の書中に綴込まぬ事はなかつたのである。それ故、錐が鋭利といふわけでは無いけれど、錐の外面は常に光を放つて極めて滑らかであつた。何十枚の紙も容易《たやす》く突き通されたのである。それが今日不図《ふと》手に取つて見たところが、全く錆《さ》びてしまつて、二、三枚の紙を通すのにも錆の為に妨げられて快く通らない。俳句分類の編纂は、三年程前から全く放擲《ほうてき》してしまつて居《い》るのである。「錐に錆を生ず」といふ嘆を起さゞるを得ない。

これで全てである。今回、問題としようとしているのは、子規畢生《ひつせい》の大事業とされている「俳句分類」のことである。最初に右の文章中の少々厄介な言葉を解決してしまっておく。まず、「髀肉の嘆」であるが、「蜀の劉備《りゆうび》が久しく馬に乗らないため、内股の肉が増したのを歎じた故事。安逸に居て功名を成す機会の無いのを歎ずる喩《たとえ》」(『大漢和辞典』)である。出典は『三国志』。「筆硯生塵」は、「筆硯の業を廃することひさし」(維駒《これこま》編『五車反古《ごしやほうぐ》』)との意であろうが、出典は未詳。「手丈夫」は「つくりがしっかりしていること」(『日本国語大辞典』)。――子規は、かつて、この「手丈夫な錐」による自殺の衝動に駆られている。『仰臥漫録』の明治三十四年十月十三日の条に次のように記されている。この日の子規は、精神が錯乱していた。坂本四方太《しほうだ》の「キテクレネギシ」との電信を母八重に依頼した、その後の場面である。妹の律は、風呂に出かけている。

　サア、静カニナツタ。此家《この》ニハ余一人トナツタノデアル。余ハ左向ニ寝タマ、前ノ硯箱ヲ見ルト、四五本ノ禿筆《とくひつ》、一本ノ験温器ノ外ニ、二寸許《ばか》リノ鈍イ小刀ト、二寸許リノ千枚通シノ錐トハ、シカモ筆ノ上ニアラハレテ居ル。サナクトモ時々起ラウトスル自殺熱ハムラ、、ト起ツテ来タ。

以下、自殺の誘惑と闘い、一人で煩悶する描写が続くが、実行にまではいたらず「考ヘテ居ル内ニシヤクリアゲテ泣キ出シタ。其内《その》母ハ帰ツテ来ラレタ」ということで、この一件は、落着したのであった。この時、すでに「千枚通シノ錐」は、「光を放つて極めて滑らか」という状態ではなかったはずである。冒頭の『病牀六尺』の文章は、この一件から八カ月余が経った時点で執筆されたものである。

子規は、三年程前(正確には明治三十二年)からの「俳句分類」の放擲《ほうてき》の結果によって齎《もたら》された「「錐鑄を生ず」といふ嘆」を、言葉をつくして吐露している。子規のこの「俳句分類」に大きな関心を示しているのは、河東碧梧桐である。その著『子規を語る』(汎文社、昭和九年)の中で、「俳句分類」に対する碧梧桐の厚い思いが語られている。そもそも「俳句分類」とは、何か。碧梧桐は、

昔からの俳書に現はれた句を、同一の題下に網羅して、誰がどういふ句を作つてゐるかを一目瞭然たらしめ、それによつて一面には歴史の研究、句作の参考資料とし、他面には剽窃《ひょうせつ》を戒め、

類句を研《きわ》めようとした広大な企《くわだて》であつた。

と述べている。実際には、甲・乙・丙・丁と細かに分類されているものであるが、大略は、碧梧桐の説明でよいであろう。この「俳句分類」、昭和三年（一九二八）三月二十五日より、昭和四年九月二十日にかけて、『分類俳句全集』（アルス刊）と題して全十二巻で活字化されたのであるが、その折の普及版のパンフレットの表紙には「上は宗祇《そうぎ》に初まり、芭蕉、蕪村の中期を経て、梅室、蒼虬《そうきゆう》の近代に至る名吟佳什」との惹句《じやつく》が記されている。厖大な量の俳書を繙《ひもと》きつつの作業であったわけである。碧梧桐は、その作業を、

恐らくは誰でも手のつけやうの無いのに呆然たる許《ばか》りであらうが、子規は千里の道も一歩より始まる底《てい》の勇猛心を起して、俳書の大堂塔の解体に、ひとりコツ〳〵と従事したのだ。

と記している。『子規を語る』の中には、昭和八年七月に行われた碧梧桐と律の対談「家庭より観たる子規」も収められているが、その中に、妹律の左のごとき言葉が見られる。改行を無視して引用してみる。

分類の材料に必要でもあつたのでせうが、下谷の朝倉屋でしたか、俳書を買ふのが何よりの楽みのやうでした。いつぞや、小僧さんを連れて、沢山の俳書を買うて来ました。その本代を払つてくれと言ひましたが、宅にもそれに足るお金のない時がありました。

本好き子規が髣髴《ほうふつ》とする。子規は、明治二十六年（一八九三）七月十九日より八月二十日まで、東北旅行「はて知らずの記」の旅を試みているが、その八月十三日の条の旅記の草稿が残っており（『子規はて知らずの記〈草稿〉――付「はて知らずの記」』子規庵保存会、平成十五年）、そこには、「秋田市街にて暁山集を買ふ」との記述が見え、右の律の言葉とのかかわりにおいて、大いに注目される。旅先においても、古俳書を漁《あさ》っているのである。ちなみに、「朝倉屋」は、貞享年間に浅草で創業の古書肆。『暁山集』は、方山著、元禄十三年（一七〇〇）刊の古俳書である。

子規は、明治二十五年十二月九日付の伊藤松宇宛書簡の中に「珍書数部拝借仕《つかまつり》、大に学問に相成候」と記している。この文言からも蔵書家から俳書を借りる、ということもあったであろうが、右の二つの挿話に窺えるように、「俳句分類」のための資料は極力自ら購入すべく努めたようである。明治三十三年九月七日発行の『ホトトギス』第三巻十一号所収の「消息」の中で、子規は、碧梧桐を念頭において、

諸君の坐右に俳書無きも不思議に感ぜらるゝが、今一つ不思議なる事は、諸君が俳書を見たしと思はるゝ時に、「借る」といふ手段を知りて、「買ふ」といふ手段を知られざる事に候。世の中に稀《まれ》なる本か、価の貴き本ならばともかくも、僅《わずか》に三十銭か四十銭の本を「買ふ」といふ事を知らずとは、自由の利く東京に住甲斐《すむかい》も無き事と存候。

との苦言を呈している。碧梧桐は、三十銭、四十銭といった廉価の活字本さえも買い渋っていたのである。子規が「世の中に稀なる本」や「価の貴き本」までも視野に入れて収集していたことの、そ

の一端は、『子規文庫蔵書目録』によって窺うことができる。
碧梧桐が、子規の「俳句分類」にことさら大きな関心を示しているのは、右の苦言との関係があってのことであろう。碧梧桐は、当時、博文館から出ていた活字本の『俳諧文庫』さえも手もとに置いていなかった、ということで、子規からひどく叱責されているのである。碧梧桐が『子規を語る』の中で縷々《るる》記している「俳句分類」の挿話の中で、特に興味深いのは、左の記述である。

分類のお手伝ひをしようか、と二三枚の清書を手伝つた時、如何にも気の毒さうに「やつてくれるか」といつになく満面に笑みを湛《たた》へた其《そ》の時の顔も、今ではうら淋しい想ひ出の一つである。「俳句分類」の中に、子規の筆でないものゝ往々にして交るのは、虚子と私がほんの一寸触れる位のお手伝ひをした名残であつた。

虚子と碧梧桐が「俳句分類」の清書を、ほんのわずかではあるが、手伝った、というのである。今日残っている稿本「俳句分類」を繰っていくならば、あるいはそんな頁《ページ》に遭遇するかもしれない。(5)子規の「俳句分類」が「事業中止」となったのは、先にも述べたように明治三十二年のこと。言うまでもなく、病床呻吟のためであった。子規は、先の「消息」の中で、その無念さを、

日に一句を分類すれば一ケ月に三十句、一ケ年三百六十五句、兎《と》に角に亀の歩みも怠らねば、いくらかづゝ進歩する嬉しさはいふまでもなく候へ共、全く中止致《いたしおり》居候様にては如何にも腑《ふ》甲斐《がい》なきことゝ残念に存候。何分にも致方無之《いたしかたこれなく》候。

と記している。
「俳句分類」の「事業中止」はやむを得ないとして、始められたのは、いつからなのであろうか。碧梧桐は、

私達のやうに始終子規と行住坐臥を共にしてゐた者でも、其《そ》の終生の事業の一つとしてゐた「俳句分類」がいつ頃から始められたものか、又《ま》たどの程度に進捗《しんちょく》してゐたものか、甚だ迂闊《うかつ》に過ぎてゐた。

と語っている。子規の身近にいたもう一人の内藤鳴雪は、明治三十五年十二月二十七日発行の「子規追悼集」(『ホトトギス』第六巻第四号)所収「追懐雑記」の中に、

居士が俳句の類題と各家々集の編纂に着手したのは、なんでも廿三、四年の頃で、是《こ》れは日課として居て、如何なる多忙疲労の日も決して欠がさず《(ママ)》、或は夜遅く帰宅したとしても是非《ぜひ》従事することゝし、夜の二時、三時までも起きて居ることは珍《めずらし》からぬとの事。

と記している。子規の禁欲的なまでの勉強家ぶりが髣髴とする。明治二十三年、二十四年は、子規の常盤会《ときわかい》寄宿舎時代である。鳴雪が、文部省参事官を辞し、旧松山藩主久松家の嘱託として常盤会寄宿舎舎監となったのが、明治二十四年のことであったので、子規の勉強家ぶりは、実際に目にしていたものと思われる。この子規の禁欲的なまでの勉強家ぶりは、日本新聞社社員となってからも変らなかったようで、虚子は、明治二十七年(一八九四)ころを回顧して、

居士は、朝起きると、俳句分類に一時間許りを費し、朝寝坊であつたから間も無く出社、夕刻、或時は夜に入り帰宅。床の中に這入《はい》つてから翌日の小説執筆、十一時、十二時に至りて眠るといふやうな段取りであつた。

と語っている（大正三年十月十日発行『ホトトギス』第十八巻第一号所収「子規居士追懐談」）。話を「俳句分類」開始の時期に戻す。鳴雪は、明治二十三、四年の頃としていたが、実は、子規自身も二度にわたって開始の時期について語っている。一度目は、明治三十年十二月三十日発行の松山版『ほとゝぎす』第十二号に掲出の「俳句分類」なる文章においてである。冒頭で、

余、俳書の編纂に従事すること、こゝに七年。名付けて俳句分類といふ。

と述べている。これを逆算すると、鳴雪が言っていた通り、明治二十三年に開始、ということになる。もう一度は、明治三十二年十二月二十日発行の『俳諧三佳書』（ほとゝぎす発行所刊）の序においてである。獺祭書屋主人の名で、

自分が俳句分類といふ者の編纂を始めたのは十年程前の事で、まだ俳句の趣味は少しも分らない時分であつた。

と述べている。逆算すると明治二十二年（一八八九）開始ということになる。一年繰り上がるが、格

別不自然ではない。ちなみに、子規が本郷区真砂町十八番地の常盤会寄宿舎に入ったのは、明治二十一年九月二十四日のこと。その時には、子規の天才ぶりを遺憾《いかん》なく発揮しての詩文集『七草集』をすでに書き上げつつあった。子規言うところの七草の一つ「尾花のまき」は俳句に充てられていたのである。(6)

明治二十二、三年より開始し、途中、病《やまい》に冒され「余が力尽き身斃《たお》るゝ時を以て完結の期とすべし」(「俳句分類」)との不退転の決意をもって、精力と時間を費し、孜々《しし》として継続してきた事業も、病には勝てず、明治三十二年には、ついに放擲《ほうてき》、子規をして「「錐に銹を生ず」といふ嘆」を抱《いだ》かしむるに至ったのである。

冒頭の『病牀六尺』に記したごとき感慨、碧梧桐には、直接語っていたようである。『子規を語る』の中に左のごとく記されている。

いつかからだの自由を失なつてからの病中に侍した時、硯の中の錐を不図《ふと》見つけて、この錐を銹びさしたことは以前は無《なか》つた、よく光つてゐた。が、もう尖《さ》きまで真赤に銹びてしまつた、と感慨無量の態《てい》でひとり言《ごと》を言つたこともあつた。

この「俳句分類」の全容、先に繙《ひもと》いた「子規追悼集」の七十六頁には、蓑笠、おもちゃ等と一緒に写真で掲出されている。そこには、堆《うずたか》い草稿が三重ね写っている。また、アルス版『分類俳句全集』の発刊時のパンフレットには、真っ直ぐに積まれた「俳句分類」の写真が掲載され、「一枚一枚半紙に毛筆で丁寧に手記されたもので、原稿紙数は一万三千八百六十枚。これを重ねて積みますと、鴨《かも》居《い》を越して天井まで届きます」との説明が加えられている。
この全容は、もちろん当事者である子規も確認し得たわけで、先に示した明治三十三年九月発表の「消息」の中に、ユーモアたっぷりに、

極めて些細の塵埃《じんあい》も、積《つも》り〳〵て山を成すといふ如く、此《この》日々の仕事の結果、積りて七年間に等身の写本と相成申候。時々珍客に示すために春の部、夏の部、秋の部、冬の部、乙号、丙号と襖《ふすま》によせて積み上げて見れば、鴨居にとどかざること一尺許《ばかり》、それを見て、いと誇り顔に己が功を誇ることも有之《これあり》候。

と記している。子規の笑顔が見えるようである。一時は子規の後継者とも目された赤木格堂は、大正八年(一九一九)三月一日発行『渋柿』第五十九号掲載「子規夜話」の中で、新俳句が生まれたのは「俳句分類」あってのことと指摘し、子規の左のごとき言葉を伝えている。晩年の子規の、ほんの少しの矜恃《きょうじ》をのぞかせての、素直な思いとして聞くべきであろう。

壮健な人が、交際だの遊山《ゆさん》などに費して居る時間を、僕は分類に使つて居るだけの事だよ。

子規の面目躍如とする。

五　『フランクリン自叙伝』

大正六年（一九一七）一月、籾山仁三郎《もみやまじんざぶろう》（俳号、梓月《しげつ》）によって創刊された俳誌に『俳諧雑誌』がある。その『俳諧雑誌』の第二巻第十五号（大正七年十一月）が「想出深き子規居士の一言」なるアンケートを試みている。答えているのは、内藤鳴雪《めいせつ》、寒川《さんがわ》鼠骨《そこつ》、大谷繞石《にょうせき》、水落《みずおち》露石《ろせき》、赤木格堂《かくどう》、安斎櫻《あんざいおう》碑子《かいし》、青木月斗《げつと》、岡本癖三酔《へきさんすい》、金森匏瓜《ほうか》、筏井竹《いかだいたけ》の門《かど》の十名。十名の答の中で、私が注目しようとしているのは、赤木格堂の答である。格堂は、

子規先生より誨《おし》へられたる中にて「フランクリンの自叙伝を精読せよ」との一言は、今尚《なお》忘るべからざる処に候。

と記している。格堂、明治十二年（一八七九）、岡山県児島郡小串村に産まれている。子規門。子規より十二歳年少ということになる。河東碧梧桐は、その著『子規の回想』（昭南書房、昭和十九年）の中で、子規と格堂とのかかわりを左のごとく綴っている。少し引用が長くなるが、碧梧桐の眼を通しての貴重な証言である。

人材を求めるに急であつた子規も、巨口細鱗《きよこうさいりん》、網せずして蝟集《いしゆう》するやうになつては、もう一個人に愛を専《もつぱ》らにするわけには行かない。内心特に念者ぶりと言つた、情熱を感じた青年の無きにしもあらず、が、さういふウヰンクを試みる間隙《かんげき》さへも無かつた。強ひて《し》それに近い誰かを挙げるとなれば、先づ格堂位のものであらう。格堂は其《そ》の俳名の示すやうに、形容孤高、寡黙《かもく》恬淡《てんたん》、見るから君子の風があつた。句作も流行を追はず、奇警《きけい》を衒《てら》はず、穏雅整斉、別に一家を成してゐた。子規は群雄百花騒然たる中に、ひとり端然たる孤杉《こさん》の如き彼を愛したのであらう。一時「日本」の付録として発行した「週報」の選句を全然彼に委任したりした。病いよ〳〵重く、選句の代理を命じても、一度は自ら目を通し、子規何某共選でなくば、発表することを承知しなかつたそれまでの習慣を破つた、異数の抜擢《ばつてき》として話柄に上つた程だ。つまり履《は》きちがひ、やり損ひのない、彼の慥《たし》かさを信頼したのであらう。

この碧梧桐の記述を裏付けるかのように、子規自身も、明治三十三年（一九〇〇）一月十日発行の『ホトトギス』第三巻第四号所収の「明治卅二年の俳句界」の中で、

新たに卅二年中に頭角を露《あらわ》したる者は、東京に於いて潮音《ちようおん》、格堂《かくどう》、三子《さんし》、孤雁《こがん》、竹子《ちくし》、道三《どうさん》、紫人《しじん》、抱琴《ほうきん》、牛歩《ぎゆうほ》等の数子。

と記している。柘植潮音《つげちようおん》や山田三子《さんし》などとともに、子規が大きな期待を寄せていた新人だったのである。大正九年（一九二〇）九月刊、俳句研究会編『名家百人十句　俳壇の権威』（求光閣書店）の中に

も子規以下の百人の中の一人として収められており、

最も能《よ》く子規の衣鉢《いはつ》を伝ふる俳人と称せられ、子規の病革《あらたま》るや、代つて日本の俳句を選せり。

と評されている。昭和三十六年（一九六二）十一月には、故郷に句（粽《ちまき》解くや一帆海の東より）、歌（神の峯は八重むら雲にとざされてきのふもけふも五月雨のふる）一対の碑が建立され、その記念に郷土史家岡長平によって小冊子『赤木亀一』（亀一は、格堂の本名。この冊子、奥付なし。昭和三十六年刊か）が編まれ、解説とともに、俳句百十二句、短歌三十首が収められている。ちなみに、子規に万葉調歌人平賀元義再評価に繋がる資料を提供したのが、格堂であった(7)。

この格堂が、子規の言葉として、子規没後十六年経ってもなお忘れられないのが「フランクリンの自叙伝を精読せよ」だと言っているのである。これは、今日、やや意外な感じがしなくもない。子規と、アメリカの独立宣言起草委員の一人、政治家であり、科学者であるベンジャミン・フランクリンとは、どのようなかかわりがあるのであろうか。格堂は、そのことへの謎解きの端緒をも与えてくれている。格堂は、先のアンケート以外に、二度にわたって子規の言葉「フランクリンの自叙伝を精読せよ」を記録しているのである。しかも、はるかに詳しく。その一つは、先のアンケートよりも一年後に書かれている。俳誌『渋柿』に八回にわたって連載された随筆「子規夜話」の第二回目、大正八年（一九一九）二月発行の『渋柿』第五十八号に「凡人主義の人」と題して、左のごとく記している。省略せずに掲出してみる。

子規先生は平民主義の人であつたと共に、凡人主義の人であつた。先生には自分は一方の天才であるなどゝいふ文人に有勝《ありが》ちな自惚気《うぬぼれけ》が毛程もなかつた。又英雄崇拝などゝいふローマンチツクな思想もなかつた。常に人々は努力すれば皆英雄となり得るといふ信念を抱かれて居られた様に思ふ。飽《あ》く迄常識本位で、他人の脱線した奇言奇行を嘲つて居られた。先生が年齢不相応に老人じみて居られたのも此故《このゆえ》であつたであらう。自分共は屢々《しばしば》ローマンチツクな傾向を戒《いまし》められた事があつたが、或日《あるひ》英語の話の時、君はフランクリンの自叙伝を読んだか、と訊《き》かれたから、始めの方を少し教はりましたと答へた。先生は、夫《そ》れではいかぬ、あの本を終迄充分精読して見給へ、フランクリンといふ人は実に偉い人間だよ、僕はあの自叙伝を読で大に得る処があつたと、一方ならず勧説された事があつた。先生は勿論一代の天才であつたには違ひないが、其《その》人の平生、其人の思想は、常識本位の凡人主義の人であつたのである。一生新俳句の建設に尽されながら、其《その》生活に少しも所謂《いわゆる》宗匠じみた痕跡のないのを見てもわかる。

格堂が見た子規の人格的魅力が、格堂の中で、子規の語るフランクリン像と重なったのであろう。格堂は、子規の「平生」、そして「思想」を「常識本位の凡人主義の人」と把握している。格堂の中でこれと対蹠的《たいせきてき》なところに位置するのが「宗匠」というわけである。「常識本位の凡人主義の人」にとって不可欠な「信念」が「努力」であった。子規が、若い時から人並すぐれた「努力」の人であったことは、例の「俳句分類」の作業をまのあたりにするならば、誰もが一も二も無く納得するところであろう。内藤鳴雪は、明治三十五年（一九〇二）十二月発行の『ホトトギス』第六巻第四号

『子規追悼集』の巻頭に据えられている「追懐雑記」の中で、「努力」の人子規について、

居士が俳句の類題と各家々集の編纂に着手したのはなんでも廿三、四年(筆者注・明治)の頃で、是《こ》れは日課として居《い》て、如何《いか》なる多忙疲労の日も決して欠が《(ママ)》さず、或は夜遅く帰宅したとしても是非従事することゝし、夜の二時、三時までも起きて居ることは珍からぬとの事。

と語っている。先にも述べたように、格堂は、もう一度、子規から言われた「フランクリンの自叙伝を精読せよ」との言葉を記録している。よほど印象深かったものであろう。その文章が載っているのは、少しく時間を隔てての昭和三年(一九二八)九月発行の『日本及日本人』(「正岡子規号」)においてである。「先師の晩年」と題した文章の中の「フランクリン」との一節の中で、左のように記している。これも引用がやや長くなるが、内容を異にするので、全文引き写してみる。

一方に於《おい》て日蓮の人物を讃仰《さんぎよう》せられた先生は、他方に於てフランクリンの人格を激賞された人でありました。或日《あるひ》の事、私に向つて「君はフランクリンの自叙伝を読んだか」と問はれました。「英語の教科書として三分の一程《ほど》教はりましたが、最《も》う忘れて仕舞ひました」と答へますと「是非今一度精読し玉《たま》へ。フランクリンは実に偉い。微々たる印刷工から身を立てゝ、堂々たる合衆国の代表者に選ばる迄、如何なる境遇に処しても、迷はず屈せず、兀々《こつこつ》と精進して周囲を征服して行つた処は、大に学ぶべしぢや。之《これ》からの世の中はあれでなくちやいかん。是非君に精読を勧める」と、大に力説されました。其《その》頃、先生は病苦を紛らす為めに、昔読まれた

フランクリンの自叙伝を引き出して、毎日読み続けて居られたのです。私は一寸意外な説教に接して、面喰らひました。其後、私は其本《そのもと》を精読する気にもならず終りましたが、先生の死後、度《た》びく此話《この》を想ひ出して、先生の性格には、確かに平凡なる偉人フランクリンと共通点があると、若い友人へ語つて居ります。フランクリンには随分感心せられたものらしく、何か其《そ》んな事を書かれたことがあるやうにも思ひます。

子規が「日蓮の人物を讃仰」したことは、子規自身が、明治二十八年(一八九五)九月十八日付の『日本新聞』に「日蓮」なる文章を発表しているところからも窺うことができる(「養痾《ようあ》雑記」中の一篇)。子規は、その末尾を、

世人英雄を好んで野心を悪《にく》むものあり。惑《まど》へるの甚だしきなり。既に野心を悪まば、初めより英雄を崇拝せざるに如かず。とはいへ、野心の小なる者に至りては、其害毒や甚だし。野心は須《すべか》らく大なるべきなり。

との言葉で結んでいる。この言葉に呼応して、高浜虚子は、その著『正岡子規』(甲鳥書林、昭和十八年十月刊)中の「子規語録」の中で「居士は徒らに大言壮語したり、又徒らに古英雄を論じて自ら快としたのでは無い。居士は、日蓮に託して自己の抱懐を述べたのである」との見解を示している。そして、格堂に対して「フランクリンの人格を激賞」したのも、また「フランクリンに託して自己の抱懐を述べた」ということだったのであろう。フランクリンに対する子規の思いは、右の格

堂の一文によって大略窺知《きち》し得る。
格堂は、子規がそのことを「書かれたことがあるやうにも思ひます」と記しているが、それこそが『病牀六尺』の中においてであった。『病牀六尺』の百十二回目（明治三十五年九月一日付『日本新聞』）に、左の記述が見える。

去年の今頃は、フランクリンの自叙伝を日課のやうに読んだ。横文字の小さい字は殊に読みなれんので、三枚読んではやめ、五枚読んではやめ、苦しみながら読んだのであるが、得た所の愉快は非常に大なるものであつた。費府《フイラデルフイア》の建設者とも言ふ可《べ》きフランクリンが、其《そ》の地方の為めに経営して行く事と、且《か》つ極めて貧乏なる植字職工のフランクリンが一身を経営して行く事と、それが逆流と失敗との中に立ちながら、着々として成功して行く所は、何とも言はれぬ面白さであつた。此《この》書物は有名な書物であるから、日本にも之《これ》を読んだ人は多いであらうが、余の如く深く感じた人は、恐らく外にあるまいと思ふ。去年は、此《こ》の日課を読んでしまふと、夕貌《ゆうがお》の白い花に風が戦《そよ》いで初めて人心地がつくのであつたが、今年は夕貌の花がないので暑くるしくて仕方がない。

この文章、死の十八日前の文章である。すでに「眼をあけて居る事さへも出来難くなつ」てしまっている病状の中で、去年、「日課のやうに読んだ」ところの「フランクリンの自叙伝」の内容を反芻《はんすう》しているのである。子規の中で、すぐそこまで迫っている三十六年の生涯と、フランクリンの生き方が重なり、再び言い知れぬ「愉快」を感じたのであろう。確かに、格堂の文章と子規の文章から窺えるフランクリンの生き方は、子規自身の生き方と、重なる部分が多いように思われる。
『法政大学図書館蔵正岡子規文庫目録』(法政大学図書館、平成八年)によれば、子規の読んだ「横文字の小さい字」の「フランクリンの自叙伝」は、「The Autobiography of Benjamin Franklin 1886, Cassell & Co., London, ed. by Henry Morley. Cassell's National Library」(A6判)であったようである(未見)。文庫本大の英語の本であるので、仰臥して読むには便利であったであろうが、活字は、かなり小さいはずである(私の手もとに一九〇一年にニューヨークで出版されたCentury Classics の一冊としてのB6判の同書があるが、それでも活字は小さい)。大変な思いをしながら、日課のごとく読了したのであろう。子規は、「日本にも之《これ》を読んだ人は多いであらう」と述べているが、子規とほぼ同時代人の国木田独歩(子規より四歳年少)が、その著『欺《あざむ》かざるの記《き》』(今、便宜上、大正十一年一月刊の春陽堂版をテキストとする)の明治二十八年(一八九五)十二月四日の条に、

今はフランクリンの自叙伝を読みつゝあり。已《すで》に其過半を終へたり。「フランクリンの少壮時代」と題し、彼の立身の歴史のみを著はし、以て伝記叢書の第一巻となすの予定なり。内村鑑三君より来状あり。曰く、フランクリンは常識《コンモンセンス》の使徒なりと。実に然《しか》る可《べ》く見ゆ。日本には類《たぐい》の稀なる人物也《なり》。

と記している。『フランクリンの少壮時代』は、独歩が言うように明治二十八年一月二十八日脱稿(『欺かざるの記』)、「少年伝記叢書」の第一巻として、明治二十九年一月、熟《こ》なれた日本語訳で民友社から出版されているが、なぜか訳者国木田独歩の名は、どこにも記されていない。

ところで、右の独歩の記述の中に、内村鑑三の言「フランクリンは常識《コンモンセンス》の使徒なり」が記録されている。奇妙な符合であるのだが、子規もまた、『仰臥漫録』の明治三十四年九月十一日の条に、

午前、日南氏来ル。話頭、フランクリンの常識。

と書き付けているのである。「日南」は、福本日南。安政四年(一八五七)の生まれであるので、子規より十歳年長。日本新聞社創立以来の社員であり、子規とは、旧知の間柄である。『英雄論』(東亜堂書房、明治四十四年)の著書のある日南の言った「常識」と、内村鑑三の言った「常識」とが、内容的にどこまで一致しているか否かは、定かでないが、フランクリンを評価する言としての「常識」なる言は、その自叙伝に目を通すならば[8]、大いに首肯し得るであろう。少なくとも「常識本位の凡人主義の人」である子規は(多分、独歩も)、フランクリンの「常識」的な生き方に、自らの生き方を重ねて、大いに勇気付けられたのではなかろうか。

六　笹の雪

明治三十五年(一九〇二)七月十一日付『日本新聞』には、『病牀六尺』の六十回目が掲載されて

いる。左のごとき内容。この口述筆記は門下の寒川鼠骨《さんがわそこつ》が行っている。

○根岸近況数件
一、田圃《たんぼ》に建家《たてや》の殖《ふ》えたる事
一、三島神社修繕落成石獅子用水桶新調の事
一、田圃の釣堀釣手少く新鯉を入れぬ事
一、笹の雪横町に美しき氷店出来《しゅったい》の事
一、某別荘に電話新設せられて鶴の声聞えずなりし事
一、時鳥《ほととぎす》例によって屢〻《しばしば》音をもらし、梟《ふくろう》何処《いずこ》に去りしか此頃《この》鳴かずなりし事
一、丹後守殿店先に赤提灯廻灯籠多く並べたる事
一、御行松のほとり、御手軽料理屋出来の事
一、飽翁《ほうおう》、藻洲《そうしゅう》、種竹《しゅちく》、湖邨《こそん》等の諸氏去りて、碧梧桐、鼠竹、豹軒《ひょうけん》等の諸氏来りし事
一、美術床屋に煽風器を仕掛けし事
一、奈良物店に奈良団扇売出しの事
一、盗賊流行して碧桐の舎に靴を盗まれし事
一、草庵の松葉菊、美人蕉《はなばしょう》等今を盛りと花さきて、庵主の病《やまい》よろしからざる事

全十三条である。子規は病臥しているので、右の条々の多くは、鼠骨はじめ子規庵を訪れた何人かの人々によって齎《もたら》された情報によって口述されたものであろう。筆記者の鼠骨は、当日の様子を

昭和九年（一九三四）九月発行の『日本及日本人』第三百五号（子規居士三十三年記念号）所収の随筆「看病番と子規庵の庭」の中で、次のように記している。

「一寸書いてお呉《く》れ」と言はれる。原稿紙をのべ筆を採つて待つてゐると、しづかに口授される。私はそれを筆記する。

ということで、冒頭に掲げた十三条が順次筆記されていくのである。そして十二条目の「盗賊流行して碧桐の舎に靴を盗まれし事」まで進む。最後の一条に至って、鼠骨は、左のように記している。

こゝまで書いて、居士は一寸《ちよつと》私の方を横目で見て「もうないかな、何やら未《ま》だあつたやうぢやな」と聞かれる。私が「もうそんなものぢやな」と答へて、筆を硯箱へ投げ込むと「一寸お待ち、もう一つ書かんと物にならんよ」と言はれる。私は再び筆をとりあげる。「えゝかな」と口授される。

一、草庵の松葉菊、美人蕉等今を盛りと花さきて、庵主の病よろしからざる事（十一日）

「やア御苦労、それで物になつたろがな」と又横目で私を見つゝ一寸笑みを湛《たた》へられる。淋しい笑みであつた。此《こ》の最後の一節を書き終つた私は、黯然《あんぜん》として両眼に覚えず涙が沁《し》み出る。それを隠して居《お》らうと思つて、うつむいて原稿紙を見つめ、誤字を探すやうな風をして、殊更《ことさ》ら元気を鼓舞《こぶ》して、晴れやかな声を作つて「斯《こ》う並べて見ると面白いものぢやなア」と、やつとのことで御答へをしたこともあつた。

さすが名文家、写生文の創始者子規である。最後の一条によって、全体がぐんと引き立ってくる。全十三条が、最後の一条のために存在していると言ってもよい。「庵主の病よろしからざる事」との結びには、筆記者鼠骨のみならず、今日の我々にも、子規の胸中が推し量られて、思わず涙が滲んでくる。子規の文章が見事ならば、右の鼠骨の文章も素晴しい。二人の遣《や》り取りが活写されていて、ある日の子規庵での様子を髣髴《ほうふつ》させる。鼠骨自身にとっても忘れ得ぬ一日だったのであろう。その著『柿のへた』(磯部甲陽堂、大正九年)に収められている「根岸物語」の冒頭にも、

　これは子規居士が、死前二ケ月の或日の記事である。余は此日《このひ》恰《あだ》かも看護の当番で、居士が病床に侍し、居士と共に近況を語り旦(且)つ筆記して此《この》原稿(筆者注・「根岸近況数件」)を作つたのであつた。其《その》事は未《ま》だ昨日のやうに新しく自分の頭に残つて居る。此文を読むと忽《たちま》ち当時の根岸の様が、あり〳〵と目の前に淡く浮き上つて来るのである。それは恰も谷を鎖《とざ》した霧が次第々々に剝《は》げて森や山家《やまが》や谷川や里人などが一つ〳〵順々に顕れ出《で》るやうに、昔し在つた根岸の家並《いえなみ》や其処《そこ》に住んだ人の顔などがポン〳〵と廻灯籠の人でもあるやうに、出て来ては消えて行くのである。

と記している(この文章の初出は、大正七年九月発行の『日本及日本人』秋季臨時増刊号である)。

私が、今、注目したいのは、全十三条中の四条目に見える「笹の雪横町」とあるところの、その「笹の雪」についてである。鼠骨は、「根岸物語」の中で、大正七年(一九一八)当時の「笹の雪横町」近辺を、

根岸の町から音無川を越えると日暮里の田圃が開け、それが直ぐ漬菜《つけな》に名を得た三河島田圃に続いて居た。「ところどころ菜畑遠き枯野かな」（子規句集『寒山落木』では「ところ〴〵菜畑青き枯野かな」の句形。）「汽車道の一段高き枯野かな」（『寒山落木』では「汽車道の一段高き冬田かな」の句形。）「溝川《どぶかわ》に梅ちりかゝる家鴨《あひる》かな」など、閑《ひま》のある毎《ごと》に此《こ》のあたりを漫歩して写生句を作つた居士が、其処等《そこら》に殖《ふ》えて行く家を珍らしがつたのは無理でもない。其《その》田圃も今は殆んど家で埋つてしまつた。一つの立派な下級工業地と化してしまつた。従つて其処《そこ》へ行くべき途《みち》の笹の雪横町には、氷店どころの騒ぎではない。米屋、薪屋《まきや》、風呂屋、八百屋、酒屋、肴屋《さかなや》、肉屋など凡《およ》そ日用品を鬻《ひさ》ぐ店は一つとして備はらざるはない。小料理屋《こりょうりや》さへ出来、一時は白首《はくしゅ》将軍《しょうぐん》（私娼〈白首《しろくび》〉ならぬ男娼をかく言ったか。不詳）さへも徘徊《はいかい》したほどの盛り場となつた。

と描写している。そこで、いよいよ「笹の雪」である。「東京下谷根岸及近傍図」（明治三十四年一月発行）の編修著作もある国語学者大槻文彦（大正十五年四月刊『明治大正文学美術人名辞書』立川文明堂刊によれば、「東京府北豊島郡日暮里町金杉二五八」に住していた）の著作『大言海』（昭和三十一年新訂版による）に詳しく、左のごとく記されている（文化、文政時代の川柳の用例を省略して引用する）。

ささ-の-ゆき（名）笹雪（笹ニ積レル雪ノ如シトノ意ナルベシ）きぬごし豆腐ノ雅名。（あはゆき豆腐ヲ参見セヨ）東京、下谷、根岸ノ地ノ、堰《せき》ノ傍ノ家ニテ売レリ、煎《いり》テ、葛餡《くずあん》ヲカケテ供ス、文化、文政ノ頃、新吉原ノ朝帰リノ客、多ク、立チ寄リテ食ヒシモノト云フ。古キ商票ニ、中央ニ、御膳笹乃雪、肩書ニ、きぬごしトアリ、右ニ、根岸新田二軒茶屋、左ニ、玉忠ト記セリ。

「笹の雪」とは、元来は絹漉《ご》し豆腐のことであり、それを売っていた根岸の豆腐屋の屋号でもあったということである。子規の時代よりやや下って、明治四十三年（一九一〇）二月発行の『東京近郊名所図会』第一巻（東陽堂発行）を繙《ひもと》くと「笹の雪」の項があり、左のように記されている。

笹の雪は同所（金杉《かなすぎ》）庚申塚の横丁角に在り。根岸の笹雪と称するもの是《これ》なり。笹の雪は絹漉豆腐の名なり。東京の豆腐料理にては従来有名のものにて、半日にて売切るといふ。続江戸砂子（菊岡沾涼《せんりよう》による享保二十年刊の地誌）に神田多町山家屋《やまがや》の揚とうふ、浅草華蔵院の豆腐、湯島の淡雪とうふと祇園とうふを記して、此《この》笹の雪に及ばざるを見れば、当時は未《ま》だあらざりしなるべし。

この記述で明らかなように、当初、子規の時代には、音無川の対岸、金杉一九一番地にあった（現在は根岸小学校の前）(9)。これよりやや早い、明治四十年四月刊、報知新聞社編纂『東京案内』（郁文舎）に「東京名所名物鏡」なる相撲番付に見立てた一覧表が収載されているが、それによると「名物根岸の笹の雪」は、前頭《まえがしら》にランク付けされている。東京を代表する名物だったのである。

子規と同時代の英文学者平田禿木《とくぼく》は、その著『禿木随筆』（改造社、昭和十四年）に収めた「子規と根岸」の中で「笹の雪」に言及し、

音無川の畔《ほと》りを伝つて行くと、例の根岸名物笹の雪があつたが、今は坂本の通りへ出て、大が

かりな、俗悪なものになつてゐるらしい。風呂吹きなどを頻《しき》りに好んだ子規氏に、この笹の雪についても豆腐についても、殆《ほとん》ど一句の詠も遺してゐないのは不思議である。根岸一帯、この笹の雪の影響で、豆腐はとてもよかつたのであるに。

と記している。が、これは明らかに禿木の杜撰《ずさん》。

子規は、折に触れて「笹の雪」を素材に作句している。その最たるものが、叔父の加藤拓川《たくせん》（明治十六年、子規の上京を受諾したのが、この拓川である。子規の母八重の弟。子規と生涯の恩人陸羯南《くがかつなん》との仲を取り持ったのも拓川）が特命全権公使としてベルギーへ渡航するに際して認《したた》めた手紙で、明治三十五年（一九〇二）五月の日付である。子規の住所は、東京市下谷区上根岸町八十二番地。拓川は、渡航直前の三月十八日より四月二十一日まで赤十字病院に入院していた。[10]短い手紙なので、全文掲出する。

謹啓　其後、御病気全快、いよ〳〵御出発ニ相成候由《よし》、御名残惜《おし》く奉存候。猶《なお》益ゝ御健康之程奉祈候。私、近来格別の変り無御座《ござなく》、乍憚《はばかりながら》御放慮被下度《くだされたく》候。御留守中「世界パノラマ」とか何とか申候横本《よこほん》（各地の写真抔《など》集めたるもの）、拝借仕度《つかまつりたく》と存候処、間ニあハず残念仕候。
先《まず》ハ御首途《かどで》御祝迄此《こ》の如くニ候。　謹言

明治三十五年五月　常規

叔父上様

〔短冊〕
　欧羅巴《ヨウロツパ》へ赴かるゝを送りたてまつりて
春惜む宿や日本の豆腐汁　　常規上
〔別紙〕
上　　　　　　　　　　　　常規
　笹の雪一折添

以上である。五月三日にベルギー公使として出立する拓川に、「笹の雪」に添えて豆腐の句一句を贈っているのである。この句、『仰臥漫録』の明治三十五年の句稿群の中には、

　　叔父の欧羅巴へ赴かるゝに笹の雪を贈りて
　春惜む宿や日本の豆腐汁

と見える。また件《くだん》の『病牀六尺』の明治三十五年六月五日掲載の二十四回目には、「近作数首」（実際には九句）の一句として、

　　欧羅巴へ行く人の許《もと》へ根岸の笹の雪を贈りて
　日本の春の名残や豆腐汁

の句形で掲出されている。「春惜む」の句、子規門の青木月斗著『子規名句評釈』（非凡閣、昭和十年）

において、亀田小蛄《しようこ》の、

春惜む宿、の宿は拓川翁のことである。春暮るゝ頃何かと風物が惜まるゝ、ましてや万里鵬程《ほうてい》任に赴かるゝ前の惜春の情は別である、そが宿でせめてお名残に名物の豆腐汁などきこしめせと贈つたもので此句の主眼は日本の二字であらうと思ふ、軀は既に起ち得ない重病の褥中《じよくちゆう》にあつて此感懐、想ひなしにはこれ又読まれない句である。

との解釈が紹介されている。そして、月斗自身は、

笹の雪は根岸の有名な豆腐料理の店である。絹漉豆腐に、葛餡をかけたものを名物としてゐる。又笹の雪を絹漉豆腐の雅称としてゐる。子規居士から、笹の雪一折を句に添へて送つてゐるが例の葛餡かけの豆腐であらう。

と解説している。確かに拓川宛の手紙には「笹の雪一折添」とあるが、句は「豆腐汁」となっている。絹漉し豆腐そのものか、煮て葛餡をかけたものか、いささか判断に迷うところである。いずれにしても、拓川は「笹の雪」の豆腐を好んだようである。『仰臥漫録』の明治三十四年九月十七日の条にも、

繃帯取代《とりかえ》後、律、四谷、加藤へ行ク。加藤転居後、始メテ行ク也。オ土産ハ例ノ笹ノ雪。

と記されているからである。ただし、この記述からでも、子規が拓川へのお土産として妹の律に持

たせた「笹の雪」が、絹漉し豆腐を指すか、葛餡をかけたものであるかは定かでない。
明治二十一年（一八八八）生まれの仲田定之助の著作『続・明治商売往来』（青蛙房、昭和四十五年）の中にも「笹の雪」のことが、左のように記されている。

　わたしが初めて笹の雪に行ったのは、入谷の朝顔を見た帰りだった。その家は狭い座敷のおいこみで、相当古かったから綺麗《きれい》とは言えなかったが、何とはなく風雅なたたずまいを見せていたように思う。（中略）縁側近く、庭の隅にある手洗鉢の見える場所で、大振りの茶呑茶碗の中に入った餡かけ豆腐に、卸《おろ》した生姜が添えてあるのを食べた。その絹漉し豆腐を口にふくむと、春の泡雪が舌の上に溶けるようだった。

仲田定之助が父親に連れていってもらった明治時代の「根岸の笹の雪」の描写である。この店で、家庭用、あるいは土産用として絹漉し豆腐そのものをも売っていたか否か、今のところ明らかにし得る資料に逢着していない。が、それにつけても子規の一句「春惜む宿や日本の豆腐汁」は大いに気になるところである。
明治二十五年二月二十九日、下谷区上根岸町八十八番地に転居した子規であったが、翌明治二十六年には、春夏秋と続けて「笹の雪」を素材としての作品を作っている。名物「笹の雪」は、健啖《けんたん》家《か》子規の関心を大いに刺激したものであろう。

　うつくしき根岸の春やさゝの雪

水無月や根岸涼しき篠《ささ》の雪
蕣《あさがほ》の入谷豆腐の根岸哉

『仰臥漫録』の明治三十四年十月二十日の条は「晴。鼠骨来ル。加藤叔父来ラル。午後虚子来ル」と書きはじめられ「午飯三人共ニ食フ。サシミ、豆腐汁、柚味噌、ヌク飯三ワン（以下略）」と記されている。「豆腐汁」は、豆腐好きの拓川（加藤叔父）のために「例ノ笹ノ雪」が振舞われたものであろう。

第二章　子規探索

一　子規の参加した互選句会
――明治二十六年一月十二日

正岡子規が、伊藤松宇《しょうう》らとはじめて「互選」による句会を試みたのは、明治二十五年（一八九二）十二月十日のこと。当事者の松宇が、昭和九年（一九三四）発行『俳句研究』九月号（改造社）所収の随筆「椎の友の集団より雑誌「誹諧」を発刊するまで」の中で左のように回顧している。

子規氏は明治廿五年の十二月十日、私の浜町の宅へ来合《きあわ》せられ、爰《ここ》で椎の友の会友猿男・桃雨・桂山・得中の四氏と初めて顔合せをし、型の如く運座の互選会を開始した。之《こ》れ後の俳聖正岡子規氏が運座会と云ふものゝ座へ出席した嚆矢《こうし》である。

伊藤松宇(1)は、安政六年（一八五九）十月十八日、信濃国小県郡上丸子村《ちいさがたぐんかみまるこ》に生まれている（『松宇家集』中の「松宇年譜」による）。子規より八歳年長。その松宇の「椎の友」の仲間である猿男は森猿《さる》男《お》（文久元年～大正十二年）、桃雨は片山桃雨《とうう》（生没年未詳）、桂山は石山桂山《けいざん》（生没年未詳）、得中は石井得中《とくちゅう》（生没年未詳）である。「椎の友」の由来については、松宇が先の随筆の冒頭で次のように記している。右の四氏の当時の住所なども記されており、この証言は、貴重である。

私共が旧派俳人との交渉に見切りをつけて、交友同志で運座を初めたのは今を去る四十四年前、即ち明治廿四年の春頃で、其時分は私の住居は日本橋区の浜町大橋際《ぎわ》で、友人の森猿男と片山桃雨は浅草の猿屋町、石山桂山は本所の相生町、石井得中は日本橋区の蠣殻《かきがら》町に住《すん》で居り、此《この》五人が毎月打寄て銘々の宅で順番に運座の互選会を開いて遊ぶのを唯一の互楽（ママ）として居つた。斯《こ》うなつては唯《ただ》の俳句会では余りに無意味であるから、何とか会名を付けようではないかと云ふことになり、そこでどこ迄も芭蕉を宗《むね》として斯道《しどう》を研究するには何かそれらしいふさはしい名がよからうと云ふので、私がそれでは今丁度夏ではあるし「先づ頼む椎の木もあり夏木立」といふ芭蕉の幻住庵記に依て「椎の友」としたらどうだらうと提案した所、それは名案であると云ふので立ち処《どころ》に決定したのであつた。

そして、この「椎の友」の互選の運座(句会)に子規が参加したのが、明治二十五年だったというわけである。この互選の運座、子規は、大いに気に入ったようで、松宇は「子規氏は我が椎の友の運座会へ加盟して毎会出席するやうにな」ったと記している。自らのみならず、子規は、内藤鳴雪までも誘っているのである。鳴雪を誘っての、運座の会が、明治二十六年一月であったことは、わかっている。が、その詳細については、従来、不明であった。今回、その資料の一つが出てきた。そして、そこには、今まで知られていなかった子規の新出句も記録されていたのである。大いに注目してよい資料かと思われる。本節の目的は、その資料の紹介と考証にある。

結論を先に言ってしまうならば、従来見落されていたその資料が収録されていたのは、明治四十五年（一九一二）一月六日発行の俳句雑誌『にひはり』（秉燭会《へいしょくかい》）第二巻第一号。『にひはり』は、明治四十四年六月に東京で創刊された秉燭会の機関誌で、伊藤松宇を代表とする。その『にひはり』第二巻第一号の中の森猿男稿「最初の互撰句」なる稿が、それである。いわゆる子規文化圏のやや外にあった雑誌ということで看過されてきたものであろうか、あるいは、明治期の俳誌そのものの披見《ひけん》が、今日、困難な状況に置かれているということで見落されていたものであろうか、ともかく放置されたままになっていたのである。

この森猿男稿「最初の互撰句」全文の紹介と検討は、後に行うこととして、まず、子規も魅せられた互選句会の面白さについて、子規周辺の人々の発言によって確認しておくことにしたい。

1 互選句会の魅力

子規とのかかわりにおいて互選句会の魅力を語っているのは、子規門の高浜虚子。俳誌『ホトトギス』の昭和二十六年（一九五二）十二月号（「子規居士五十回忌記念」号）所収「子規雑記」の中で左のように記している。改行を無視して引用してみる。

子規は実質を尊んで虚名は好みませんでした。碧梧桐や私などは殊に深い薫陶を受けましたが、併《しか》し、外見はどこ迄も友人のやうな言葉遣ひでありました。子規といふ人はもと〳〵さういふ人でありました。俳句会などでも集つた人が皆同じやうな位置に立つた積りで句を作つて、同じやうな心持で選をし、批判をしました。自分が先生である、宗匠であるといふ風は絶対にしませんでした。懸命に俳句を作つた者が皆平等である、といふ今日で言へば民主的とでもいふべき雰囲気でありました。それ迄の俳句会といふものは大概、宗匠の独裁でありまして、宗匠は別の間《ま》(筆者注・部屋)に居つて自分では句も作らずにゐて会衆の句を選む許《ばか》り、それも自分におもねりあてこんだやうな句があれば、力《つと》めて之《これ》を採るといつたやうな、独裁的でありましたのを、すつかり改めたのは子規でありました。その遺風は今日迄私等の仲間に伝つてで(ママ)ゐるのでありますが、やゝともすると昔の宗匠流に逆戻りをするかの形勢が見えます。慎しむ可《べ》きことであります。

虚子の言う「集つた人が皆同じやうな位置に立つた積りで句を作つて、同じやうな心持で選をし批判を」する——これが互選句会である。旧派の宗匠たちによって行われていた句会は、あくまでも「宗匠の独裁」であった。それゆえ、作者は、宗匠に阿《おもね》ったり、当て込んだりする(結果を予測して俳句する)ばかりだというのである。そんな旧派の句会を活写しているのが、明治二十一年(一八八八)五月刊の鶯亭金升《おうていきんしょう》の『滑稽俳人気質』(私家版、金桜堂版もある)である。が、今は、指摘するに止《とど》める。虚子は「独裁的でありましたのをすつかり改めたのは子規でありました」との理解を示しているが、すでに見たように、互選句会を創始したのは、松宇を中心とする結社「椎の友」。やがて、子規を中心とする「日本」派が明治俳壇を席巻することになったので、虚子は、右のような理解を示したものであろう。

その辺の事情を、当事者のもう一人の鳴雪は、正確に記録している。大正五年(一九一六)六月刊、内藤鳴雪著『俳句のちか道』(広文堂書店)の中に、その見解が窺《うかが》える。ちなみに、鳴雪の『俳句のちか道』は、従来、講談社版の『子規全集』をはじめとして、諸書、昭和二年(一九二七)の刊としているが、誤りである。十一年早く、大正五年に出版されていたのである。この書、多くの読者を獲得したようで版を重ねているが、奥付には、重版の旨の情報が一切記されていないので、講談社版『子規全集』をはじめとする諸書のごとき誤りが生じてしまったわけである。――同書中の「吾々の俳句会の変遷」の項に、鳴雪は、左のごとく記している。

従来の宗匠連の運座は其《そ》の句の認《したた》め方などは同じであるけれども、選をするのは一人若《も》しくは二、三人の宗匠を定めて其れに託したものである。それを改めて宗匠を立てず、座中の人人が互に選ぶといふことが此《こ》の椎の友会の始めた事であつた。こゝが即ち新派とだんゞゝ呼ばるゝやうになつた一つの理由である。して見ると宗匠の特権を会員平等に分権にしたのは、確かに椎の友会が創意であつて、そして伊藤松宇氏が主唱したのであるから、此の事は吾々の俳句会の歴史に於て特筆すべき事であると思ふ。

鳴雪の潔さによる正しい認識である。互選句会は、松宇によって創始され、子規によって普及したということだったのである。その互選句会の方法については、子規自身が詳しく述べているので、それによって確認しておくことにする。

２　互選句会の方法

子規の説明が窺えるのは、明治三十二年（一八九九）四月二十日より明治三十三年三月十日まで、十一回にわたって『ホトトギス』に連載された俳論「随問随答」の第二回目。(2) 左のように記されている。今日行われている一般的な句会の方法に近いものであるが、確認のため引用する。子規が松宇の句会に参加してから七年が経過している。互選句会は、「日本」派内においてすっかり定着していたようである。

例へばこゝに十人会合したとせよ。其時《その》に状袋十枚に一つづゝ題を書きて、それを一枚づゝ各人に配るなり。各人は自己が受け取りたる題に就《つ》きて一句を作り、之《これ》を小紙片（普通に紙《こ》よりに用うる程の大きさの紙にて善し）に認《したた》め（自己の名は認めず）、其状袋の中に投ずべし。さて其状袋の上には自己の名を小く書き（これは句を入れたといふ印なり）、右隣の人へ廻《まわ》すなり。斯くして左隣の人より自己に廻し来る状袋を見、其題に就きて又一句を投げ入れ、前と同じく右へ廻す。各《おのおの》此《こ》の如く廻し〳〵て十人皆十句宛作り終へたる時、状袋の廻り止《どま》りの人が其中の句を引出して、別の判《(半)》紙に浄書すべき義務あり。各《おのおの》浄書終りたらば、座中の一人、其句を一句づゝ朗読すべし。朗読中に自己の句の誤謬あるを知らば、其浄書したる紙を乞《こ》ひ取りて誤を直す事を得《う》。朗読終らば、其浄書を一枚づゝ各人に配付し、并《あわ》せて各人に総句数、百句の中より十句を選ぶ事を命ず（自選を許さず）。各人は配布せられたる浄書の中より善しと思へる句を何句にても抜き、之《これ》を別の紙に記し置く。検閲し終りたる浄書の端には自己の名を小く認め、之を右の方へ廻す。斯くして左より自己に廻り来たりし浄書は直に之を閲《えつ》して又善き句を書き抜き、之を右へ廻す。各十枚の浄書を一々閲し終りたらば、其時自己が抜き置きし句の中より更に十句を精選し、別の紙に認むべし。さて各人の撰句を集めて座中の一人之を朗読すれば、其句の作者は自己の名を名乗るべし。点を記す人は、各人の名乗るを聞いて点を記すなり。(中略)各人の得点を報告し終れば、それにて一回の運座は終るなり。

状袋を用いる題詠の方法を除いては、今日通行しているごく一般的な句会の方法と同じである。そして、これこそが、子規が松宇の「椎の友」の互選句会から学んだ方法だったのである。十人で、各々十句作った場合には、最終的に十句選とする方法も、今日なお、踏襲されている。作品には「自己の名は認めず」、また「自選を許さず」という規則も、今日、遵守《じゅんしゅ》されている。作品には作者名が記されていなくても、作者は、作者自らの句を選んではいけないというのである。虚子が指摘していたように、きわめて「民主的」な方法であったのである。鳴雪は、このような方法での句会が、「新派」と呼ばれるようになった理由の一つであると指摘している。もっとも、その鳴雪は、先の「吾々の俳句会の変遷」の中で、右の子規の方法とやや異なる方法を紹介している。

運座と言ふはどんなことかと思つたら、幾つかの題を出して、其題《その》を紙の端へ記して、其の紙を順によつて(筆者注・したがって)廻《ま》はす。廻はつて来た紙へ其の題の句を一句づゝ書き込む。斯《か》くの如く一順廻ると、其の題の下に座中の人々の句が揃ふのである。尤《もつと》も、其の紙を廻す時には一句を書き込む毎《ごと》に直《す》ぐ折込んで了《しま》ふから、次ぎに書く人は其の句を見ることが出来ぬので、人の句を剽窃《ひょうせつ》することは出来ぬのである。で、斯様《かよう》にして数題を銘々が作ると、其れを一枚づゝ分けて、銘々が筆記して、尤も匿名（筆者注・無記名）にして置いて、それを互選に付する。それで多数の点を得たものが座中の勝利者となるのである。

正確には、この方法が、松宇たち「椎の友」の人々が行っていた元来のものであり、それを改良したのが、先の子規が伝えている方法だった、ということであろう。子規の方法の方が、はるかに能率的である。その違いは、松宇たちのは、句を一枚の紙に折込みながら順番に記していき、最後にそれらの作品を切り離して、再度一人の人物が一題分を浄書したのに対して、子規の説明している方法は、状袋を用いることによって、最初から句を小紙片に書き、それを状袋の中に入れ、最後にそれを半紙に浄書している点である（後代「袋廻し」と呼ばれる方法）。鳴雪は「斯様な運座の法を知つた上は、直《ただ》ちに吾々同郷仲間（筆者注・伊予出身の俳友）にも伝はつて此《こ》の運座法を用ふることになつた」と記しているが、そこには、先の子規の説明に見たごときの幾分かの改良が為《な》されていたのであった。が、いずれの方法にせよ、眼目は「互選」ということにあったのであり、その創始は、松宇を代表とする「椎の友」の人々だったということなのである。

以上、やや迂遠な検討のようでもあったが、これから紹介する新資料の内容を確認するに当っては、避けて通れない作業であった。そこで、これから、小稿の目的である明治四十五年一月六日発行の『にひはり』第二巻第一号に掲載されている猿男《さるお》の「最初の互撰句」なる稿を、まずはそっくりそのまま転載してみることにする。松宇言うところの「運座の互選会」の当事者の一人である猿男の書き残しているものであるので（しかも松宇による俳誌『にひはり』に掲載されているものなので）、資料としての信憑性《しんぴょう》には、まったく問題がない。

3 猿男稿「最初の互撰句」

最初の互撰句

猿男

歳は改りた此に諸君と共に「にいはり《(ママ)》」の隆盛を祝しつゝ紙上に相見ることは誠に御同慶の至りである去年十一月百花園にて秉燭会の百回紀念会が有た時席上で鳴雪君が松宇君の俳功を称へたる中に我々が昔の俳句の会合談なども有たが此頃不斗篋底を掻き探したるに当時各自に記したる互選句の紙片を得たれば此に其二三を掲げて鳴雪君が談話の一端を補ふ事にしたこれは明治二十四年の一月の初めに浅草猿屋町桃雨子の宅に於て夜を徹して遊びたる時のものである固より皆始て新派の俳句に志したる頃のものだから句の拙ついのは勿論である唯た別に師事すべき先輩もなく相互に選評して句の優劣を定めたる当時を想像して貰ひたいのである此連中の内に世を去りたるは子規許り桃雨子が名古屋に得中子は上総に孰れも今現存して他の方面に活動して居る

子規選

紅梅にやゝ鶯は老てけり　猿男
紅梅のさし出て床し屋敷町　桃雨
ほつ〳〵とほこる焼野や春の風　猿男
打波の月に湛へて磯の海苔　桃雨
海苔の香に晴れ渡りけり安房上総　鳴雪
花嫁の二の腕見たり蜆ほり　同
桐の芽のそろ〳〵秋を吹きいてぬ　猿男
むら木の芽庄屋の門の奥深き　松宇

感吟

馬立は崩れた儘の若菜哉　桃雨
生垣の結目わりなき木芽哉　鳴雪

鳴雪選

ほつ〳〵とほこる焼野や春の風　猿男
恐ろしき灘を隔てゝ山笑　子規
紅梅のさし出て床し屋敷町　桃雨
鉈あげて切らんとすれば木の芽哉　子規

霜柱踏来し味や蜆汁　松宇
打波の月に湛へて磯の海苔　桃雨
馬立は崩れたまゝの木の芽かな　同
若菜摘や夕日に長き鶴の影　松宇
太箸の太き思ひも一日かな　猿男
桐の芽のそろ〳〵秋を吹き出ぬ　同

松宇選
打浪の月に湛へて磯の海苔　桃雨
よく見れば薄紫の蜆かな　子規
春風の来て交りけり茶の烟　桃雨
恐ろしき灘を隔てゝ山笑　子規
遣羽子や尼ふりかへる町外れ　同
紅梅や万才斗りゐほし着て　同
鶯や笠提てゆく旅の人　猿男
馬立は崩れた儘の若菜かな　桃雨
太箸の太き思ひも一日かな　猿男

感吟

鉈あけて切らんとすれば木の芽哉　子規

猿男選

遣羽子の袖や松葉の拾ひ縫ひ　桃雨

春風や白帆に交しる蜆舟　子規

呼声はさも大粒の蜆かな　桃雨

庭跡の雨に木の芽の育ちかな　同

むら木の芽庄屋の門の奥深き　松宇

鶯も豆腐も同し名所かな　子規

馬立は崩れたまゝの若菜かな　桃雨

紅梅や万才はかり烏帽子きて　子規

恐ろしき灘を隔てゝ山笑　同

感吟

太箸や乳のむ子にもひとり前　鳴雪

4　子規の新出句

以上が猿男稿「最初の互撰句」の全文である。漢字を原則として現行の字体に改めたほかは、濁点など、原文そのままである。原文には、句読点は施されていない。

右の資料と何らかのかかわりがあると思われる記述が、鳴雪の「吾々の俳句会の変遷」の中に見えるので引いてみる。

明治二十六年正月に、或《あ》る時、子規居士が僕の宅へ来て話すには、昨夜《ゆうべ》は面白い事をした。それは此《こ》の頃伊藤松宇といふ人に出会つたが、其《そ》の人も俳句を作つて、これまでの宗匠連の風に慊《あきた》らぬといふので、数人の友と椎の友会といふ会を立てゝゐるが、それへ出て見んかといふことであつたから、昨夜、其の会を石山桂山といふ人の宅で開かれたので出席して見た。運座といふ方法でしたが、却々《なかなか》面白い。遂《つい》に徹夜して、今朝帰つて来たのであると言つた。而《しか》して僕（筆者注・鳴雪）にも其の会へ出て見ぬかと言つた。そこで僕も是非行きたいと思つてゐると、間も無く其の会を片山桃雨氏が開かれると言ふので、其処《そこ》へ出席した。出て見ると、例の伊藤松宇氏、石山桂山氏の外《ほか》、石井得中氏、森猿男氏といふ連中で、子規居士と僕とを合せて七人であつた。

猿男が「最初の互撰句」の中で「明治二十四年の一月の初め」とするのは、誤りである。猿男の記憶違いか（二十年ほど前のことであるので。明治二十四年には、彼らのみでまずスタートしたのである）、印刷上の誤植かの、いずれかであろう。子規が松宇にはじめて会ったのは、明治二十五年（一八九二）十二月六日のことであるし、猿男の提示している資料が明治二十六年のものであることは、子規句の成立時期によって確認し得る（後述）。片山桃雨氏宅の句会であったことは、猿男、鳴雪の記述、二つながら一致している。ただし、鳴雪は、その折のメンバー(「連中」)が七名であったと報じている(松宇、桃雨、桂山、得中、猿男、子規、鳴雪)。ところが、猿男が「篋底を掻き探したるに、当時各自《おのおの》記したる互選句の紙片を得たれば」と紹介している各自の自筆の「紙片」(選句用紙)は、子規、鳴雪、松宇、猿男の四名分。句会場提供者である桃雨の「紙片」が示されていないのは、その分のみ桃雨の手許に残されたためであろう。それはいいのであるが、猿男の言及している得中が参加した気配はない。桂山もいない。ということは、同じ明治二十六年一月の句会ではあっても、鳴雪報告の初参加の句会ではなかったようである(鳴雪の記憶、記述が正しければ、の話であるが)。

それはともかく、子規、鳴雪、松宇、猿男、桃雨の五名をメンバーとする明治二十六年一月の句会の実態が、猿男が提示しておいてくれた資料のおかげで、ここに概略明らかとなったのである。資料を読むことにより、子規を含めての四名の選句傾向などが窺われ、それはそれで興味深いのであるが、本節では、鳴雪、松宇、猿男の三名の選んだ子規句に焦点を絞って、検討を試みることにする。

まず、三名の選んだ子規句を、重複を厭わず左に再度提示してみる。なお、作品に付されている「感吟」は、俳句用語で(俳諧においても用いられた)、特に秀逸と思われる作品を指すものであり、今日風に言えば、さしずめ特選、といったところである。

鳴雪選

恐ろしき灘を隔てゝ山笑　　子規

鉈あげて切らんとすれば木の芽哉　子規

松宇選
よく見れば薄紫の蜆かな　子規
恐ろしき灘を隔てゝ山笑　子規
遺羽子や尼ふりかへる町外れ　子規
紅梅や万才斗りゐほし着て　子規
鉈あけて切らんとすれば木の芽哉　子規

猿男選
春風や白帆に交しる蜆舟　子規
鶯も豆腐も同し名所かな　子規
紅梅や万才はかり烏帽子きて　子規
恐ろしき灘を隔てゝ山笑　子規

この折の句会、十句選で行われている。十句中、鳴雪は二句、松宇は五句、猿男は四句、子規の句を選んでいる。松宇が十句中の半分まで子規句を選んでいるのは、特に注目される(鳴雪句は一句も選んでいない)。このあたりも検討する必要があろうが、今は省略する。各作品の得点についても、桃雨の選句状況が明らかでないので、断念せざるを得ない。ここで、右の子規句を、重複分を除いて整理してみると、左のごとくなる。句頭の数字は、便宜的に私が付したものである。

1 恐ろしき灘を隔てゝ山笑《やまわらふ》　子規
2 鉈《なた》あげて切らんとすれば木《こ》の芽哉《めかな》　子規
3 よく見れば薄紫の蜆《しじみ》かな　子規
4 遣羽子《やりはご》や尼ふりかへる町外《はづ》れ　子規
5 紅梅や万才斗《まんざいばか》りゐぼし着て　子規
6 春風や白帆に交じる蜆舟　子規
7 鶯も豆腐も同じ名所かな　子規

全七句である。松山市立子規記念博物館編『子規俳句索引』を用い、講談社版『子規全集』を繙《ひもと》くことによって成立年代などを確認してみる。

1の〈恐ろしき〉の句は、『寒山落木』中の明治二十六年「春」の部に見える。また、子規の句日記『獺祭書屋日記《だつさいしよおくにつき》』の明治二十六年一月十二日の条には、

一月十二日
出社、訪鳴雪翁、共訪松宇不在、訪桃雨、松宇猿男亦《また》在開小会。
恐ろしき灘をへだてゝ山笑

と記されているのである。この記述によって、検討を加えつつある猿男の「最初の互撰句」の語る

ところが氷解するのである。桃雨宅で、子規、鳴雪、松宇、猿男、桃雨の五名で「運座の互選会」を試みたのは、明治二十六年一月十二日のことだったのである。そのいきさつが浮び上ったということである。この日、子規は、日本新聞社へ出社（明治二十五年十二月一日より出社している）、帰途、鳴雪を訪問、二人で松宇の家に行くが不在だったので、桃雨の家に行ったところ、そこに松宇、猿男もいたので、五名で句会になった、ということなのである。猿男は、この時の句会が、徹夜だったと伝えている。得中が参加していたかのように記しているのは、猿男の記憶違い。なお、〈恐ろしき〉の一句、明治二十六年二月二日付高浜虚子宛の手紙でも報じられている。

2の〈鉈あげて〉の句も『寒山落木』中の明治二十六年「春」の部に収められている。自選句集稿『寒山落木抄』の中にも見える。

3の〈よく見れば〉の句は、明治二十六年四月十四日付の河東碧梧桐（秉五郎）宛の手紙の中で報じられている。

4の〈遣羽子や〉の句は、『寒山落木』中、明治二十六年「新年」の部に、

遣羽子や小尼見返る町はづれ

の句形で記され、抹消されている。

遣羽子や尼ふりかへる町外《はづ》れ
遣羽子や小尼見返る町はづれ

の両句の成立の前後は、定かでない。「尼」で松宇は選んだわけであるが。「尼」と「小尼」では、句柄がまったく違ってくる。異形句というよりも、新出句として認めてもよいであろう。

5の〈紅梅や〉の句は、『寒山落木』の明治二十六年「春」の部に、

紅梅や万才ばかり烏帽子にて、、

の句形で見える。明治二十六年四月十四日付の河東碧梧桐宛の手紙で披露されているのも「烏帽子にて、、」の句形である。「ゐぼし着て」(この句形があったことは、松宇、猿男の自筆の紙片〔選句用紙〕が、同句形であるので確かであろう）から「烏帽子にて」への推敲と考えるのが自然であろうか。

紅梅や万才斗りゐぼし着て、、

の句形にも注目しておく必要があろう。

6の〈春風や〉の句は、『寒山落木』中の明治二十六年「春」の部の中に収められている。

そして、最後の7〈鶯も〉の句である。猿男選のこの、

鶯も豆腐も同じ名所かな　子規

の句、従来、まったく知られていなかった子規の新出句である。少し検討を加えてみたい。

5　新出句〈鶯も豆腐も同じ名所かな〉の世界

一句の成立は、句会が行われたのが明治二十六年一月十二日であったこと、他の六作品が、いずれも明治二十六年一月十二日の成立と断じてよいこと（当座の題詠句であるということ）、の二つの理由をもって、この新出句も、明治二十六年一月十二日成立の作品と見てよいと思われる。季題は「鶯」で、季節は、春。

一句の眼目は、句中の「名所」なる措辞にあろう。この措辞、不特定多数の読者の理解を想定しての「晴《はれ》」性に欠ける。子規が、当座の言い捨ての作品として、記録に留《とど》めることをしなかった所以《ゆえん》であろう。が、子規の生活を知悉《ちしつ》している人々にとっては、猿男のように、一句の世界を解すること、容易であった。それゆえ、そうでない読者にとっては、皆目見当がつかない作品でもあったのである。

一句成立時の子規の住所は、下谷区上根岸町八十八番地（金井ツル方）である。明治二十七年二月一日に下谷区上根岸町八十二番地に転居するまで、この地に住している（この地に住したのは、明治二十五年二月二十九日より）。明治二十五年三月一日付五百木《いおき》瓢亭《ひょうてい》（良三）宛の子規の手紙は、

昨二月二十九日、根岸の別荘に引込み申候。さすがは名所、鶯の音も亦《また》格別に候、抔《など》と申せば甚よろしき様なれども、其《その》実、洒落とか風流とかいふ事は以ての外なり。（傍点筆者）

と書きはじめられている。また、同じく同年三月一日付の河東可全《かぜん》（銓）・河東碧梧桐（秉五郎）宛の子規の手紙の冒頭にも、

小生、表記の番地へ転寓《てんぐう》。処は名高き鶯横町。
鶯のとなりに細きいほり哉《かな》

と記されている。さらに同年三月中旬の高浜虚子宛の手紙には、その寓居が「八畳ニ四畳半ノ二《ふた》間《ま》」であることを記し、左の短歌が書き付けられている。

弊寓ハ鶯横町といふ根岸の名所にあり
うぐひすのねぐらやぬれん呉竹の根岸の里に春雨ぞふる（傍点筆者、以下同）

この寓居、子規の恩人、日本新聞社社長陸羯南《くがかつなん》の住居の西隣に当っていた。これらの子規自身による記述によって、子規の〈鶯も〉の一句における「名所」が「根岸」の、「鶯横町」を指していることが理解し得るのである。もっとも、明治二十七年二月一日に転居した下谷区上根岸町八十二番地（陸羯南邸の東隣）も、また「鶯横町」と呼ばれていたようである。子規の門人寒川鼠骨《さんがわそこつ》著『正岡子規の世界』（青蛙房、昭和三十一年）に収められている「子規庵の今昔」なる鼠骨の文章の中には、

市町名は上根岸八十二番地であるが、通称は鶯横町であつた。

と記されている。そして「此《こ》の横町も樹々の茂りに鳴き移る鶯が多かつたために名づけられたので

ある」との説明が加えられている。

夏目漱石門下の寺田寅彦も、子規生前の明治三十二年九月五日に子規を訪問、随筆「根岸庵を訪う記」の中に、次のように記している。

> なんでも上根岸八十二番とか思うていたが家々の門札に気をつけて見て行く中《うち》前田の邸といふに行き当つたので、漱石師に聞いた事を思出して裏へ廻ると小さな小路で角《かど》に鶯横町と札が打つてある。之《こ》れを這入つて黒板塀と竹藪の狭い間を二十間ばかり行くと左側に正岡常規と可成《かなり》新しい門札がある。（岩波書店版『寺田寅彦全集　文学篇』第一巻より）

上根岸町八十二番地も、また「鶯横町」と通称されていたことは、間違いないようである。広く、上根岸界隈と理解しておいてよいであろう。

少しく「鶯横町」にこだわり過ぎたので、次に句中の「豆腐」に注目してみる。『寒山落木』中の明治二十六年「春」の部の中の抹消句に、

　豆腐屋の根岸にかゝる春日哉

がある。この「豆腐屋」と〈鶯も豆腐も同じ名所かな〉の句の「豆腐」とは、間違いなく関係があろう。そこで、五年後の明治三十一年十一月十日発行の『ホトトギス』第二巻第二号に収められている子規の随筆「車上所見」の次の一節を見てみよう（「車上」とは、人力車の上から、との意味）。

一時過ぎて車は来つ。車夫に負はれて乗る。成るべく静かに挽《ひ》かせて（筆者注・人力車を）鶯横町を出づるに、垣に咲ける紫の小さき花の名も知らぬが先づ目につく。（中略）笹の雪の横を野へ出づ。野はづれに小き家の垣に山茶花の一つ二つ赤う咲ける、窓の中に檜木笠を掛けたるもゆかし。

この中の「笹の雪」なる言葉に注目いただきたい。『病牀六尺』の明治三十五年（一九〇二）七月十一日の条にも「根岸近況数件」の一つとして「笹の雪横町に美しき氷店出来《しゆつたい》の事」と「笹の雪」が登場している。明治三十一年の随筆「車上所見」に見える「笹の雪」、そして『病牀六尺』の中にも見える「笹の雪」――この「笹の雪」は、当時の子規の住居である上根岸町八十二番地とは、指呼《しこ》の間にあったことが窺われる。ということは、新出句の〈鶯も豆腐も同じ名所かな〉が詠まれた上根岸町八十八番地からも、当然、指呼の間、ということになる。そして、この「笹の雪」こそ、例えば、明治十二年（一八七九）二月十四日付の『東京曙新聞』の記事の中に、

玉の声なす鶯の振ふて落とす笹の雪といふ豆腐屋は、金杉村根岸の里にて有名なる老舗なり。

と見えるように（引用は『新聞集成明治編年史』による）、根岸の里にあった江戸（文政）時代よりの老舗豆腐屋だったのである。なお、子規には、ほかに明治二十六年秋の作品〈蕣《あさがほ》の入谷豆腐の根岸哉〉もある。参考までに、後代の著述であるが、明治三年生まれの俳人笹川臨風《りんぷう》が昭和二十一年（一九四六）六月に出版した随想集『明治還魂紙《すきがえし》』（亜細亜社刊）の中に収めている「味覚総まくり」中の次

の一節を掲《あ》げておく。

根岸の笹の雪はおつなところで、小さな茶椀に入つたあんかけ豆腐と、焼海苔より外《ほか》にない。此《この》茶椀を沢山積むことが豆腐通の通たるところ、こゝいらがいはゆる江戸情調であらう。

「笹の雪」の雰囲気は、こんなところであったろう。ということで、明治二十六年一月十二日成立の子規の新出句、

鶯も豆腐も同じ名所かな

の世界が見えてきた。子規の句は、山口素堂の一句、

目には青葉山郭公はつ鰹

を意識しているものと思われる。子規は、明治三十年十二月三十日発行の『ほとゝぎす』第十二号より「俳句分類」の連載を開始しているが、その冒頭に、

余俳書の編纂に従事すること茲に七年、名づけて俳句分類といふ。(傍点筆者)

と記している。その「俳句分類」の「夏の部」の「動物」中「山時鳥」の項に、

鎌倉にて（新道）

目には青葉山時鳥初松魚　　来雪（新道）
素堂（あらの）

と見えるのである。この句、芭蕉七部集の一つ、元禄三年（一六九〇）刊、荷兮《かけい》編『あら野』にも収録されているが、初出は、延宝六年（一六七八）刊、言水《ごんすい》編『江戸新道《しんみち》』である。そこには、作者名、素堂の初号である来雪として収められている。そして、子規は、『江戸新道』を披見していたのである。『江戸新道』には、前書「かまくらにて」が記されている。子規は、この前書にも注目し、わざわざ「俳句分類」でも「鎌倉にて（新道）」と記している。素堂の一句は、鎌倉名物の「はつ鰹」（「初松魚」）を中心に、鎌倉の初夏の風物（青葉・郭公）に及んだものである。子規は、この素堂の詠みぶりに倣《なら》ったものと思われる。

子規の句の「同じ名所」の「名所」は、先に見たように「鶯横町といふ根岸の名所」。その私（子規）が住んでいる根岸は、素堂が名所鎌倉で「山時鳥」と「初松魚《はつがつお》」とを句に詠んだように、「鶯」の声のみならず、豆腐屋笹の雪で「豆腐」を味わうことができる、というのが、一句の意味であろう。

この句、明治二十六年一月十二日の作品であるが、子規が、『獺祭書屋俳句帖抄 上巻』の巻頭の一文「獺祭書屋俳句帖抄上巻を出版するに就きて思ひつきたる所をいふ」の中で、前年の明治二十五年を振り返って「実景を俳句にする意味を悟つた」と記しているように、そんな「写生」の自覚の中で生まれた一句だったのである。

明治四十五年（一九一二）一月、「椎の友」の会員の一人森猿男は、俳誌『にひはり』第二巻第一号において、それまで猿男の篋底《きようてい》に眠っていた数枚の紙片を公にした。それは、互選句会の各々の自筆の選句用紙であり、朗読（披講）後の各句の作者名までが記されている興味深いものであった。今日、当時の資料として一般に目にし得るものは、点数集計後の句会記録であるので、小稿で検討を加えたごときの個々人の生《なま》の選句用紙が公にされることは、まず、ないといってよい。その点でも、すこぶる貴重な資料というわけである。しかも、その選句用紙の一つは、子規のものであった。小稿では、検討することをしなかったが、子規選の十句を子細に検討することによって、当時の子規の俳句観が自ずと明らかになるはずである。一端を示せば、子規が秀逸（感吟）として選んだ二句、

馬立《うまたて》は崩れた儘《まま》の若菜哉《かな》　桃雨
生垣の結目《ゆひめ》わりなき木芽哉　鳴雪

を目にしただけでも、当時、「実景を俳句にする意味を悟つた」とする、その子規の俳句観を確認することができるのである（桃雨句中の「馬立」は、馬繋ぎのこと）。また、子規の選句用紙があるということは、言わずもがなであるが、その句会に子規も参加していたということである。はたせるかな、ほかの選句用紙、すなわち、鳴雪、松宇、猿男の選句用紙には、子規の句が散見していたのである。そこで、本節では、それらの子規句に注目、検討を加えたのであった。そうすることによって、従来知られていなかったいくつかの異形句が浮び上ってきたし、子規の興味深い新出句〈鶯も豆腐も同じ名所かな〉も発見し得たのであった。それよりも何よりも、子規の側の資料である『獺

祭書屋日記』と重ね合わせることによって、猿男が紹介した紙片(選句用紙)が、明治二十六年一月十二日のものであることを特定し得たのであった。すなわち、子規年譜の一項を補訂し得るのである。これは、大きな収穫であった。

明治二十六年の選句用紙が、猿男によって、十九年ぶりに明治四十五年、公にされたのであったが、残念ながら、それは注目されずにそのまま放置されていたのであった。それから九十七年が経過しての平成二十一年(二〇〇九)、私は幸運にもそれを披見し得たのであった。そのことを子規とともに喜びたい。

二　新資料　明治二十九年八月十五日付子規書簡

私の手もとに、従来知られていなかった正岡子規の手紙、一通がある。子規の人間性が窺える、内容豊富な手紙である。巻紙軸装、たて十七・五センチ、横一〇〇・三センチ。毛筆三十三行。封筒欠。左に句読点、濁点などを付しながら翻字《ほんじ》してみる。その際、改行は無視するので、掲出の写真を参照されたい。漢字は現行の字体に改めた。

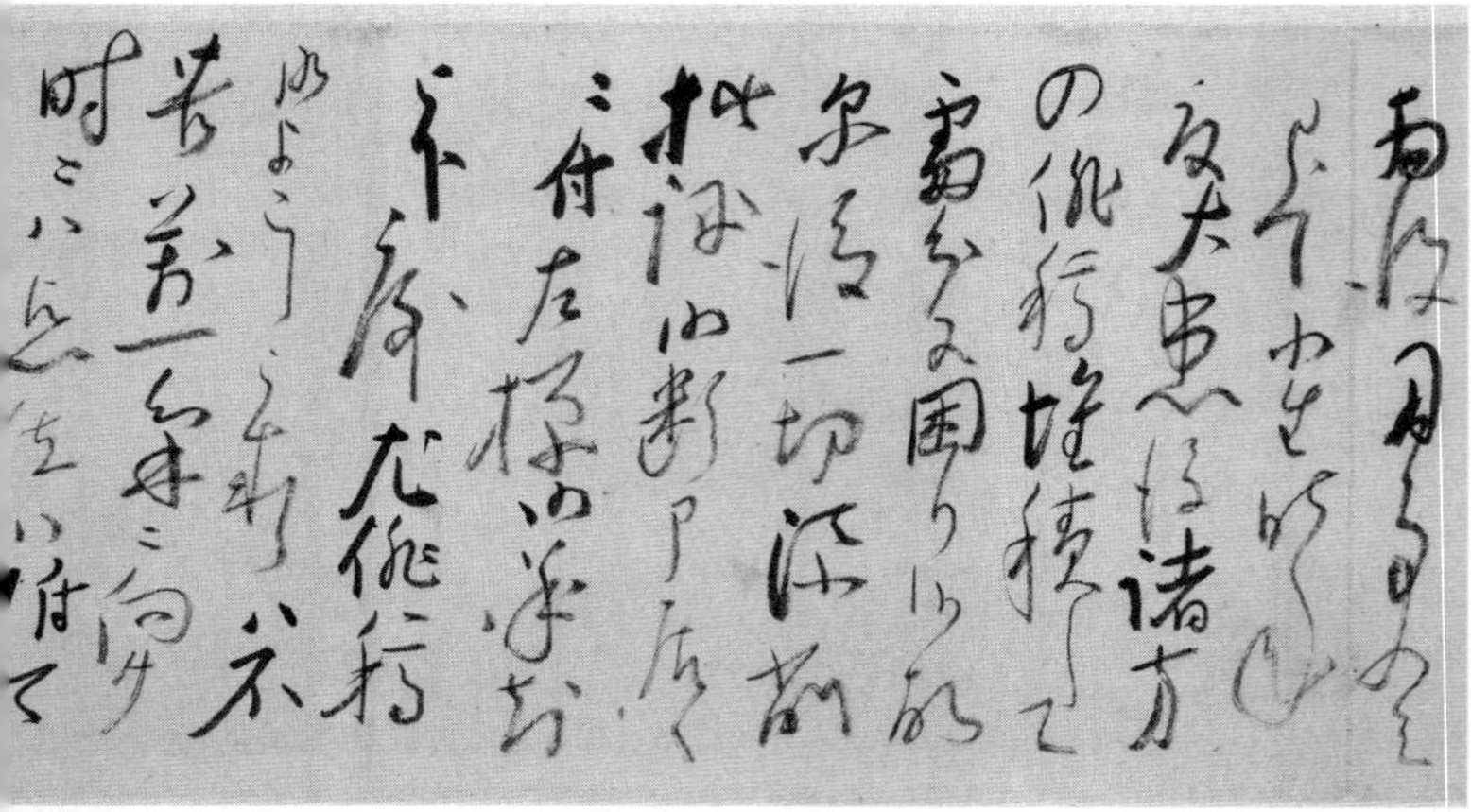

子規書簡

拝復　用事のみ申上候。小生、昨年夏、大患後、諸方の俳稿堆積して、処分に困り候故、爾《じ》後《ご》、一切、添削、批評、御断申居候ニ付、左様御承知被下度候。尤《もつとも》俳稿御よこし被成候ハ不苦、万一気ニ向ク時ニハ点位ハ附可申候へども、今日の如く堆積致居候てハ、迚《とて》もそんなことは出来間敷《まじく》候。

日本新聞への投書ハ、勿論検閲致候上、佳句ハ紙上に掲載致候。但《ただ》しこれハ返稿不致候。

為替券、御封入、御厚志、奉謝候。併《しか》し同券ハ其儘返上致候。何だか御面識もなき人よりこんなものを貰ふてハ、添削の義務が出来るやうに思ハれて心苦しく候故、御返上申伝上候。

右大略不尽。

八月十五日夜　　規

倉田兄

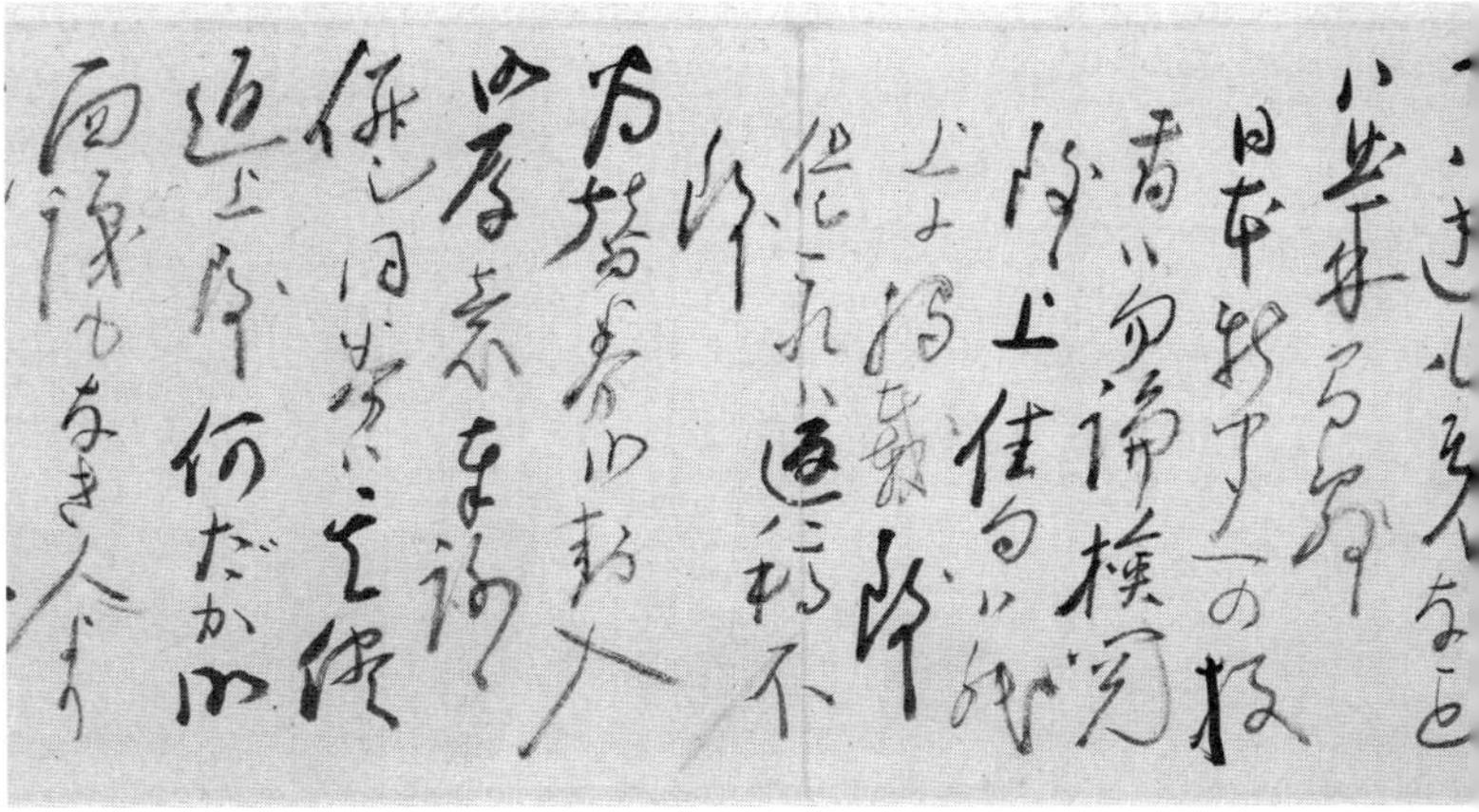

以上である。まず、名宛人の「倉田兄」が、いかなる人物であるかから明らかにしておく。子規が、宛名を何々兄とすることは珍しくない。が、それらは「虚子兄」「露石兄」「鼠骨《そこつ》兄」のごとく俳号であり、「倉田兄」のごとく姓を記すことは、まず、ない。このことが、封筒を欠く本書簡において、人物の特定にやや時間を費すことになった。が、書簡の内容よりして、俳人であることは、見当が付く。そこで、当時の俳人関係の人名辞典類を検索することにしたが、これが、やっかいなことに俳号で掲載されている。となると片っ端から目を通していくより方法はない。明治四十一年（一九〇八）八月十日刊の『俳人名簿』（俳書堂）によって、その作業を試みたところ群馬県の項に（『俳人名簿』は、府県別に排列してある）、

萩郎　前橋市横山町
倉田萩三郎

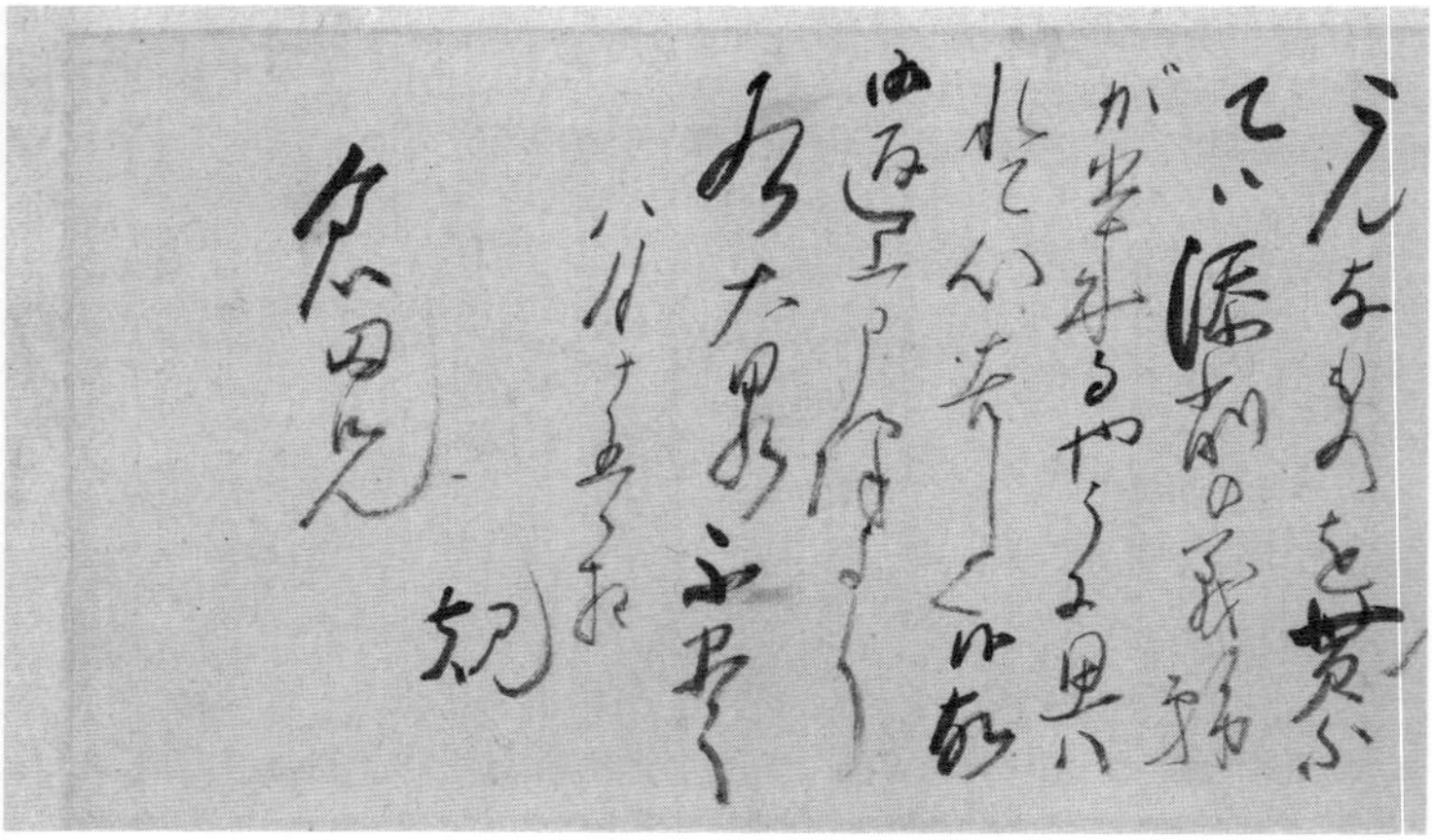

と記されている記述に逢着した。この「倉田萩郎（本名萩三郎）」が、子規とかかわりのある人物であれば、書簡の「倉田兄」は、俳人萩郎と認定してよいことになる。そこで、俳誌『ほととぎす』を繙《ひもと》いてみることにした。すると明治三十一年（一八九八）八月三十一日発行の第二十号をはじめとして、萩郎の句が散見する。特に、明治三十二年一月十日発行の第二巻第四号掲載の獺祭書屋主人（子規）稿の「明治卅一年の俳句界」末尾において、子規が「試に各地俳人分付（ママ）の表を作りて左に掲ぐ」とする中に、

上野　鏑川。萩郎。

とあるのが注目された。「上野」は「かうづけ」で、群馬県。先の『俳人名簿』の記述と符合するのである（『ホトトギス』第三巻第四号の子規稿「明治三十二年の俳句界」の末尾の「俳人一覧表抄」の中にも「上野　萩郎」と見える）。これにて新出書簡の名宛人「倉田兄」は、子規門の俳人萩郎、本名倉田萩三郎と断

定してよいであろう。
今日の俳句関係の辞典類には掲載されていない倉田萩郎であるが、遺稿句集『萩郎俳句帳』が残されている。昭和十五年(一九四〇)六月二十日、息倉田素商（本名、倉田健次）によって出版されたもの。非売品。素商の「編輯後記」の中に、

父、倉田萩郎は大正十五年六月二日、前橋市の草屋に於て胃潰瘍に肺炎を併発して永眠した。享年五十八歳である。

と見える。享年が、数え年であるとすると、明治二年(一八六九)の生まれということになる。[3] 素商の「編輯後記」は、左の言葉で結ばれている。

過日高浜虚子先生にお逢した折、先生が父を追憶されて「萩郎君は子規門の第一期生だ」と言つておられたが、そのお言葉のやふに子規居士を中心の明治俳壇といふ時代的背景に父を置て父の句をみて頂きたい、と私は希ふものである。

貴重なエピソードの記録である。「萩郎君は子規門の第一期生だ」との言葉には、大いに注目しておいてよいであろう。そして、『萩郎俳句帳』の序は、この言葉を萩郎の息素商に伝えた虚子によって綴られているのである。「序」の日付は、昭和十五年三月十五日。「序」の前半は、萩郎その人にかかわっての興味深い内容である(毎日新聞社版『定本高浜虚子全集』には未収録)。左に引用してみる。これも改行を無視する。

倉田萩郎君といへば私はすぐホトトギスを東京で出すやうになつた明治三十一年頃のことを思ひ出すのである。それは前の発行地であつた松山からホトトギスの購読者の名前を受取つた時分に、倉田萩郎といふ名前が一番最初にあつたことを記憶して居るのである。私は其名簿を見つゝ雑誌発送の封筒をよく書いたものである。萩郎君は慥《たし》か私と同年であつたかと思ふ。が、私のやうな田舎出の書生とは違つて、気の利いた服装をして、莨入《たばこいれ》をぽんとあけて煙管を取出して、少し疳性《かんしよう》なやうに目をちか〳〵させ乍《なが》ら、座談の面白い人であつた。君は「いなのめ会」といふ会を組織してゐて、其会の草稿をいつでも私のところに寄せて来てゐた。字が巧かつたので其草稿は綺麗で読み易かつた。

子規書簡の名宛人「倉田兄」について、これだけのことがわかれば、十分であろう。(4) 虚子が素商に「萩郎君は子規門の第一期生だ」と語ったのも首肯し得るであろう。ちなみに松山での最後の発行となった『ほとゝぎす』第二十号(明治三十一年八月三十一日発行)には、子規選の「募集俳句」(課題「七夕」)欄に、萩郎の、

星合やいさゝかの雲只ならず　萩郎

の句が、四方太選の「募集俳句」(課題「相撲」)欄に、同じく萩郎の、

山駕籠や小さく乗りし相撲取　萩郎

の句が見え、虚子の発言を裏付けることができる。「萩郎君は慥か私と同年であつたかと思ふ」は、虚子の記憶違い。先にも述べたように、萩郎は、明治二年（一八六九）の生まれ、虚子は、明治七年の生まれである。萩郎の人となりの一端は、右の虚子の記述から窺えよう。「少し疳性なやうに目をちか〱させ乍ら」など、萩郎の風貌までが髣髴《ほうふつ》とするようである。「いなのめ会」（「いなのめ」は、夜明けの意）については、子規の評論「明治三十二年の俳句界」巻末の「俳社一覧表抄」の中にも、

上野　いなのめ会

と見える。子規も認めていた「俳社」（俳句結社）だったのである。なお、萩郎の代表句としては、子規撰『春夏秋冬 春之部』（明治三十四年五月、ほとゝぎす発行所）の中に収められている二句、

初午や狐の穴に小豆飯　　萩郎
雛鶴の飛ばんとすなり春の風　　萩郎

などを、それと認めてよいであろう。

次に、この子規書簡が明治何年に認《したた》められたかの検討である。日付は、「八月十五日夜」と記されている。この件については、書簡中の「小生、昨年夏、大患後、諸方の俳稿堆積して、処分に困り候故、爾後、一切、添削、批評、御断申居候ニ付、左様御承知被下度候」の文言により、即座に解決する。子規の「大患」は、明治二十八年（一八九五）のこと。同年四月十日、日清戦争の従軍記者として宇品を出航し、金州、旅順に向った子規であったが、帰路、船中で喀血、そのまま五月二

十三日、県立神戸病院に入院、一時、重篤となったのであった。七月二十三日には、須磨保養院に移り、八月二十日までを過している。これが子規言うところの「大患」である。それゆえ、書簡が認められたのは、自ずから明治二十九年八月十五日夜と定ることになる。この日、子規は、『早稲田文学』第十六号に斎藤緑雨との俳句作品の貸借についての一件をユーモラスに綴った文章「俳句返却届」を発表しているが、(5)さらにこの新出書簡の執筆ということが、年譜的事項として加わったというわけである。

そこで内容であるが、最も注目すべきは、書簡末尾の左の部分である。

為替券、御封入、御厚志、奉謝候。併し同券ハ其儘返上致候。何だか御面識もなき人よりこんなものを貰ふてハ、添削の義務が出来るやうに思ハれて心苦しく候故、御返上申伝上候。

この書簡より先に、萩郎より子規に自らの俳稿(今の用語で言えば、句稿)への添削批評依頼の手紙が、俳稿とともに届いていたことは、子規書簡の内容よりして明らかである。そして、そこには、「為替券《かわせ》」が同封されていたのである。添削批評料ということであろう。それに対して、子規は、丁重に礼を述べながらも、そっくりそのまま返付しているのである。その理由は「何だか御面識もなき人よりこんなものを貰ふてハ、添削の義務が出来るやうに思ハれて心苦しく候」ということだったのであるが、それにしても潔癖な子規の人間性が窺知《きち》し得るではないか。

ここで想起されるのが、門人佐藤紅緑の書いた「秋雨がたり」なる文章の中の左の一節である。この文章、明治三十七年(一九〇四)三月刊の紅緑の著作『俳諧紅緑子』(有朋館)の中に収められている。紅緑は、子規の「性行」の一側面を左のように描写している。

句稿の評点でも其《そ》れを乞ふものゝ書状中に切手が入れてあつたり、又《ま》た平素親密な親類付合ひの様な中でもなく、一面の識位《くら》ひでいろ〳〵な物品を句評の報酬的に贈るものあれば、却つて腹立つて居られた。（中略）先生は、金銭と俳句との関係を明らかに区別して居つたのである。

紅緑は、子規の潔癖性をこのように描写しているが、今、紹介している新出の子規書簡によって、そのことが、子規自身の文言によって証明されたというわけである。見事なまでの符合である。なお、一字分下げて記している左の箇所にも注目しておく必要があろう。

日本新聞への投書ハ、勿論検閲致候上、佳句ハ紙上に掲載致候。但しこれハ返稿不致候。

些細なことかもしれないが、注目すべきは、ここで子規が用いている『日本新聞』なる呼称である。この新聞、明治二十二年二月十日、陸羯南によって創刊されたものである。そして、題字は「日本」。羯南自身も、単に「日本」と呼んでいる。(6) しかし、新聞であることを明確にするため、従来、あえて新聞『日本』と呼び慣わしてきた。が、右に明らかなように、子規は『日本新聞』と呼んでいるのである。子規のみならず、碧梧桐や虚子も『日本新聞』と呼んでいたのである。例えば、明治三十五年五月刊の『春夏秋冬 夏之部』（俳書堂・文淵堂）の碧梧桐・虚子連名の「序」には、

春夏秋冬夏之部も春之部と同じく獺祭書屋主人（筆者注・子規）の選に成るべき筈なりしが、其

病重きが為め余等不肖《ふしょう》を顧みず代つて之を選抜するに至る。然れども其草稿とする処は日本新聞の俳句切抜帳たれば、一度主人の選に入りたる句中に於て余等両人の好むところを択びたるに過ぎず。（傍点筆者）

と見えるといったごときである。そして、この呼び名が、今回の新出書簡の右の箇所で明らかになったように、子規に出たものだったのである。今後は、『日本新聞』なる通称に従うべきであろう。些細なことではあるが、興味深い一事である。そして、子規は、萩郎に『日本新聞』に「投書」（今の用語で言えば「投句」）するように奨めているのである。

以上、新出の明治二十九年八月十五日付倉田萩郎宛子規書簡について検討を加えてきた。あまり長くもない書簡ではあるが、子規の一側面が、子規自身によって語られている興味深い書簡である。

三　子規の憤懣《ふんまん》
——近藤泥牛編『新派俳家句集』をめぐって

1　子規の手紙一通

子規の手紙は、今日、全部で千百四十余通伝わっている。そして、そのいずれもが、今なお、読む者をして何らかの感動を覚えさせてくれる。俳誌『ホトトギス』の第十一巻第十二号(明治四十一年九月一日)は、子規七回忌追悼号の体裁を採っているが、その中に子規の親友夏目漱石の「正岡子規」と題する口述筆記されたものが載っている。そして、その末尾は、

一体正岡は無暗に手紙をよこした男で、其《そ》れに対する分量はこちらからも遣《や》つた。今は残つてゐないが孰《いず》れも愚かなものであつたに相違ない。

との印象深い一節で終っている。表面だけ読むと、漱石が、筆まめな子規の攻勢にいささか迷惑している印象を受けるが、漱石もまた、子規の手紙に感動した一人だったのである。その一端が窺えるのが、明治三十九年(一九〇六)十一月四日刊の『吾輩ハ猫デアル』(大倉書店)の中篇序である。その序で漱石は、子規が明治三十四年十一月六日付で倫敦《ロンドン》にいる漱石に宛てた手紙の全文を掲げている。例の「僕ハモーダメニナツテシマツタ、毎日訳モナク号泣シテ居ルヤウナ次第ダ」ではじまる手紙である。そして、それに対して、漱石は独特の筆遣いで愛情溢れる追悼の言葉を記している。乾いた筆遣いの中に漱石の精一杯の愛情が込められていることが窺われる。漱石、また、子規の手紙に人一倍感動した一人だったというわけである。

そんな多くの子規の手紙に混じって、いささか趣の異なる手紙が一通残っている。まずは、その全文を左に掲げてみる。明治三十年十月二十八日付で「本郷区元町二丁目四十七番加藤方」の近藤

乙吉に宛てたものである

（一）

貴書拝見。俳句撰択致度《いたしたき》由は、兼て御面会の節も申上候筈也《なり》。それを本人に見せもせず出版するとは怪《け》しからぬ御仕業《しわざ》と存候。是非共《とも》削去被下様《くださるよう》請求致《いたし》候。ある人の話によれば、貴著俳句集の広告に小生の原稿とか石版摺とか申様な事ありとか申候。若《も》し真《まこと》ならば如何《いか》なる者か承度《うけたまわりたく》候。小生に関係のあるものならば、一応御ことわり有筈《あるはず》の者と存候に、専断の御所置は、如何《いか》なる訳や。

（二）

貴書中、紅緑氏云々との事あり、何の事にや。貴兄と紅緑氏との交際、如何《いか》に成居《なりおる》や。左様なる事は、小生夢にも存ぜず、況《ま》してそれが文学上に影響可致訳《いたすべきわけ》も無之《これなく》候。貴兄、妄《みだり》に邪推を逞《たくまし》うし、却而《かえつて》狭量の何のとて人を誹毀《ひき》するに至る何たる心ぞや。御弁解もあらば、御面会の上承度《うけたまわりたく》候。書、不尽意《いをつくさず》。早々。

十月二十八日　　規

近藤君

ほかの多くの子規の手紙と異なり、憤懣やる方ない、といった子規の心中が読者にもぴんぴんと伝わってくる。怒り心頭、それを辛うじて押えて、できるかぎり冷静にと筆を運んでいるが、それでも、子規の怒りは伝わってくる。子規の手紙の中にあって、珍らしい一通である。

一読、子規の怒りの中心が「俳句集」にあるらしいことは、推測し得る。そして、それが「近藤君」、すなわち近藤乙吉の手になるであろうはずの「俳句集」であるらしいことも推測し得る。論を進める関係で、少し先走りして明らかにしておくならば、子規が話柄としている「俳句集」とは、明治三十年(一八九七)十一月十五日発行の『新派俳家句集』を指しているのである。この書に関しては、後に詳しく紹介する。そして、『新派俳家句集』の編者が、近藤泥牛《でいぎゅう》こと近藤乙吉なのである。

そこで、まず、俳人近藤泥牛のプロフィールを記してみる。この人物、子規の周辺にありながら、いまひとつその実像がよくわからないのである。明治時代より今日に至るまでの俳句関係の人名辞典類で泥牛に言及しているものは皆無である。

同時代の記述で、泥牛の人となりについて一番詳しく記しているのは、『新派俳家句集』に付されている稲垣木蕣《もくあん》なる人物の跋《ばつ》文である(木蕣については、目下のところ詳らかにし得ない)。冒頭部より途中まで、必要箇所を摘記してみる。

友人近藤泥牛は、加州の士なり。嘗《かつ》て第四高等中学に学び、志を得ず、去て東都に来り、専ら政法の学を修め、将《まさ》に大に為《な》すあらんとし、轗軻不遇《かんかふぐう》、一躓《いっち》乃《すなわ》ち江湖に落托《らくたく》し、困頓《こんとん》窮迫して零丁《れいてい》を嘆ずるもの多年、遂に仙台に行き、序《つい》で筆を河北新報に執り、東北の為《た》めに一代の文学を鼓吹す。夫《そ》の奥羽百文会設立の如き、蓋《けだ》し泥牛与《あずか》りて最も力ありと云ふ。今茲《こんじ》丁酉《ひのととり》八月、突然仙台より帰り、予を駿台の僑居《きょうきょ》に訪ひ、其《その》撰する所の新派俳句を出し、跋を予に徴《ちょう》して曰

く、是《こ》れ聊《いささ》か俳壇新派の為《た》めに力を致す所、吾子《ごし》盍《なん》ぞ、跋せざると。（以下略）

一読、一言で泥牛を評せば、不遇の人ということになろうか。木蒡は、跋文の末尾にも「泥牛、今猶《なお》逆境に在り」と書き付けている。右の跋文により明らかとなる事実のみを整理しておく。まず、出身は、加州、すなわち加賀（今の石川県）。第四高等中学校に学ぶ。その後、東都（東京）に出て政法を学ぶ。零丁《れいてい》（落魄）、仙台へ行き、河北新報（明治三十年創刊。子規門佐藤紅緑は、同新聞家庭欄初代主筆）に筆を執る。前後して俳句グループ「奥羽百文会」（紅緑が中心メンバー）の設立にかかわる。明治三十年（丁酉）八月、東京へ帰り、『新派俳家句集』を企図する。——とまあ、こんなことになろうか。子規の「病牀手記」によれば、明治三十年八月十八日に子規を訪れている。八月十八日の項に「午後、近藤乙吉（鬚男）来ル」と記されている。「鬚男《ひげおとこ》」は泥牛の別号。この後《あと》、泥牛は子規に手紙を認《したた》め、それに対する子規の返事が、先の十月二十八日付の手紙ということになろう。一項を設け、泥牛の記述に及んでいるのは、後代、昭和四十二年（一九六七）九月刊、石川県俳文学協会編『石川県俳壇明治百年誌』（北国書房）。が、木蒡の跋文を紹介するに止《とど》まっており、生没年などには言及されていない。[7] なお、大正六年（一九一七）八月、近藤泥牛なる人物によって『貿易史伝御朱印船』（経済界社）という著作が出版されているが、著者近藤泥牛が、今問題としている俳人泥牛と同一人物であるか否かは、定かにし得ない（同書中の「紀文外伝花の山」では、杉風、其角、子葉などの俳人に言及しているが）。

泥牛のアウトラインはこれでいいとして、子規の手紙を検討するに当っては、『新派俳家句集』

の概略も把握しておいたほうがいいであろう。それには、明治三十年十一月二十七日付の『日本新聞』に掲載されている同書の広告に当るのが早い（二十九日付同紙にも掲載されている）。発行後、十二日が経過している。広告掲出のタイミングとしては、時宜《じぎ》に適っていると思われる。広告のレイアウト、活字の大きさなどを無視して惹句《じゃっく》を引き写してみよう。まず右に「角田竹冷　大野洒竹　佐々醒雪　国府犀東《さいとう》　泉鏡花　石井露月　平賀蛇足　稲垣木莽　諸名家序跋　近藤泥牛君編」と見える。先に記したように稲垣木莽については詳らかにし得ないが、ほかは、錚々《そうそう》たる人々である。ただ、ここで注意しておきたいのは、跋文を書いているメンバーの一人佐藤紅緑の名前が掲出されていない点である。先の子規の手紙の中にも泥牛と紅緑との関係が、子規によって質《ただ》されていた。気になるところである。後でもう一度触れたい。真ん中に『新派俳家句集』なる書名が大きく白抜きで示されている。その上には「名家真蹟短冊縮写挿入」なる文字が二字ずつ五行取りで小さく示されている。書名の下には「洋装美本全一冊　正価廿五銭　郵税六銭」とある。そして、書名の左側。「写真石版○尾崎紅葉○角田竹冷○大野洒竹○岩谷小波○佐々醒雪○正岡子規○柳原極堂○梅沢墨水○勝海舟の諸名家　真蹟短冊縮写　収むる所の篇は文学的俳句を論じ新旧俳句の区別より俳句の諸体併《あわ》せて諸名家の特調現今東都各地方の俳句会吟啾《ぎんしゅう》等論じ尽して細大遺漏《いろう》なし希くは虫声唧々《そくそく》の下狐燈を剔《かきた》つて之を味へ」と見え、左端に「発兌元　東京本郷五丁目十七番地　白鷗社　発売元　東京神田区表神保町三番地　東京堂　○文錦堂○福島屋○盛文堂○四海堂」とある。これで、子規が不満を洩らしている泥牛の「俳句集」の内容がある程度理解し得るであろう。

2 『新派俳家句集』と『新俳句』

先に掲出の子規の明治三十年十月二十八日付泥牛（近藤乙吉）宛の怒りの手紙の、その怒りの要因が、泥牛編『新派俳家句集』そのものにあることはいうまでもないが、実は、その遠因ともいうべき一事があったのである。それは、子規自身がすっかり乗り気になった新派の秀句集《アンソロジー》『新俳句』の企画である。

そもそもの発端は、明治三十年三月六日のこと。同月八日付で松山の高浜虚子に宛てた手紙の一節に、

> 一昨日拙宅俳会。鳴雪翁は「娘、嫁期近つきたり」とて来られず。三川、来り候。三川の発起にて「日本」の俳句等を出版せん（民友社より）との事、小生も賛成致候。冬の部だけ先《ま》づ版にせんとて小生只今校閲中也《なり》。此《この》中へ冬帽 手袋 やきいも 毛布 襟巻 冬服 ストーヴ等の新題を季ノ物ト定メテ入れんとす。貴兄も此題にて御つくり被下度《くだされたく》御送付願上候。尤《もつと》も最初の事故《ことゆえ》、之《これ》を季に入れたりと見するにハ、他の季を結ばぬ方よろしと存候。（傍点筆者）

面白い内容である。「一昨日」とあるので、明治三十年三月六日ということになる。その日の句会（「俳会」）に三川《さんせん》が参加した折の話題の報告である。三川は、上原氏。慶応二年（一八六六）の生まれであるので、子規より一歳年長。信濃国（今の長野県）生まれ。三川は、民友社（あの徳富蘇峰の民

友社)より『日本新聞』の俳句を中心とする秀句集《アンソロジー》を出版することを提案、子規も賛意を表したことが、虚子に報告されている。

この書(秀句集《アンソロジー》)、明治三十一年三月十四日に正岡子規閲、上原三川・直野碧玲瓏《へきれいろう》共編『新俳句』(民友社)として全一巻で出版されているが、右の子規書簡に窺えるように、当初は分冊で、まず冬の部を出版しようとしたらしい。そして、子規は、明治の「新題」(新季語)にこだわっている。結果として、手紙の中で子規が示した冬の七種の「新題」の中の六種の「新題」は、『新俳句』に採録されている。校閲者としての子規の発言力は、かなり強かったようである。(8) 唯一「ストーヴ」は立項されず、「煖爐《だんろ》」として立項されて、虚子の〈ストーヴに居残りの雇官吏かな〉の句が掲出されている。虚子は、子規の鼓舞に健気に応えているのである。子規自身が各「新題」に積極的に挑戦したことはいうまでもない。

それはともかく、子規は三川提案の秀句集にすっかりのめり込んだのである。すぐに校閲の作業に入ったことも報じている。すこぶる乗り気なのである。

そんな折の泥牛からの「俳句集」(『新派俳家句集』)出版の承諾依頼だったのである。実にタイミングが悪かった。三川の提案から約五ヶ月後に、泥牛から類似の企画の提案があった、ということなのである。子規も困惑したことであろう。三川からの提案がなかったならば、話は少し違ったものになっていたかもしれない。

子規は、泥牛に宛てた先の詰問口調の手紙の前に、実は、三川に宛てて緊迫した情況を伝える手紙を認めているのである。明治三十年十月十八日付であるので、泥牛への手紙の十日前である。必要箇所を摘記してみる。

近日、鬚男《ひげおとこ》といふもの俳句集を出《いだ》さん計画ありと申候。可成《なるべく》早く此方《このかた》を出し度《たく》存候。同人のは已《すで》に本屋へまはり居《お》るなどといふ位に御座候。竹冷、紅葉、潭龍《たんりゅう》、小波《さざなみ》など申す人の句は、若《も》し出すなら一応其《その》人々に通知して承諾を受けねば不都合と存候。若しそんな事面倒だとならば、一切御除き可被成《なさるべし》。右用事迄。

泥牛(鬚男)の『新派俳家句集』と三川・碧玲瓏の『新俳句』の、どちらが先に出るかということは、当事者たちにとっては、大問題だったようである。新派の人々の最初の本格的秀句集《アンソロジー》との名誉を荷うのは、どちらの句集かということである。子規も本気だったようである。率直に「可成早く此方(『新俳句』)を出し度存候」と記しているのみか「同人(筆者注・泥牛)のは已に本屋へまはり居るなどといふ位に御座候」と煽《あお》っているのである。——実際には、すでに見たように、『新派俳家句集』の出版が明治三十年十一月十五日、『新俳句』の出版が翌三十一年三月十四日と、『新派俳家句集』の出版が四ヶ月ほど早かったのである。面子《メンツ》を賭けての先陣争いだったので、負けず嫌いの子規としては、かなり悔しかったと思われる。『新俳句』出版に先立って、明治三十年十二月六日付の『日本附録週報』において『新派俳家句集』を完膚なきまでに批判している。先のは私的な手紙においての批判であったので、目を通したのは、恐らく泥牛一人であったであろう。ところが『日本附録週報』の方は開かれた新聞という場の中での批判であるので、当然、不特定多数の読者の目に触れることになったであろう。そして、子規は、わずかながら溜飲を下げたことであろう。

もっとも『新俳句』の出版が遅れた原因の多くは、子規にあったようである。三川とともに『新俳句』の編集に携《たずさ》わった碧玲瓏は、子規没後、明治三十六年（一九〇三）五月二十五日発行の俳誌『ほたてがひ』第二巻第三号に掲載のエッセイ「故正岡子規氏」の中で、そのあたりの事情を左のように記している。

僕等の「新俳句」を出版しようとして居《い》た頃、仙台に居《お》つた近藤泥牛君（後、北国新聞社に入社したる）が、同じく新派の俳句集を出版するといつて君（筆者注・子規）の許《もと》へ何事かを依頼したさうであるけれども、君は体《てい》よく断わられました。にも関はらず、僕等の「新俳句」が出ぬ先《さ》きに「新派俳家句集」と題して、巻頭に石版刷の諸名家自筆の短冊などを挿入した綺麗なのがポカンと出た。僕等は其《そ》のとき足摺して口惜《くや》しがつたもんである。何故《なぜ》かといふに、僕等の分も子規氏さへモツト匆々《そうそう》と早く検閲して呉れられたら、決して泥牛君の分に遅れを受けるやうなことはなかつたのであつたを、例の子規氏の検閲に叮嚀なのと、夫《そ》れから間の悪いことには君の病気が重くなつて、今度こそは危ないかも知れぬといふ様な容体に陥《おち》ゐられたので、一時全く筆硯を廃された為《た》めとで、予定の出版期日がズツト遅れたからである。

先の明治三十年十月十八日付の三川宛の手紙において、子規自らが「近日、鬚男といふもの俳句集を出さん計画ありと申候。可成早く此方を出し度存候」と記し、三川を激励していたのであったが、編者の一人碧玲瓏は、右に見たように、出版が遅れたのは、子規自身の検閲（校閲）が叮嚀過ぎたためと、子規の重患のためだと記し、当時の無念な胸中を吐露しているのである。子規が三川より新派の秀句集《アンソロジー》の企画を打ち明けられたのが、明治三十年三月六日のこと。『新俳句』の出版が、翌明治三十一年三月十四日。その間、約一年。これは、今日の出版事情を鑑みても、やや日数がかかりすぎていることは否《いな》めないであろう。

その要因として、碧玲瓏が回顧しているように、秀句集の企図後、子規の病状は、悪化の一途を辿っていたのである。明治三十年六月二十一日付三川宛の手紙に左のように記している。

> 先月末より少しひどくからだをやられ申候。勿論、小生の病気には快復といふことなく、やらるる度《たび》に歩を進めるばかり故、此《この》度も一層衰弱致し、復《また》前日の小生にあらず。俳句原稿八巻、落掌《らくしょう》致候。併《しか》し、小生は今の処先《ま》づ筆硯を抛《なげう》つ積りだし、迚《とて》も今迄の如く添削、校正など出来るやうな身にはならぬことと覚期《かくご》致候へば、右の原稿も如何可致《いかがいたすべく》や。

碧玲瓏の回想に間違いはなかったのであった。が、泥牛から『新派俳家句集』の出版予定を聞かされた子規の心中は穏やかであろうはずがなく(子規は、それこそ心血を注いで『新俳句』の校閲に当たっていたわけであるから)、それが「可成早く此方を出し度存候」との言葉になったのであろう。

ということで、先の明治三十年十月二十八日付の泥牛に宛てた手紙の検討に入ることにする。

まず「俳句撰択致度《いたしたき》由は、兼て御面会の節も申上候筈也《なり》。それを本人に見せもせず出版するとは怪《け》しからぬ御仕業《しわざ》と存候。是非共《とも》削去被下様《くださるよう》請求致候」の部分である。かなりきつい口調である。「俳句撰択」は、『新派俳家句集』所収の自句(子規句)の校閲である。そのことを子規は、条件として明治三十年八月十八日の面会の折にしっかりと泥牛に伝えていたようである。泥牛は、それを無視して出版しようとしていたのである。自句の校閲は、何も子規が泥牛に対して悪感情を持っていたがゆえの悪意に満ちた行為でもなんでもない。三川に対しても同じように接している。明治三十年十月二十六日付の三川宛の手紙に、

　前に申上候拙句は、御削り被下《くだされ》候や。埋合せに二、三句別紙にしたゝめ差上申候。

と記しているのである。意に満たない自句を秀句集《アンソロジー》に入集することを断固拒否している。これが俳人としての子規の姿勢だったのである。校閲が許されないなら「削去被下様請求致候」との強硬な態度で臨んでいる。この姿勢は、なにも自句に限ってだけのものではない。先に紹介した明治三十年十月十八日付の三川宛の手紙にあった文言「竹冷、紅葉、潭龍《たんりゅう》、小波《さざなみ》など申す人の句は、若《も》し出すなら一応其《その》人々に通知して承諾を受けねば不都合と存候。若《も》しそんな事面倒だとならば、一切御除き可被成《なさるべし》」を想起していただきたい。『新俳句』も、当初は、『新派俳家句集』と同様、ほかの新派の俳人たちの作品をも取り込んでの秀句集《アンソロジー》にしようとの案が浮上していたのであろう。その場合には、掲出予定作者である角田竹冷《ちくれい》、尾崎紅葉《こうよう》、大野洒竹《しゃちく》、蠣崎潭龍《かきざきたんりゅう》、巌谷小波《いわやさざなみ》といった人々の了承を得ておくように、とアドバイスしているのである。それが面倒なら子規一門だけにするようにと(結局、『新俳句』は、子規門の秀句集《アンソロジー》として誕生した)。これが子規の姿勢なのである。

　次に「ある人の話によれば、貴著俳句集の広告に小生の原稿とか石版摺とか申様な事ありとか申候。若《も》し真《まこと》ならば如何《いか》なる者か承度《うけたまわりたく》候。小生に関係のあるものならば、一応御ことわり有筈《あるはず》の者と存候に、専断の御所置は、如何《いか》なる訳や」の部分である。これまた非常にきつい口調で詰問し

ている。先に触れたように、『日本新聞』紙上には、明治三十年十一月二十七日、二十九日の両日に『新派俳家句集』の広告を掲載している。そしてその広告には「写真石版」と大書されており、「諸名家 真蹟短冊縮写」 掲出のメンバー九名の中の一人として「正岡子規」の名前が掲げられているのである。子規が強いかかわりを有する『日本新聞』に掲載された広告だけに、この情報は、すぐに関係者(「ある人」)より病牀の子規に齎《もたら》されたのであろう。そこで、子規は泥牛に厳しく尋ねているのである。「若し真ならば如何なる者か承度候」、具体的にどんなものか、というのである。当人(子規)に無断での掲出は、心外だというのである。この件についても、先の他流派の作者の作品を掲載するならば「其人々に通知して承諾を受けねば不都合と」の姿勢と同様である。子規の姿勢にぶれはないのである。――そこで明治三十年十一月十五日刊の『新派俳家句集』(白鷗社)を繙《ひもと》いてみると、まず角田竹冷の九月十一日の手紙(序文として扱われている)、佐々醒雪、大野洒竹の序文が影印(写真版)で掲出されており、次に泉鏡花、国府犀東《こくぶさいとう》(泥牛と同郷加賀出身の漢学者)の序文が示され、その次に先の広告に見えたように尾崎紅葉から佐々醒雪に至る九名(実際には紅緑を加えての十名)の人々の俳句作品が「縮写」されて「写真石版」で掲げられている。そして、その中には、子規が懸念しているように、〈つばくらのうしろもむかぬわかれかな　規〉の一句も収められているのである。が、子規には、事前に何の断りもなかったようである。そこで、子規は、憤り、詰問したというわけである。子規のみならず、序文として掲げられている竹冷、醒雪、洒竹などの影印に対しても、あるいはほかの短冊の作者たちに対しても承諾を得ていなかったのではなかろうか。今日ならば、当然、著作権法で大問題になるところであろうが、当時としても子規が言うように道義的責任は免れないであろう。

子規からの右のごときクレームが作用したのか、あるいは、子規以外の右記の人々からも不満の声が上ったものか、明治三十六年（一九〇三）一月五日、出版社を白鷗社から松陽堂に変更しての新版『新派俳家句集』においては、すべての序文、跋文類、そして「写真石版」による「縮写」された短冊の口絵も削られている。ただし、後述するように、この本、新派の俳句の動きを理解するには、すこぶる重宝である。例えば、当時の評論家戸川残花などは、明治三十一年二月三日発行の『早稲田文学』第七年第五号に掲載した「新俳壇の所見」を執筆するに際して『新派俳家句集』を参照している、といった具合である。多くの読者に読まれたようで、松陽堂に版を移してからの『新派俳家句集』は、架蔵本の奥付を見ただけでも、明治三十八年五月二十一日発行の第六版に至るまで、版を重ねているのである。ひょっとしたら『新俳句』以上に多くの読者に迎えられたのではないかと思われる。子規没後のことではあるが、もし子規が生きていたら、さぞかし切歯扼腕《せつしやくわん》したことであろう。

泥牛が子規を怒らせたもう一つは、泥牛の紅緑に対する態度だった。泥牛と紅緑は、同じ「奥羽百文会」の仲間。ただし、二人の中でいざこざがあったようだ。そして、泥牛は、子規に手紙で愚痴をこぼしたようである。ただし、子規にとっての紅緑は、恩人陸羯南を介しての特別な弟子(9)。泥牛の告げ口は、不快この上もないものであったのであろう。子規は、泥牛に宛てた手紙の中で「貴書中、紅緑氏云々との事あり、何の事にや。貴兄と紅緑氏との交際、如何《いか》に成居《なりおる》や。左様なる事は、小生夢にも存ぜず、況《ま》してそれが文学上に影響可致訳《いたすべきわけ》も無之《これなく》候。貴兄、妄《みだり》に邪推を逞《たくまし》うし、却而《かえつて》狭量の何のとて人を誹毀《ひき》するに至る何たる心ぞや。御弁解もあらば、御面会の上承度候《うけたまわりたく》」と述べ、怒りの感情を露《あらわ》にしている。恐らく、泥牛と紅緑との間で、『新派俳家句集』の出版にかかわって、意見の食い違いが生じたのであろう。そして泥牛は、子規に向って紅緑の「狭量」を詰《なじ》ったのであろう。対して、子規は「人を誹毀する(謗《そし》る)に至る何たる心ぞや」と強い口調で諫《いさ》めているのである。この一件についての具体的な事項は、何も明らかではない。が、多少推測し得る点がないでもない。その一つが、『新派俳家句集』の紅緑の跋文である。

紅緑の跋文は、巻末に付されている。日付は、「明治三十年初秋」。全三頁、四百字詰原稿用紙にして約二枚半の比較的長文の跋文である。が、その内容は、『新派俳家句集』に触れることなく、終始「門派」論について述べられている。僅かに最後の六行に左のごとく記されている。

鬚男は、俳句に熱心なる士なり。頃日《けいじつ》普《あま》ねく現今俳人の秀句を集めて一冊となし、以て世に公にせんとし、跋を余に徴《もと》む。余は俳人たるべきの資格なけれども、俳句に就て感ずる所《とこ》ろあるや久し。世人此《こ》の集を見て、所謂《いわゆる》日本派の必らずしも門派を搆《かま》ふるものにあらず、只《た》だすぐれたるをすぐれたりとなすなり、といへることを了解せば余の幸ひなるのみ。

泥牛(鬚男)は、この跋文を見て、なんとなく引っ掛るものを感じたのではなかろうか。明治三十年一月十一日、「奥羽百文会」をスタートしたばかりである。それなのに紅緑は、「余は俳人たるべき資格なけれども」などと言っているのである。「世人此の集を見て」以下の文言も、読みようによっては、泥牛(鬚男)が子規グループ「日本派」を軽視しているように受け取れないこともない。そんな不満を泥牛は、手紙によって子規に訴えたのではなかろうか。その結果が、子規の先の明治三十年十月二十八日付の泥牛宛の文言となったものと思われる。が、それにもかかわらず、泥牛の蟠《わだかま》りは、消えなかったようである。先に示した明治三十年十一月二十七日、二十九日の『新派俳家句集』の広告において、序跋の作者から紅緑の名前を削ってしまっているのである。[10]

とにかく、出版までにかなりごたごたがあった『新派俳家句集』だったようである。『新派俳家句集』の奥付によれば、白鷗社からの初版本の印刷日は「明治三十年十月七日」、そして発行日は「明治三十年十一月十五日」となっている。印刷から発行までに、やや日数が経ち過ぎているように思われる。これなども、以上に見てきた子規、紅緑がらみの事情があったのではないかということが想像されるのである。ちなみに、『新俳句』の初版本印刷日は「明治三十一年三月九日」、発行日は「明治三十一年三月十四日」である。これが普通であろう。

3 子規の『新派俳家句集』批判

再三記したように泥牛編の『新派俳家句集』が出版されたのは、明治三十年(一八九七)十一月十五日である。ここで、その内容を同書の目次によって左に示してみる。

総論

一　新俳派の発生

一　旧俳句と新俳句との区別
一　子規の円満なる俳想
一　虚子、碧梧桐の変調
一　鳴雪と碧虚二子と
一　洒竹の博覧
東京及地方の俳句会
一　秋声会
一　紫吟社
一　木曜会
一　筑波会
一　五月会
一　根岸会
一　京阪俳友満月会
一　伊予松風会
一　北声会
一　越友会
一　碧雲会
一　奥羽百文会

新派俳句作例
一　春　二百五十句
一　夏　仝
一　秋　仝
一　冬　仝

ということになる。後に『俳句問答』上・下巻として単行本化された（上巻は、明治三十四年十二月刊、下巻は、明治三十五年二月刊）「俳句問答」の初出は、『日本新聞』における連載である。その明治二十九年七月二十七日付掲載分に「新俳句と月並俳句に差異あるものと考へらる。果して差異あらば、新俳句は如何《いか》なる点を主眼とし、月並句は如何なる点を主眼として句作するものなりや」との問いに対して、子規は、その答の冒頭で、

新俳句とは新派俳句の事を謂《い》ふか。新派にも種々あるべく、我尽《ことごと》く之《これ》を知らず。

と記している。子規のみならず、当時の人々にあっても「新派俳句」（新俳句）の実体は、なかなか把握しきれていなかったのではないかと思われる（俳人にとって一番関心があるのは、自らがかかわっている門派である、ということもあろうが）。そんな中にあって、右の目次に窺えるように「新派俳句」の概況を知ることができる『新派俳家句集』は、貴重な著作であったのではなかろうか。当時というよりも、今日に至っても、これだけ多面的に「新派俳句」各門派に目配りしている著作は誕生し

ておらず、その点においては、高く評価されるべき著作であろう。類書がないのである。それゆえに、先に見たごとく出版直後から版を重ね、多くの読者を獲得したのではなかろうか。

が、子規およびその関係者たちの間にあっては、今までに見てきたいきさつにもよろうが、とにかく評判が悪い著作であった。最初に批判の口火を切ったのは、明治三十年十一月三十日発行の『ほととぎす』第十一号における「高田屋客」の執筆による「東都消息」の中においてである。『新派俳家句集』の出版が十一月十五日であるから、出版からわずか十五日しか経っていない。「高田屋客」の「高田屋」とは、「東京市神田区淡路町一丁目一番地」にあった下宿屋である。碧梧桐と虚子は、「高田屋」に下宿していた。それでは、「高田屋客」なるペンネームは、碧梧桐か、それとも虚子か、ということになるが、「東都消息」のほかの回（『ほととぎす』第十五号参照）において「碧梧」と書き、「虚子君」と書いているので、「高田屋客」が碧梧桐のペンネームであることは明らか。恐らく、子規周辺の人々は、『新派俳家句集』の情報を出版前に、子規を通して入手し得ていたのであろう。そこで、市販されるのを待ち兼ねるようにして、碧梧桐は、「東都消息」の中に左のように記しているのである。

頃来《けいらい》、近藤泥牛氏著「新派俳句集」なるもの成る。竹冷、紅葉等《ら》、吾人《ごじん》（筆者注・子規門）の句に及ぶと言ふ。人、或《あるい》は其《その》可否を問ふものあり。予答へて曰く、泥牛氏とは鬚男子の言ひなり。子は仙台に在《あ》りて、紅緑子の勧告により百文会の一員たりし者。俳句を究むること日浅く、俳句を作ること其《その》技を極めず。未《いま》だ以《もつ》て俳句に至れりとはいふべからず。其嗜好、高からず。其標準定まらず。而《しこう》して俳句を観るの見介《(ママ)》亦《ま》た甚だ広からず。此《か》くの如くにして自ら選抜の栄を荷はんとす。予は寧《むし》ろ其《その》盲に驚く。予未だ其《その》稿本を見ずと雖《いえど》も、或は其《その》見るに足るなからんを怖る。殊に其《その》著書に対して手段の陋劣《ろうれつ》なる、殆《ほと》んど言ふに忍びざるものあり。此くの如くにして抑《そもそ》も如何《いか》んの好句集を得んとするか。予は其《その》人を悪《にく》んで、其《その》衣に及ぼすものにあらずと雖《いえど》も、人或は其《その》潜越の愚を笑はんとす。

「其著書に対して手段の陋劣なる（いやしく劣っている）、殆んど言ふに忍びざるものあり」との文言から忖度《そんたく》すれば、碧梧桐は、子規、紅緑から、かなり詳細に『新派俳家句集』が出版されるまでの諸事情を聞かされていたものと思われる。我々は、先に、『新派俳家句集』に付されている稲垣木莽の跋文によって泥牛（鬚男）のプロフィールを探ったのであったが、ここでは、碧梧桐によって俳人泥牛の力量があかされていて注目される。碧梧桐の、俳人泥牛評は、非常にシビア。一口で言えば、泥牛は、俳句初心者であるというのである。俳人としての修業期間も短ければ、作句力も未熟だという。当然、選句基準も確立していない。そんな泥牛に秀句集《アンソロジー》の編集などできるはずがないではないか――というのが、碧梧桐の見解である。碧梧桐のみならず、人々は「其潜越の愚を笑」うであろうと言っている。それでも、一応、子規門の俳人ということであろう、後続の三川・碧玲瓏共編の『新俳句』の中にも鬚男（泥牛）の作品は散見される。参考のために左に掲出してみる。

木の芽ふく園南にして鳥なく処　　鬚男
きぬ〳〵の馬の鞍置く柳かな

人つれなく梅に返歌もなかりけり
芭蕉忌やこよひしたゝか時雨れせん

碧梧桐の泥牛(鬚男)評価が当を得たものであることは、否《いな》めないであろう。いかにも初心者、といった作品である。

この碧梧桐の『新派俳家句集』批判に力付けられたということでもあるまいが、ついに子規も公《おおやけ》の場で『新派俳家句集』批判を展開するのである。私信でのいくつかの勧告が泥牛に聞き届けられなかったということで、堪忍袋の緒が切れたということであったのであろう。明治三十年十二月六日付『日本附録週報』掲載のエッセイ「墨のあまり」の中で左のように糾弾している。

新派俳句集といふ書出《い》でゝ、こと〴〵しく広告などしたるを、披《ひら》き見れば、吾等《われら》の事さへ、もたいありげに書きなして、さて其《その》例には吾等の悪《あし》き句どもを多く列《つら》ねたり。嘗《かつ》て作りたる悪句を示して、こは汝の句にあらずやといはゞ、吾のならずとは答へ難し。嘗《かつ》て書きなぐりたる釘の折れの跡をとうでゝ、これも汝のならんといはるれば、恥かしながら、さなりと答ふる外《ほか》はあらじ。(中略)此《この》集、世に出《い》づるに先だちて吾句《わがく》ばかりは自ら選びたく思ひしかどかなはず。恐る〳〵書を繙きて、只悪句の多きに胸さわぐあどなさよ。

勧告、要請を無視された子規の憤懣が読む者に直截に伝わってくる。『日本附録週報』の目立つ場所に広いスペースを取って掲出されているので、いやでも多くの読者の目に飛び込んだことであろう。署名は、「升」。

このエッセイを目にした『新俳句』の編者の一人碧玲瓏は、先に紹介したエッセイ「故正岡子規氏」の中で、

泥牛君の「新派俳家句集」は、泥牛君自身で撰択したもので、割合杜撰《ずさん》なものが出来あがったので、気の毒にも出版匆々《そうそう》八方から攻撃を受けた。日本紙上で五百木飄亭《いおきひようてい》君が手厳しく書き立てる、子規氏などは非常に激した攻撃文を公にした。

と記している。碧玲瓏と泥牛は同郷。それが「気の毒にも」の文言となったのであろう。ちなみに「日本紙上で五百木飄亭君が手厳しく書き立てる」は、ややオーバーな表現である。子規の右の文章が載った日の本紙『日本新聞』の二面左隅に左のような記事が掲出されているのを指したものであろう。

新派俳句集なる者出づ。吾人《ごじん》一見、其《その》粗漏《そろう》、杜撰の甚しきに驚く。売る為《た》めの著とあらば、吾人元《もと》より之《こ》れを云はず。苟《いやし》くも是《こ》れ真面目の著述となさば、著者の軽卒、評するに言なし。力及ばざれば、何ぞ之れを先輩等にたださざる。近来の著書、多く二束三文なるは皆この不親切に因する也《なり》。集中、吾人の署名の如き、悉く違へるを見ても、其《その》杜撰の状は察するに足る。（飄亭）

これで全文である。飄亭も、また、泥牛のスタンドプレー的な姿勢に憤っている。先の碧梧桐（高

田屋客）の批判と同様、泥牛に一書を編むだけの力量がないことを指摘しているのである。飄亭の指摘通り、『新派俳家句集』においては、「飄亭」が「瓢亭」と誤記されている。

子規の『新派俳家句集』批判にもどる。子規の怒りは、俳句作品にしても、「写真石版」で掲出されている短冊にしても、子規から了解を得ずに勝手に使用されてしまっているところに起因していると言ってよいであろう。『新派俳家句集』の内容もさることながら、礼を尽くさず、強引に事を運んでしまった泥牛の、その姿勢が我慢できなかったのである。泥牛には、筋を通す、ということがなかったのである。例えば、〈つばくろのうしろもむかぬわかれかな　規〉の短冊。この一句が作られたのは、明治二十九年三月九日。揮毫《きごう》も、それ以降であるのだから、そう古い作品ではない。子規の書については、子規の門人若尾瀾水《らんすい》（泥牛とは「奥羽百文会」の仲間）が「廿九年（筆者注・明治）には明らかに格を変し、流暢にして優婉《ゆうえん》となり、三十年以後は益々本色を出し、竜躍蛇奔《りようやくだほん》、金蟬脱殻《きんぜんだつかく》の妙境に入つて居る」（「子規先生の書」）と評している。子規が「嘗て書きなぐりたる釘の折れの跡（折釘流、金釘流、悪筆）」などと卑下する理由はない。子規は、知らない間に自分の短冊が公にされてしまったことが不快でたまらなかったということなのであろう。

順を追って少し見てみよう。まず、「新派俳句集といふ書出《い》でゝ、こと〴〵しく広告などしたるを」の部分。泥牛の書、正しくは『新派俳家句集』。が、なぜか碧梧桐も、子規も、飄亭も、一様に『新派俳句集』と呼んでいる。柳生四郎氏が、その論考「三允と泥牛のこと」（『子規全集』第16巻月報5、昭和五十年）の中で、目下、検討している子規のエッセイ「墨のあまり」中の『新派俳家句集』批判を見落しておられるのも、この点に起因しているのではないかと思われる。それはともかく、「ことごとし」い「広告」とは、先に触れた明治三十年十一月二十七日、二十九日の『日本新聞』掲載の広告を指しているのであろう。ほかに、『ほととぎす』の第十二号（明治三十年十二月三十日発行）、第十三号（明治三十一年一月三十日発行）、第十四号（同年二月二十八日発行）に小さな広告を載せている。これは、発行者柳原極堂の配慮か。続いて「抜き見れば、吾等の事さへ、もたいありげに書きなして」と見える。「もたいありげに」は、勿体をつけて、重々しく、といったところである。『新派俳家句集』中で、子規のことを殊更持ち上げて記述しているのが、子規の神経をかえって逆撫でしたのであろう。そんな記述は諸所に見られるが、例えば、その中の一つとして左のごとき記述が見られる。

　日本派の領袖正岡子規子が俳道に於ける到達は、到底他人の窺ひ知るべきものにあらず。彼の俳才は、神の如く、到る処通ぜざるなく、彼の俳想は、及ぼす処として達せざるはなし。神韻《しんいん》飄渺《ひょうびょう》として天地に洽《あま》ねく、詩神詢（ママ）逸して彼と遊ぶ。彼は芭蕉、蕪村を経て、第三世に俳神の金冠を戴かんとしつゝあり。又た戴く可《べ》きの詩人なり。

歯が浮くようなお世辞とは、このことであろう。ここまで誉めそやされたのでは、子規も身の置き場に窮してしまおう。子規のあの手紙を無視した結果がこれであるから、泥牛、やはり少しおかしい。子規は続ける、「其例には吾等の悪き句どもを多く列ねたり。嘗《かつ》て作りたる悪句を示して、こは汝の句にあらずやといはゞ、吾のならずとは答へ難し」と。

一番の問題は、この部分である。先に碧梧桐は、泥牛に選句の力量のないことを指摘していた。

そして、今、子規自身によって、『新派俳家句集』は子規の「悪き句どもを多く列ねたり」との不満が述べられている。実際には、どうなのであろうか。そのことを確認する前に、瓢亭が指摘する「杜撰」との評価も気になるところである。『新派俳家句集』は、本当に「杜撰」な秀句集《アンソロジー》なのであろうか。通読すると、やはり拙速の感がなくもない。

子規句について見るならば、六十一頁の、

竹代つて稲妻近くなる夜哉

は、明らかに、

竹伐つて稲妻近くなる夜かな

の校正ミスである。六十二頁の「肋骨子を送る」の前書《まえがき》のある、

なでしこにふみそこねたる右の足

も、送別句であってみれば、

撫子に踏みそこねるな右の足

でなければなるまい（講談社版『子規全集』では、この異同の指摘がなされていない）。何によったものか。この種の疑問のある異形句は、何句かある。(11) 百七十四頁の、

汽車道に雁低く飛ぷ月夜かな

は、指摘するまでもなく、

汽車道に雁低く飛ぶ月夜かな

の単純な校正ミス。――となると、「杜撰」の譏《そし》りは、ある程度免れないかもしれない。

それでは、子規が「只悪句の多きに胸さわぐあどなさよ（心許なさよ）」と自嘲気味に語っている作品そのものの質のほうはどうなのであろうか。『新派俳家句集』中、子規句は、「俳諧廿四体」からの抜粋句を除くと、全八十八句。そのほとんどが近作（明治二十九、三十年の作）であるので、子規が自ら「悪句」として、ナーバスになることはないと思われるのだが……。そればかりか、『新俳句』所収句と重なる作品も少なくないのである。その作品を左に列挙してみる。前書が示されている句は、便宜的に前書を省略する。また、これも便宜的に通し番号を付しておく。

1　君知るや三味線草は薺《なづな》なり
2　血の跡の苔ともならで春の雨
3　匹夫にして神と祭られ雲の峯
4　墨吐いて烏賊《いか》の死に居る汐干かな
5　水底に魚の影さす春日哉

6　春の山重なり合ふて皆丸し
7　竹代(伐)つて稲妻近くなる夜哉
8　欄間には二十五菩薩春の風
9　早鮨や東海の魚背戸の蓼《たで》
10　静かさに礫《つぶて》打ちけり秋の水
11　螳螂《たうらう》や蟹の味方にも参りあはす(ず)
12　床の間や紫苑を生けて弓 靫《ゆみうつぼ》
13　白酒の酔やひゝなに恨《うらみ》あり
14　焼けながら黒き実残る野の葎《むぐら》
15　山の家や留守に雲おこる鮓の石
16　かちわたる人流れんとす五月雨
17　橋なくて人立ちもどる夏の川
18　夏帽子人帰省すべきでだちかな
19　夏帽も取りあへぬ辞誼《じぎ》の車上かな
20　夏帽や吹き飛ばされて濠に落つ
21　合観(歓)未だ覚めず栗の花旭に映ず
22　栗の花落ちてきたなき小庭かな
23　腹にひゞく夜寒の鐘や法隆寺

24 静かさに礫打ちけり秋の水
25 汽車道に雁低く飛ぷ《(ぶ)》月夜かな
26 蝗螂や蟹の味方にも参りあはず
27 田を隔てゝ薄の岡を見得たり
28 十丈の杉六尺の薄かな
29 化粧の間秋海棠の風寒し
30 やゝもすれば堅炭の火の消えんとす
31 火鉢抱いて灰まぜて石をさぐり得つ
32 大雪や関所にかゝる五六人

の三十二句である。10と24、11と26が重複しているのは、「総論」部と「新派俳句作例」部の双方に掲出されている作品ということである。確認しておきたいのは、あくまでも『新派俳家句集』が先に公刊され、それから四ヶ月ほど遅れて子規を校閲者とする『新俳句』が出版された、ということである。そして、子規が不満を洩《も》らしたのは、自らに校閲の機会が与えられなかったがための、掲出作品に対する不安であった。悪句偏重になっているのではないか、ということである。ところが、実際には、決してそんなことはなく、『新派俳家句集』に収録された子規句八十八句の中、三十二句は、『新俳句』所収の子規句と重なっているのである。すなわち三十七パーセントの高い割合で子規校閲の『新俳句』中の子規句と同じ作品が掲出されている、ということなのである。このことは、大いに注目してよいであろう。もっとも、子規に言わせれば、残り五十六句の中にどうしても掲出してほしくない作品があった、ということになるのであろうが。

この『新派俳家句集』に対して、子規派（泥牛によれば「根岸会」）以外の第三者からの発言が見られ、大変興味深い。その発言が見えるのは、明治三十一年一月十日発行の『帝国文学』第四巻第一の雑報中の「俳壇」欄である。左のように記されている。

> 昨年末にあたりて、泥牛なる者「新派俳句集」なるものを編せり。俳句を作りて枝《（ママ）》を究めず、俳句を究めて未《いま》だ堂に入らず。而《しこう》して、自ら選者となりて恣《ほしいまま》に先輩の句を抜萃《ばっすい》す。僭越の限りなり。其《その》見るに足《た》るなきは固《もと》より言ふに及ばずと雖《いえど》も、余輩は、其《それ》世人が、此《この》書によりて諸俳人を誤るなきやを恐る。余輩は、俳句を見ること広く、俳句を究むること深き人の手によりて、完全なる明治俳句集の現れんことを望むものなり。

執筆者は、『帝国文学』ゆえ、佐々醒雪であろうか（だとしたら『新派俳家句集』に躊躇《ためらい》つつも序文を寄せている人物）。いずれにせよ、他派の俳人からの発言として耳を傾けてよいであろう。ここでも、先の碧梧桐、あるいは飄亭の批判と同様、泥牛の俳人としての力不足が指摘されている。そして、にもかかわらず『新派俳家句集』を編んだ僭越さが冷笑されている。

子規門の仲間のみならず、他派からもこのような批判を浴びるということは、誰の目にも泥牛が功を急いだとしか映らなかったということであろう。事実、『新派俳家句集』には、あまりにも多くの「失名」（作者不明）作品が収録されているし（『新俳句』にも、ごくごく少数の「失名」句が見られるが）、あまりにも多く自句（鬢男句）を収めてしまっている。これでは、何としても杜撰、僭越の誹《そし》りは免れないところであろう。子規は、最終的には、「書物にはあらで、気まぐれの切抜通信の如き者」（「墨のあまり」）として、一蹴《いっしゅう》したのであった。

以上検討を加えてきたところで明らかなように、『新派俳家句集』が、その内容以上に子規、および同門、他門の俳人たちから嫌われたのは、力量不足の編者泥牛が、子規の再三の説得にも耳を傾けずに、功名心のあまり、強引に出版してしまったところにあったということだったかと思われる。

四　「ガラス戸」からの写生
――一つの子規試論

1　「ガラス障子」

やや唐突であるが、日本における本格的な「板ガラス」の生産は、明治四十年（一九〇七）、岩崎俊弥によって設立された旭硝子株式会社によってはじめられたという。(12)ただし、技術の未熟さなどから値段は高価であったという。正岡子規が、数え年三十六歳で没したのは、明治三十五年のことである。明治三十二年(一八九九)十二月十一日付の高浜虚子宛子規書簡の一節に次の文言が見える。

硝子窓のきゝめ已《すで》に昨夜よりあらはれ、非常に暖かく候。今日は終日浴光、自らガラスを拭くなど大機嫌に御座候。菅笠を被《かぶ》つて机に向ふなど、近来になき活撥さにて、為に昼の内に原稿を書き中候。

右の文章から推測すれば、上根岸町八十二番地の子規庵に「硝子窓」が設置されたのは、明治三十二年十二月十日のことと思われる。子規の燥《はしや》ぎようが、眼前に髣髴《ほうふつ》する。河東碧梧桐が『子規を語る』(汎文社、昭和九年)に掲出する子規庵の「看取図」によると、子規が病臥していた六畳の「病間」の南側には「ガラス戸四枚」と記されている。隣の八畳の「座敷」は「障子四枚」、その前が廊下となっている。「ガラス戸四枚」が入る前は、恐らく障子、そして雨戸が設《しつら》えられていたのであろう。先にも記したように、この時期、まだ日本製の「板ガラス」はない。欧米産の高価なものであったと思われる。

この「硝子窓」を設置したのは、先の書簡の名宛人の虚子である。虚子は、大正四年(一九一五)五月に、子規を主人公としての伝記的小説『柿二つ』(新橋堂)を出版しているが、その中で子規(小説中では、イニシャルでS、あるいはNと表記されている)をして「Kが拵《こしら》へてくれたのです。」(Kは、虚子のイニシャル)と語らしめている。『柿二つ』の第十一回は、「ガラス障子」の章。冒頭部に、先の書簡が参照されていると思われる左の一節が見える。虚子の文章は、弛《たる》みがない。少し長くなるが、味読していただきたい。

今年の冬の寒さが新《あらた》に問題になつた時、Kは、庭に面した南の障子をガラス障子に替へたら暖かだらうと言つた。天気さへよければ一日日《ひ》が当つてをるのであるから成程ガラス障子にしたら暖かだらうと彼（筆者注・子規）も考へた。

此《この》病室の凡ての物に不似合な手荒な物音をさせて居た建具屋が四枚の新しいガラス障子を箝《は》めて帰つて行つたのは十二月の初めであつた。

今迄障子を開けねば見えなかつた上野の山の枯木立も、草花の枯れて突立つてゐる冬枯の小庭も手に取るやうに見えた。暖かい日光は予想以上に深く射し込んで来て、病床に横《よこた》はつた儘《まま》で日光浴が出来た。

彼は蒲団をガラス障子の近処《きんじょ》迄引張らせて、其《その》蒲団の上に起上つて、ガラスの汚れたのを拭き始めた。

「そんな事をおして又熱でも出ると大変ぞな。」と老いたる母親は心配した。

彼はかまはずガラスを拭いた。余り日がよく当るので彼は少し上気《のぼ》せて来た。壮健な時の楽しかつた旅行の記念に何年か病室の柱に吊して置いた菅笠《すげがさ》を取らせて被《かぶ》つた。

此《この》珍しい機嫌はいつも曇つてゐる此一家内の空気を晴々とした。親子三人揃つた笑声が暫くの間聞えた。

虚子の小説は、夏目漱石をして「余裕がある」と言わしめている。その漱石の長文の「序」を得て、短篇小説集『鶏頭』（春陽堂）が公刊されたのは、明治四十一年一月のことであった。以後、小説家として多くの佳品を執筆した虚子であったが、右の一節からも、虚子の小説家としての力量が十二分に窺《き》知《ち》し得るであろう。子規の書簡の二、三行は、右のごとく丁寧に形象化されているのである。

この「ガラス障子」の章の中には、「ガラス障子」によって子規の一句が誕生する過程が、左のように記されている。

ガラス障子が篏《はま》つてから二三日目の事であつた。今日は朝からの曇り日和で、ガラスを通して射込《さしこ》んで来る日光も無ければ、ガラス越に見る上野の森の色も小庭《こにわ》の色も灰色の冷たい一色であつた。彼（筆者注・子規）は見るともなく庭の面《おも》を見てゐると、いつの間にか一匹の野良猫が長い尾を垂らした儘《まま》で隣の庭から垣根を潜つて此方《こなた》へ遣《や》つて来た。さうして茨《ばら》や鶏頭の枯れ〴〵に突立つてゐる花壇の間に立つて辺りを見廻してゐたが、軈《やが》て其処《そこ》に糞《ふん》をしはじめた。

野良猫の糞してゐるや冬の庭

といふ句が別に考へるでもなしに出来た。糞をしてしまつた猫は又長い尾を垂らした儘悠々と彼方《かなた》へ去つてしまつた。

〈野良猫の〉の一句は、子規の自筆句稿『俳句稿』の明治三十二年の「冬」の「時候」の部に収められている。虚子は、一句成立の場に居合わせたものであろうか。虚子が描写しているように、病臥の子規にとって「ガラス障子」があってこその「写生」句であろう。これは、あくまでも小説『柿二つ』の中の文学化された一シーンであるが、病臥の子規にとって、そして「写生」を唱えた子規にとって、虚子が設《しつら》えてくれた「ガラス障子」は、子規最晩年の二年半余の俳句、短歌二つながらの「写生」を支えるものであったのである。

明治三十二年十二月十四日付水落露石宛子規書簡が、「ガラス障子」からの「写生」俳句を報告している。短い書簡なので、全文引いてみる。露石は、明治五年（一八七二）大阪生まれの子規門の俳人。子規より五歳年少。明治三十三年十一月、『蕪村遺稿』を編集・出版した人物として知られている。この書簡時の露石の住所は、京都市三本樹である。

御無沙汰致候。御病気如何に候哉《や》。ゆる〳〵御保養可然《しかるべく》候。小生もさしたる事は無之候へども、今年はひどく弱り居候。此頃《この》、病室の障子をガラス張に致候処、非常の暖気にて稍《やや》蘇の思有之候。貴兄も暖き室に御籠り可被成《なさるべく》候。時々薬喰《くすりぐい》は必要に御座候。小生、平生持論の御馳走論、此頃《この》ホト、ギスの消息の中に載置候。御一覧下され度候。蕪村忌につき蕪《かぶ》、御送被下《くだされ》候由、難有《ありがたく》奉存候、今年は、蕪村忌の写真とり度《たき》と存居候。玉稿甚だ遅延申訳無之候。以上

十二月十四日　　規

露石君

ガラス窓に鳥籠見ゆる冬籠
ガラス越に冬の日あたる病間哉
寒さうな外の草木やガラス窓
鳶見えて冬あたゝかやガラス窓
ガラス窓に上野も見えて冬籠

即吟、御一笑。

四明先生へ御面会の節、よろしく御伝声奉願候。

書簡末の「四明先生」は、子規と親交を結んだ京都出身の俳人中川四明。嘉永二年(一八四九)生まれであるので、子規より十八歳年長。長者への礼を尽くす子規が「四明先生」と呼んだゆえんである。先の虚子宛書簡より三日後のこの書簡でも、子規は、露石に、嬉々として「病室の障子をガラス張に致候処、非常の暖気にて稍蘇の思有之候」と伝えているのである。先に虚子が『柿二つ』の中で「今年の冬の寒さが新《あらた》になった時、K(筆者注・虚子)は、庭に面した南の障子をガラス障子に替へたら暖かだらうと言つた」と綴っていたように、「ガラス障子」にした主たる理由は、寒さ対策であった。が、その結果の福音として、「ガラス障子」が病臥の子規に眺望を齎《もたら》したのである。それによって露石に披露された五句の「即吟」(「写生」)だったのである。書簡、なかんずく五句の作品からは、子規の喜びが伝わってくる。

子規は、明治三十二年一月刊の『俳諧大要』(ほとゝぎす発行所)において、「修学第一期」の末尾に去来、李由、惟然、許六、涼菟《りょうと》、尚白、正秀《まさひで》、その、凡兆、樗良《ちょら》等十名の作品十九句を掲げ、

以上の句は、皆句調の巧を求めず、只《ただ》ありのまゝの事物を、ありのまゝにつらねたる迄なれば、誠に平易にして、誰にも分るなるべし。而《しこう》して其《その》句の価値を問へば、即ち多くは是《こ》れ第一流の句にして、俳句界中有数の佳作なり。

と記している。かかる作品が、子規にとっての「佳作」の「標準」(基準)であったのである。先の露石宛書簡中の五句など、まさしくこの「標準」に当てはまる「ありのまゝの事物を、ありのまゝにつらねたる」ところの「平易」な「写生」句と言ってよいであろう。説明は不要と思われる。ちなみに、子規は、書簡中で「蕪村忌」に触れ、蕪《かぶ》を送るという露石に礼を述べているが、明治三十二年の子規庵での「蕪村忌」(第三回)は、十二月二十四日に営まれている。その際振舞われた昼過ぎの「風呂吹」が露石が送った蕪というわけであろう。

子規は、露石宛書簡を認めた三日後の明治三十二年十二月十七日付で、今度は、熊本在の親友夏目漱石に対して「ガラス障子」のことを報告している。よほど嬉しかったものであろう。冒頭、次のように報じている。

拝啓　永々の御無音、如何御暮被成候《いかがおくらしなされそうろう》や。小生もまづ〳〵無事ニ相くらし申候。煖炉の事、難有候。先日、ホト、ギスにて灯炉といふを買てもらひ、且《か》ツ病室の南側をガラス障子に致してもらひ候。これにて暖気は非常ニ違ひ申候。殊ニ昼間、日光をあびるのが何よりの愉快に御座候。こんな訳ならば二、三年も前にやつたらよかつたと存候。併《しか》シ何事も時期が来ねば出来ぬ事と相見え候。

先にも記したように「ガラス障子」設置の主目的は、あくまでも「暖気」を確保するためであった。明治二十八年(一八九五)の冬、当時、松山在の漱石は、十二月三十一日に上根岸町八十二番地の子規庵を訪問している(翌明治二十九年一月三日にも訪問)。子規庵の冬の寒さは、自身、体験していたの

である。子規の句稿の一つ『病餘漫吟《びようよまんぎん》』の明治二十八年冬の項には、

漱石帰京せしに贈る

足柄はさぞ寒かつたでござんせう

の一句が見える。子規庵の会話でも「寒さ」が話題となったことと思われる。そんな子規庵の冬を知っている漱石であったので、子規に「煖炉」の設置を勧めたのであろう。そんな漱石からの手紙（現存していない）への返事としての右の近況報告である。

子規書簡中の「灯炉」については、明治三十二年十月六日付叔父大原恒徳《つねのり》（子規の母八重の弟）宛子規書簡中に、

此頃《この》の寒さにさへ閉口仕候故《ゆえ》、此冬《この》ハいかゞあらんと気遣敷《きづかわしく》、是非煖炉を据付《すえつけ》んとの希望ニ候処、高浜色々ニ世話いたしくれ、据付やらんとの事なりしが、何分費用のかかると日本家ニ不便なのとで、煖炉代りの石油を焚《た》く機械ニせんかと存候。

と見えるところの「煖炉代りの石油を焚く機械」、すなわち今日の石油ストーブのごときものであったと思われる。これに加えての「ガラス障子」だったのである。先の露石宛書簡中に、

ガラス越に冬の日あたる病間哉

鳶見えて冬あたゝかやガラス窓

と見えたように、あるいは、『俳句稿』の明治三十三年（一九〇〇）の「新年」の項に、

ガラス越に日のあたりけり福寿草

と見えるように、子規は、「昼間、日光をあびる」愉快を存分に味わったことと思われる。

ちなみに歌人伊藤左千夫、岡麓《ふもと》などの尽力によって、子規庵に石炭を用いる「ストーブ」（煖炉）が設置されたのは、明治三十三年十一月十三日のこと。子規は、明治三十三年の冬、

ガラス戸や暖炉や庵の冬構

煖炉タクヤ雪粉々トシテガラス窓

の二句（前の句は『俳句稿』所収、後の句は河東碧梧桐宛書簡中に見える）をものしている。

少しく論が横道にそれた。件《くだん》の漱石宛子規書簡の末尾は、注目すべき次のような記述で閉じられている（句末の四句省略）。

朝は寐る、昼は人が来る、夜は熱が出る、熱を侵して筆を取るか、又は熱さめて後、夜半より朝迄筆取るか、いづれにしても体は横寐、右を下、右の肱をついて、左の手に原稿紙を取りて、物書くには原稿紙の方より動かして行く。不都合な事、苦しい事、時間を要する事、意到つて筆従はざるために幾度か蹉跌《さてつ》して（筆者注・つまずいて）勢のぬける事、弊害と困難は数へきれぬ程に候。其上《その》に外出して材料を拾ひ出す事が出来ぬといふ大不便あり。仏様に聞《きい》たら、小生の

前身は、余程の悪人なりし事と存候。

子規が、洋画家中村不折と出会い、親交を結ぶようになったのは、明治二十七年のこと。その結果、「写生」論を確立していくのである。その当時を振り返って、明治三十五年四月刊の『獺祭書屋俳句帖抄 上巻』の長文の序「獺祭書屋俳句帖抄上巻を出版するに就きて思ひつきたる所をいふ」の中に、

秋の終りから冬の初めにかけて、毎日の様に根岸の郊外を散歩した。其時は、何時《いつ》でも一冊の手帳と一本の鉛筆とを携へて、得るに随て俳句を書つけた。写生の妙味は、此《この》時に初めてわかつた様な心持がして、毎日得る所の十句、二十句位な獲物は、平凡な句が多いけれども、何となく厭味がなくて垢抜《あかぬけ》がした様に思ふて、自分ながら嬉しかつた。

と書き付けている。ここには「写生」を実践する子規がいる。また、それ(明治二十七年)より後、明治三十年春の執筆かと推定される熊本の池松迂巷《うこう》に宛てた子規の手紙の中には、

家の内で句を案じるより家の外へ出て、実景に見給へ。実景は自ら句になりて而《しか》も下等な句にならぬなり。

と認《したた》めているのである。「机上詩人」(同書簡)になることを、誰よりも嫌った子規であった。が、明治三十二年の末には、右に見た漱石宛子規書簡の末尾に報じられているごとき状態になってしまっていたのである。俳句、短歌に「写生」を標榜した子規にとっては、まったく意想外の展開となってしまっ

たのである。漱石に告げる「外出して材料を拾ひ出す事が出来ぬといふ大不便あり」との文言に、子規の苦悶が窺知《きち》されよう。

その子規のほんのわずかな光明が、「暖気」を得るために六畳の「病間」の南側に設えられた「ガラス障子」だったのである。子規は、「暖気」のための「ガラス障子」を通して「家の外」と接することができたのである。

2「ガラス障子」のある生活

子規は、随筆の中でも、しばしば「ガラス障子」について語っている。そこには、「ガラス障子」を通して「写生」する子規の姿を見出す事ができる。

明治三十三年三月三十日に『日本新聞』に発表された随筆「我室」は、

六畳の間一つ、南に窓を開きて、病牀も、書斎も、客室も、応接所も総てを兼ねてこゝに事をすます身の上、我ながらむさくろしと思ふに、心ありて訪ひ来る人の話たけなはにして、灯炉のあたゝまりにのぼせたるたてつめの、透間漏る風の防ぎに白木うちそへて暖きを貪る外《ほか》にかざり無き部屋の様はいふも事古《ことふ》りたれど、新しきに返す三十一文字のしらべ拙きが、なかく唾壺《だこ》(筆者注・たんつぼ)を打ちて歌ひ出づるしはがれ声にかなひたるも一興あるべし。

と書き始められる。ここにおいて、この一文が、俳句交じりの「俳文」ではなく、短歌交じりの「和文」

であることが、読者に伝えられているのである。人力車による外出も、めっきり減った明治三十三年、子規の関心は「我室」に向けられていったのである。そのような子規にとっての喜びは、しばしば注目しているように、その「室」が、「南に窓を開」いていたことであった。虚子の設えた「灯炉」も話題にのぼっている。

子規が『日本新聞』に「歌よみに与ふる書」を発表したのは、明治三十一年二月十二日(三月四日まで十回にわたって連載)。翌三十二年二月初旬、香取秀真《かとりほづま》、岡麓の両歌人が、初めて子規庵を訪問。子規の関心が、俳句を凌ぐ勢いで短歌へと傾いていったのであった。そんな中で執筆された「我室」である。「新しきに返す三十一文字のしらべ」(新風短歌)への意欲は、並々ならぬものがあったであろう。そんな中での「ガラス障子」からの「写生」である。「我室」の中の左の一節が注目される。

ガラス窓にたてこめて、火鉢、湯婆《たんぽ》、身はあたゝかに、見れば外の寒げなるもをかしく。
まだ浅き春をこもりしガラス戸に寒き嵐の松を吹く見ゆ

ここで、右の短歌一首中で用いられている「ガラス戸」なる措辞に特に注目してみたい。先に見た〈ガラス戸や暖炉や庵の冬搆〉の句は、右の短歌より後の成立である。成立の前後が定かでないが、ほぼ同時期の俳句作品に、

ガラス戸の外を飛び行く胡蝶哉

がある。俳句における「ガラス戸」なる措辞の使用例は、此の二句だけである。子規の中で、「ガラス

戸」なる措辞は、もっぱら短歌の中で定着していくのであるが、そのことは、もう少し後で述べる。同じく明治三十三年四月十日発行の『俳星』第一巻第二号掲載の随筆「春浅き庵」の中にも「写生」する子規の姿をかいま見ることができる。そして、ここでは、その「写生」が、俳句として形象化されている。左のごとし。

去年の暮、病室の南側をガラス障子にせしより、何かにつけて嬉しき事ぞ多き。いつかはガラス越に雪も見んなど、出来ぬ贅沢とばかり思ひしに、今、まのあたり此楽《このたのしみ》を得て、命ものぶ心地なり。我は火鉢をかゝえながら松の枝の寒さうに動くを見るも、こよなく心行くさまなるに、雀の二、三羽来て、松に隠れ、地に下り、いそがしく物あさるも面白し。折々はめづらしき鳥も来るに、鶯を待ちこがれて、

鶯の来もせで松の雀かな

赤木格堂が伝えるところによると（大正九年三月十八日発行『柿渋』第七十一号「硝子の駕」）、明治三十三年一月七日は、大雪だったそうである。ちなみに、和田克司氏作成の「天候一覧」（増進会出版社版子規選集第十四巻『子規の一生』）によると、一月七日は、曇、十日が雪となっている。また二十一日も雪。二月以降は、雪の日なし。いずれにしても、「ガラス越に雪も見ん」との子規の望みは、叶えられたのである。なるほど「嬉しき事」の一つであったであろう。子規は「命ものぶ心地なり」と語っている。

これも明治三十三年の十一月二十日発行の『ホトトギス』第四巻第二号に掲載の随筆「明治卅三年十月十五日記事」の中では「ガラス障子」の様子が、より具体的に明らかにされていて、興味をそそ

られる。冒頭すぐに左の描写が見える。

今朝、眼さめたるは五時頃なるべし。四隣猶《なお》静かに、母は今起き出《い》でたるけはひなり。何となく頭なやましきに再び眠るべくもあらねば、雨戸を明けしむ。母来りて南側のガラス障子の外にある雨戸をあけ、窓掛を片寄す。外面《そとも》は霧厚くこめて、上野の山も夢の如く、まだほの暗きさまなり。庭先の鶏頭、葉鶏頭にさへ霧かゝりて、少し遠きは紅の薄く見えたる、珍しき大霧なり。余は西枕にて、ガラス戸にやゝ背を向けながら、今母が枕もとに置きし新聞を取りて臥《ふ》しながら読む。朝眼さむるや否や一瞬時の猶予《ゆうよ》も無く新聞を取つて読むは毎朝の例なり。

今一つ明らかにイメージし得なかった「ガラス障子」の様態が活写されている。愛弟子《まなでし》佐藤紅緑が明治三十五年十一月二十五日発行の俳誌『木兎《もくと》』第二巻第九号に寄せている「子規翁終焉後記」の最初の部分に、

翁の臥室はいつもの如く開け放されて、頭を座敷、即ち皆《みな》が座つて居る方に向けたまゝ、位置は従来と少しも替らずに白き布団の上に身を横たへて居るのは翁である。

との描写があるが、子規は、日頃、臥床している六畳の「病間」に「西枕」で臥《ふせ》っていたのである。枕許が八畳の座敷(「皆なが座つて居る」所)というわけである。「座敷」と「病間」との間には、襖四枚があったのであるが、来客がある場合には開け放たれていたであろう。句会、歌会など、大勢の来客の場合には、襖は外されていたのではないかと思われる。「病間」の北側には、襖二枚を隔てて四畳半

の「次の間」があるが、母八重、妹律は、ここに寝起きしていたのではあるまいか。ほかに二畳の「玄関」の間、三畳の「居間」などがあった。碧梧桐によれば、建坪は二十四坪余であったという。しかして「病間」の南側に「ガラス障子」があるのであるが、先の子規自身の記述によって、その外に「雨戸」があり、夜は通常、閉められていたことがわかる。通常というのは、明治三十三年の十一月二十四日付の『日本新聞』に発表された随筆「人の紅葉狩」では、十一月五日の夜「ガラス障子」より赤木格堂、山田三子、桃沢茂春、西田巴子《はし》などに訪問され、びっくりする描写があるからである。「雨戸」そして「ガラス障子」、さらにその内側に「窓掛」（カーテン）が備え付けられていたことが明らかにされている。「外面《そとも》は霧厚くこめて、上野の山も夢の如く、まだほの暗きさまなり。庭先の鶏頭、葉鶏頭にさへ霧かゝりて、少し遠きは紅の薄く見えたる、珍しき大霧なり」――子規の「写生」の眼は、「ガラス障子」の向う側を的確に描写している。先の子規の記述で留意すべきは、「ガラス障子」なる語と「ガラス戸」なる語が、数行の中で併用されている点である。随筆「人の紅葉狩」の中でも併用されている。子規の中で「ガラス障子」と「ガラス戸」が意識的に使い分けられているか否か、今一つ定かでないが、「ガラス戸」を用いた場合には「家の外」を見ようとする意識が強く働いているように思われる。

3「ガラス戸」からの「写生」

子規は、明治三十一年（一八九八）二月二十四日付『日本新聞』に発表した「六たび歌よみに与ふる書」の中で、生（筆者注・子規）の写実と申すは、合理非合理、事実非事実の謂《いい》にては無之候。油画師は必ず写生に依り候へども、それで神や妖怪やあられもなき事を面白く書き申候。併《しか》し、神や妖怪を画くにも勿論写生に依るものにて、只《ただ》有りの儘《まま》を写生すると、一部々々の写生を集めるとの相違に有之、生の写実も同様に候。

と述べて、俳句で確立した「写生」「写実」の説を、短歌においても援用している。子規は、短歌革新をも「写生」の説で押し通したのである。そして、それを是としたのが、子規の周りに集まった香取秀真、岡麓、伊藤左千夫などの歌人だったのである。ところが、明治三十一年よりも三十二年、三十二年よりも三十三年と、年を経るごとに「写生」のために「郊外を散歩」するということが困難な病状となっていったのである（たとえ人力車を用いたとしても）。そんな窮状を親友漱石に「外出して材料を拾ひ出す事が出来ぬといふ大不便」と訴えたのであった。

が、「写生」は、子規の文学の根幹にかかわるものであった。そんな子規の「写生」の実践を辛うじて可能にしたのが、今まで縷説《るせつ》してきた、子規の「病間」の南側に設えられた「ガラス戸」（「ガラス障子」）だったのである。

その「ガラス戸」によって、子規は「写生」の指導をしているのである。そのことを明らかにしている貴重な資料が岡麓によって記された随筆「思出の記」中の「ガラス戸」の節。初出は、昭和二十四年（一九四九）一月から二十五年一月にかけての歌誌『アララギ』誌に発表されたものであるが、今、岡麓著『正岡子規』（白玉書房、昭和三十八年）によって、左に掲出してみる。

明治三十三年の一月末のある日の午後、私は先生をおたづねした。しばらくして先生が「歌をよまうか、このガラス戸を題にして写生をしよう」といはれた。やがて発表された詞書に、

わが病室の障子にガラスを張りてガラス障子の歌よみける中に

とある、このガラス戸から外が見えるのに興を覚えられたらしかつた。一つにはまた私に写生といふ実際教授をして下さらうとなされたものでもあつた。暫時《ざんじ》無言、ガラスごしに景色を見てをられたが、原稿紙へすらすらと書きつけられる。先生は歌でも句でも文章にしても、あたまのなかでまとめて書きつけられる。（めつたに書きなほしをされない。先生の原稿ぐらゐ、読みよく、きれいなのは稀であつた。）私にはつかみ場所がわからなく、困つてゐると、先生の方はすらすらふえて行くのだつた。私は閉口してしまつた。すると「お見せなさい」と私のととりかへて渡された。

いたづきの閨《ねや》のガラス戸影透きて小松の枝に雀飛ぶ見ゆ
病みこやる閨のガラスの窓の内に冬の日さしてさち草咲きぬ（福寿草のこと）
朝な夕なガラスの窓によこたはる上野の森は見れど飽かぬかも
冬ごもる病の床のガラス戸の曇りぬぐへば足袋干せる見ゆ
ビードロのガラス戸すかし向ひ家の棟の薺《なづな》の花咲ける見ゆ
雪見んと思ひし窓のガラス張ガラス曇りて雪見えずけり
病みこもるガラスの窓の窓の外の物干し竿に鴉鳴く見ゆ
物干しに来居る鴉はガラス戸の内に文書く我見て鳴くか

にひ年の朝日さしけるガラス窓のガラス透影紙鳶《たこ》上る見ゆ
ガラス張りて雪待ち居ればあるあした雪ふりしきて木につもる見ゆ
暁の外の雪見んと人をして窓のガラスの露拭はしむ
常臥《とこぶし》に臥《ふ》せる足なへわがためにガラス戸張りし人よさちあれ
窓の外の虫さへ見ゆるビードロのガラスの板は神業なるらし

これだけの歌が、一時間余に出来たのだと思ふ。私のはよくよくの不出来だつたもので、自分でも写生の実際にかかると、かうもあがきがとれぬのか、と思つた。先生の評なしでもどされた。私が先生の歌を拝見してゐると「君なら足袋干せるなんぞいはないだらう。紅梅の花とでもいふだらう。」と苦笑された。眼前ガラス戸を透して、庭前の物干竿に足袋が二足ぶらさがつてゐる。私は何とも返事をしかねて、またしよげてしまつた。

子規が「ガラス戸」を通して「家の外」を「写生」する様子が、子規の歌十三首とともに活写されている。

麓は、右のエピソードを「明治三十三年の一月末のある日の午後」と紹介している。先にも記したように、岡麓が香取秀真とともに初めて子規庵を訪問したのは、明治三十二年二月初旬のこと。爾来《じらい》、約一年が経過している。麓は、明治十年(一八七七)、東京の生まれ。子規より十歳年少。この時、子規は、数え年三十四歳。麓は、二十四歳である。麓が示している子規の短歌十三首中の、

雪見んと思ひし窓のガラス張ガラス曇りて雪見えずけり

ガラス張りて雪待ち居ればあるあした雪ふりしきて木につもる見ゆ
暁の外の雪見んと人をして窓のガラスの露拭はしむ

等に注目してみるならば、明治三十三年(一九〇〇)の一月末の降雪は、二十一日(和田克司編「天候一覧」)。この日の早朝、雪が降ったか。それはともかく、先に注目した「ガラス戸」は、子規の歌においては、「ガラス戸」のほかに「ガラスの窓」「ガラス窓」「ガラス」「ガラスの板」など、様々な呼称をもって形象化されている。中で「ガラス戸」が五首ということで、十三首中では使用頻度が、最も高い。私は、先に、この言葉に「家の外」を見ようとする子規の意識を指摘したのであったが、とにかく「ガラス戸」なる言葉の使用例は、子規の歌稿『竹乃里歌』を繙《ひもと》いても、圧倒的に多い(「ガラス障子」なる語を使った歌は、一首もない)。今までに示したもの以外を、すべて列挙してみる。

朝な夕なガラス戸の外ゝに紙鳶《たこ》見えて此頃風の東吹くなり
ガラス戸の外面ゝさびしくふる雨に隣の桜ぬれはえて見ゆ
ガラス戸の外ゝに植ゑおける桜花ふゝむさくちる目もかれず見き
ガラス戸ノ外ゝハ月アカシ森ノ上ニ白雲長クタナビケル見ユ
ガラス戸の外ゝに据ヱタル鳥籠ノブリキノ屋根ニ月映ル見ユ
紙ヲモテラムプオホヘバガラス戸ノ外ゝノ月夜ノアキラケク見ユ
夜ノ床ニ寐ナガラ見ユルガラス戸ノ外ゝアキラカニ月フケワタル
ガラス戸ノ外ゝノ月夜ヲナガムレドラムプノ影ノウツリテ見エズ

ホト、ギス鳴クニ首アゲガラス戸ノ外面ヲ見レバヨキ月夜ナリ
ガラス戸ニ音スル夜ノ風荒レテ庭木ノ梢ユレサワグ見ユ
ガラス戸の外に咲きたる菊の花雨に風にも我見つるかも
右に樫左に桜真日向きに上野の杉の見ゆるガラス戸
春の日の雨しき降ればガラス戸の曇りて見えぬ山吹の花
ガラス戸のくもり拭へばあきらかに寐ながら見ゆる山吹の花
ガラス戸におし照る月の清き夜は待たずしもあらず山ほとゝぎす
ガラス戸の外面に咲けるくれなゐの牡丹の花に蝶の飛ぶ見ゆ

「ガラス戸」以外の歌は、すでに触れている以外では、

うらゝかにガラスを照す春の日にはかに曇り雹《ひょう》ふり来る
ほとゝぎす今年は聞かずけだしくも窓のガラスの隔てつるかも

の二首に過ぎない。そして右の「ガラス戸」使用例十六首の中で十一例は「外」なる言葉とともに用いられているのである。子規が歌の中で「ガラス戸」ではなく「ガラス戸」を用いたのは、無論「ガラス障子」が六音、「ガラス戸」が四音であり、「調べ」にかかわる要素も大きいであろうが、それ以上に前に記しておいたように、そこには「家の外」を見ようとする子規の意識が強く働いている、と見てよいように思われる。十六例中十一例が「外」なる言葉とともに用いられていることが、その証

左となろう。

そこで、急ぎ岡麓の随筆「ガラス戸」の内容に戻る。麓が伝えるエピソードの中で最も注目されるのが、子規の言葉「歌をよまうか、このガラス戸を題にして写生をしよう」、であろう。この言葉を子規が発しているのが明治三十三年一月末。人力車での外出も儘《まま》ならない状態となっていた。が、子規は、あくまでも「写生」に固執しているのである。この段階で子規に可能な真の意味での「写生」は、「ガラス戸ノ外」しかなかったのである。麓は、子規の心中を「ガラス戸から外が見えるのに興を覚えられたらしかつた」と忖度《そんたく》しているが、そういうことであったであろう。虚子が「暖気」のために設えてくれた「ガラス障子」「ガラス戸」の、「暖気」以上の効用であったのである。今までに見てきたように「ガラス戸を題にして写生」した作品が、俳句より短歌に集中しているのは、これもすでに指摘したように、子規の関心がより多く短歌実作に傾いていたということであったからであろう。

麓は、「一つにはまた私に写生といふ実際教授をして下さらうとなされたものでもあつた」とも記している。子規は、徹頭徹尾「写生」の人であった。その「写生」の説を良しとする人々が、俳人のみならず歌人にもたくさんいて、子規を取り囲んでいたのである。数え年三十六歳の短い病臥の生涯であったが、子規は幸福な文学者であった。多くの門人たちとともに「ガラス戸ノ外」を凝視し、それを俳句に、短歌に、文章にと形象化していったのであった。自らの「写生」論を駆使して。

五　旅する子規

――子規文学の原点

1　『獺祭書屋俳句帖抄 上巻』

子規には、一冊の自選句集がある。書名を『獺祭書屋俳句帖抄《だつさいしょおくはいくちょうしょう》 上巻』という。「上巻」とあるのは、「下巻」も出版の予定でいたのであるが、明治三十五年（一九〇二）九月十九日午前一時の子規の死とともに叶わぬこととなってしまった。『獺祭書屋俳句帖抄 上巻』、明治三十五年四月十五日刊。東京市の俳書堂と大阪市の文淵堂との相版《あいはん》。判型は、四六判の変型（縦十八・九センチ、横十二・八センチ）。やや縦長。子規名の序「獺祭書屋俳句帖抄上巻を出版するに就きて思ひつきたる所をいふ」が三十ページ、目次が三ページ、本文が九十四ページである。私の手もとには、出版書肆《しょし》が俳書堂のみとなった子規没後の明治三十八年六月二十五日発売の再版本もあるが、どれくらいの読者を獲得したのであろうか。定価は、初版、再版ともに三十五銭。

なお、書名ともなっている「獺祭書屋」は、子規の俳号の一つである。子規に、「雅号につきて」なる文章がある。明治三十二年十月十日発行の『ホトトギス』第三巻第一号に収録されている。そここにおいて自らの俳号に解説を加えているが、「獺祭書屋」については、左のごとく記されている。

李義山、文章を作るに、多くの参考書を坐右に散らかし置く。人之《これ》を見て、獺《かわうそ》、魚を祭るが如しといふ。獺祭魚は、礼記《らいき》月令に在り。我の書斎、書籍縦横に乱れて、踏むに処《ところ》無し。因《よ》つて此《この》号あり。獺の音《おん》、人多く誤り読む。獺の音は「だつ」なり。獺祭は「だつさい」、獱獺は「ひんだつ」。

要は、書籍を散らかしている書斎というところから、「獺祭書屋」、あるいは「獺祭書屋主人」と号したとの子規の説明であるが、やや難解な語もあるので、少しく補足しておく。

まず、最初の「李義山」であるが、唐の詩人、李商隠（八一三〜八五八）のこと。子規の紹介している李義山（李商隠）のエピソードは、宋の黄鑑撰『談苑』の中に見える。「獺祭魚」については、子規の指摘通り『礼記』の「月令第六」に「東風解レ凍。蟄蟲始振。魚上レ氷。獺祭レ魚。鴻雁來」（東風凍《こおり》を解き、蟄蟲《ちつちゅう》始めて振《うご》き、魚は氷《ひ》に上り、獺《だつ》、魚を祭り、鴻雁《こうがん》来る）と見える。獺《かわうそ》が捕えた魚を四方に陳列することである。最後の「獱獺」もまた、「獺」（かわうそ・かわをそ）と同義である。

ちなみに「子規」号については、

咯血して、時鳥《ほととぎす》の句を作る。これより此《この》名なり（筆者注・明治二十二年五月より名乗る。「子規」は「ほととぎす」）。規は、実名の一字なり（筆者注・本名は「常規《つねのり》」）。或は杓子定規を縮《ちぢ》めたる語と見るも面白からん。

と説明している。当人がこのように説明しているところが、面白いではないか。
やや脇道にそれてしまったが、私が、今、注目したいのは、半生の記ともいうべき序「獺祭書屋俳句帖抄上巻を出版するに就きて思ひつきたる所をいふ」の内容である。
『獺祭書屋俳句帖抄』の大きな特色は、前にも述べたように、子規の自選句集であるという点にある。精選された句集であるので、『獺祭書屋俳句帖抄』を繙《ひもと》くならば、最晩年の子規の俳句観の反映された句群に接することができるのである。この自選句集の試みを子規が思い立ったのは、明治三十四年十月三十日発行の『ホトトギス』第五巻第一号の高浜虚子の「消息」欄によれば、まさしく、そのころ（明治三十四年）であったようである。虚子は、

子規君は、自ら其《その》句集を編纂《へんさん》致しくれらるゝことに相成候。

と記している。翌十一月三十日発行の第五巻第二号の「消息」欄では、河東碧梧桐が、

子規君の容体は、さらに変ることなく候へ共《ども》、昨今は比較的活気あるやう自らも言はれ、他よりも左様に見受けられ候。目下は、前号俳書堂の広告にもある如く、其句集の選抜に重《おも》に従事致し居られ候。存外仕事の捗取《はかど》るに自らも驚かれ候位《くらい》にて、不日、第一集完結可致《いたすべく》候。同君句集（尤も厳正なる選抜になりたる）の完成は、固《もと》より望みても得難《えがた》きことには候へ共《ども》、我等は之《これ》を完成し給ふ元気あるを、こよなく喜び居《お》り候。

と報じている。碧梧桐が言及しているように、前号（第五巻第一号）には、俳書堂、金尾文淵堂連名

の広告「近刊予告」において、

自ら選抜されたる子規自身の句集なり。明治廿五年より以降年次を別《わか》ちて序列し、各《おのおの》之《これ》を類題となす。苟《いやしく》も俳句に志すもの、一本を几上《きじょう》に備へて師表となさざる可《べ》けんや。其《その》書名、定価等、詳細は次号に於て広告すべし。

と記されている。そして、この「近刊予告」に呼応して、碧梧桐の右の文章が載っている第五巻第二号においては、これも俳書堂、文淵堂連名で、再び「新刊広告」として、子規の自選句集が、

正岡子規著

獺祭書屋俳句帖抄　上巻定価未定

自ら選抜されたる子規自身の句集なり。明治廿五年より以降年次を別ちて序列し、各之を類題となす。苟も俳句に志すもの一本を几上に備へて師表となさゞる可けんや。明治三十年に至る迄を上巻として愈《いよいよ》近日発行すべし。

発売所　東京市神田区猿楽町廿五番地　俳書堂

発売所　大阪市東区南本町心斎橋筋角　文淵堂

と、先の広告文をやや修正した形で公にされているのである。『獺祭書屋俳句帖抄 上巻』が出版される四ヶ月半ほど前の広告である。出版前から大いに注目されていたであろうことが窺知《きちう》し得る子規の自選句集であるが、これから「獺祭書屋俳句帖抄上巻を出版するに就きて思ひつきたる所をい

ふ」に目を通すことによって、自選句集編纂を思い立った子規自身の気持ちの有り様を探ってみたい。当初は、自選句集の出版には否定的だった子規であるが、自分の心の変化を次のように吐露《とろ》している。

此《こ》の頃《ごろ》(筆者注・末尾に明治三十五年一月三十日に口述筆記が終った旨、記されている)になつて、ふいと自分の句を選んで見たいといふ考えが起つて来た。其《それ》はどういふわけであるか自分にもわからぬけれど、自分の病気はだん〳〵募る、身体の衰弱と共に精神の衰弱も増して来て、去年以来は、俳句を作ることも全く絶えてしまうてをる。そんなことから、さきに少しも望みのない身の上となつて、従て自分の俳句はこれ迄で既に結了してをるやうな考から、それならば昔の苦吟の形見を一冊に纏めて見たらばどんなものになるであらうか。といふやうな考へが出て来て、句集でも拵《こしら(へ)》えて見たいといふことになつたのかも知れない。(傍点筆者)

あの覇気《はき》充満していた子規の口から「自分の俳句はこれ迄で既に結了してをるやうな考」が湧いてきたというのであるから、なんともやりきれない。子規自身によって、自選句集をまとめる意志が固まったと思われるころの病状を確認しておくことにする。非公開の日記的随筆『仰臥漫録』の明治三十四年十月二十六日の条に「此頃ノ容体及ビ毎日ノ例」として、左のごとく記している。

病気ハ、表面ニサシタル変動ハナイガ、次第ニ体ガ衰ヘテ行クコトハ争ハレヌ。膿《うみ》ノ出ル口ハ次第ニフエル。寝返リハ次第ニムツカシクナル。衰弱ノタメ何モスルノガイヤデ、只ボンヤリト寝テ居ルヤウナコトガ多イ。腸骨ノ側に新ニ膿ノ口ガ出来テ其《その》近辺ガ痛ム。コレガ寝返リヲ困難ニスル大原因ニナツテ居ル。右へ向クモ、左へ向クモ、仰向ニナルモ、イヅレニシテモ此《この》痛所ヲ刺激スル。咳ヲシテモコ、ニヒヾキ、泣イテモコ、ニヒヾク。

こんな病状下にあっては、「身体衰弱と共に精神の衰弱」が襲ってくるのも納得し得るし、そんな中で、従来の「よし今日の標準で厳格に句を選んで見たところで、来年になつて其《それ》を見たらばどんな厭《い》やな感じがするかも知れん、さう思ふと自分の句集を自分が選んで出すなどゝいふ事は、到底出来る事ではない」との主張を引っ込めて、「句集でも拵《へ》えて見たい」との気持になったのも、十分に理解し得るのである。一旦、決心がつくと、その完成に心躍らせたようである。

書物の体裁の事は虚子に一任して置いたから、どんなものが出来るかと余所《よそ》ながら自分も楽みにして待つてゐるのである。美本が出来ても面白い。悪本が出来ても面白い。

かくて、冒頭に記したごときの『獺祭書屋俳句帖抄　上巻』一巻が完成したのであった。ただ、広告文に謳《うた》われていたようにはいかず「年次を別ちて序列し」四季別としただけのものとなっている（「類題」とすることは、煩瑣《はんさ》であるとして、断念している）。明治二十五年（一八九二）の作品からはじまり、明治二十九年までを上巻としている（広告文では、明治三十年までとなっていたが）。

子規が明治二十五年を自選句集の起点としているのは、明治二十四年に芭蕉七部集の第五番目の選集である『猿蓑《さるみの》』に逢着し、それまでの俳諧(俳句)観が一変するくらいの衝撃を受けたことによる。(13)この『猿蓑』との出合いと、明治二十五年六月二十六日より十月二十日まで『日本新聞』に連載した、俳句革新の第一声である『獺祭書屋俳話』の連載とは、無関係ではあるまい。なかんずく、芭蕉という俳人の存在が、子規に大きな影響を与えたであろうことも十分に推測し得る。『獺祭書屋俳話』において存分に芭蕉を語り得なかった子規は、改めて稿を起し、明治二十六年十一月十三日より、明治二十七年一月二十二日まで『日本新聞』に「芭蕉雑談」を連載したのであった。その中で、子規は、芭蕉を、

芭蕉の文学は、古《いにしえ》を摸倣せしにあらずして、自ら発明せしなり。貞門、檀林の俳諧を改良せりと謂《い》はんよりは、寧《むし》ろ蕉風の俳諧を創開せりと謂ふの妥当なるを覚ゆるなり。

と、高く評価しているのである。自ら『猿蓑』の俳諧を通して蕉風の真諦《しんたい》を学ばんとしていた子規が、芭蕉を「蕉風の俳諧の創開者」として位置付けているのである。

2 「獺祭書屋俳句帖抄上巻を出版するに就きて思ひつきたる所をいふ」

すでに、その内容についても触れたのであるが、『獺祭書屋俳句帖抄 上巻』には、右のごとき長い表題の序文が付されている。序文自体も三十ページに及ぶ長いものである。その中で、子規は、起点となっている明治二十五年の自らの俳句について「天然の景色を詠み込む事が、稍々《やや》自在になつた」と語っている。

私が、特に注目したいのは、翌明治二十六年の子規である。この年、子規は、東北地方への『はて知らずの記』の旅を試みているのである。子規と言えば、病子規、臥褥《がじよく》病牀六尺の子規との印象があまりに強いのであるが、この時は、七月十九日より八月二十日まで、なんと一ヶ月に及ぶ大旅行を実行しているのである。しかも、可能な限り徒歩で踏破するということに挑戦している。その行程は、『獺祭書屋俳句帖抄 上巻』の明治二十六年の部の巻頭に、子規自身によって左のごとく簡潔にまとめられている。全文、省略せずに引用する。

夏瘧《おこり》を病む。癒《い》えて奥羽に遊ぶ。秋に入りて帰京す。此《この》行経《へ》るところ宇都宮、白河、二本松、安達原、福島、浅香沼、実方の墓、仙台、塩竈、松島、関山越えして羽前に入り、船にて最上川を下る、酒田より海岸に沿ふて北し、秋田を経、八郎潟を見て帰る、大曲り六郷を経、新道より湯田に出《い》で、黒沢尻に至り、汽車にて帰る。

ちなみに、佐藤紅緑が、子規の恩人である日本新聞社社長陸羯南《くがかつなん》の書生(玄関番)となったのは、ちょうど子規が、この『はて知らずの記』の旅をしていた時である。紅緑は「子規翁」(明治三十五年十二月二十七日発行『子規追悼集』所収)の中で次のように回顧している。羯南から国学の指導者として子規を推薦される場面である。

誰《だ》れか親切に教えてくれる人はなかろうかと相談すると、此向《この》ひに正岡といふ社(日本新聞社)に勤めて居る人がある、其《その》人に願へばよからう、といふ事であつた。其《そ》れは幸いだと喜んで見たが、扠《さ》て其正岡といふ人は奥州の方を旅行中で、いつ帰るかわからぬといふので、其《そ》の儘になつてしまつた。併《しか》し肺病で血を吐いて自ら子規と号した事、書はなかく上手に書ける事、社の方では何をさしても立派に書く事等がわかつた。

「いつ帰るかわからぬ」というのが面白い。子規は、明治二十五年十二月一日より、すでに月給十五円の日本新聞社の社員である。羯南の度量の大きさをかい間見ることのできるエピソードである。右は、その羯南が遠縁の紅緑に語った子規の横顔である。

この『はて知らずの記』の旅、子規にとっての本格的な最初で最後の旅であり（無論、『かけはしの記』の旅をはじめ、何度もの旅行を試みている旅好きの子規を承知した上での話であるが）、子規にとっても忘れ得ぬ、「奥羽行脚」の思い出として、病臥後も折に触れて語っている。例えば、『仰臥漫録』の明治三十四年九月十九日の条では、

自分ガ旅行シタノハ、書生時代デアツタノデ、旅行トイヘバ独リ淋シク歩行《ある》イテ、宿屋デ独リ淋シク寝ルモノヂヤト思フテ居ル。ソレダカラ、到ル処デ歓迎セラレテ御馳走ニナル、ナド、イフ旅行記ヲ見ルト羨マシイノ、妬《ねた》マシイノテ、。

との書き出しで、「奥羽行脚」をなつかし気に回顧しているのである。ただ、俳句の実作という点では、自身には不満が残ったようである。「獺祭書屋俳句帖抄上巻を出版するに就きて思ひつきたる所をいふ」の中で、

明治二十六年は、最多く俳句を作つた年で、其《その》数は四千以上にもなつた。此《この》年は夏から秋へかけて二《(ママ)》ケ月許《ばか》り奥羽の行脚をやつたので、旅行中の句だけでも随分沢山ある。併《しか》し、前年に実景を俳句にする味を悟つた以来《(ママ)》、爰《ここ》に至つて濫作の極に達したやうである。実景ならば何でも句になると思つたのは間違ひであつたのだ。

と記した上で、

要するに、此年は行脚と多作との為に自分の修行にはなつたけれど、別に前年に無かつた趣味を見出す迄には進歩しなかつた。

と結論している。ただし、これはあくまでも子規の見解であり、今日、客観的に子規の俳句というものを考えるならば、この「行脚」、そして、「行脚」を通しての「多作」があったからこそ、翌明治二十七年三月の中村不折との出会いによる「写生」説の誕生が可能となったということが言えるのではないか、と私は思っている。「実景ならば何でも句になる」との、当時の子規の確信は、決して「間違」ってはいなかったと思われるのである。「写生」の根幹には「実景ならば何でも句になる」との姿勢が不可欠だからである。子規自身、明治三十二年五月十日発行の『ホトトギス』第二巻第八号所収の「随問随答」の中に「写生に往きたらば、そこらにある事物、大小遠近、尽《ことごと》く詠み込むの覚悟なかるべからず」「材料は捨てる程ぶらついて居るなり」と記しているのである。

明治二十七年を、子規は「獺祭書屋俳句帖抄上巻を出版するに就きて思ひつきたる所をいふ」の

中で、

秋の終りから冬の初めにかけて、毎日の様に根岸の郊外を散歩した。其時《そのとき》は、何時でも一冊の手帳と一本の鉛筆とを携へて、得るに随て俳句を書つけた。写生的の妙味は此時《このとき》に始めてわかつた様な心持がして、毎日得る所の十句、二十句位な獲物は、平凡な句が多いけれども、何となく厭味《いやみ》がなくて垢抜がした様に思ふて、自分ながら嬉しかつた。

と振り返っている。これを口述しているのが、明治三十五年(一九〇二)。その時点で「今日から見ても、此見解は間違つて居ない」とも記している。明治二十七年に「写生」を開眼したとの、確かな手応えを感じていたのであろう。が、それは、明治二十六年の「奥羽行脚」あってこそ、というのが、私見である。

3 『はて知らずの記』の旅

実際に『はて知らずの記』(今、便宜的に『増補再版獺祭書屋俳話』所収本による)を繙《ひもと》いてみると、開巻間もなくの箇所に、

旅衣の破れをつくろひ、蕉翁の奥の細道を写しなど、あらましとゝのへて、今日やたゝん、明日や行かんと思ふものから、ゆくり無く(筆者注・思いがけなく)医師にいさめられて、七月も

はや十九日といふに、やう〳〵東都の仮住居を立ち出ぬ。

と見え、子規が、芭蕉の『おくのほそ道』の旅を強く意識していたことがわかる。「旅衣の破れをつくろひ」なる表現も、明らかに『おくのほそ道』冒頭部の「もゝ引の破《やぶれ》をつゞり、笠の緒付かえて」の記述を踏まえてのものであろう。「医師にいさめられ」とは、すでに見たように、行脚の直前、子規は「瘧《おこり》」(間欠熱)を患い、しばしば主治医宮本仲《なかつ》医師の診察を受けていたのである。そのことを指している。また、七月二十二日の本宮(今の福島県安達郡本宮町。旧奥州街道の宿駅)の条にも、

とにかくに二百余年の昔、芭蕉翁のさまよひしあと慕ひ行けば、いづこか名所故《(古)》跡ならざらん。其《そ》の足(筆者注・芭蕉の足)は此《こ》の道を踏みけん、其目《その》(筆者注・芭蕉の目)はこの景をもながめけんと思ふさへ、たゞ其の代の事のみ忍ばれて、俤《おもかげ》は眼の前に彷彿《ほうふつ》たり。

と記して、芭蕉に対して、並々ならぬ憧憬《しょうけい》を示しているのである。先にも見たように「蕉風の俳諧を創開」した俳人としての芭蕉への憧憬であろう。ちなみに、明治二十六年は、芭蕉の二百回忌に当っていた。そのことも十分承知していた。子規は、芭蕉二百回忌を利用して暗躍する旧派月並宗匠をテーマとしての短篇「芭蕉翁の一驚」なるものを、この年の十一月六日付『日本新聞』に発表しているのである。芭蕉の『おくのほそ道』の旅を追体験せんとして、実際に『はて知らずの記』の旅を試みた子規にとっては、二百回忌を当て込んでの、月並宗匠たちのどたばた騒動がいかにも滑稽に感じられたのであろう。その冷徹な目差しから誕生したのが短篇「芭蕉翁の一驚」だったの

である。

詳述する遑《いとま》はないが、子規が子規たり得たのは、芭蕉の存在があってのことである。[14] そして『はて知らずの記』の行脚体験があってのことである。ところが、明治二十九年の結核性のカリエス発病以降、臥褥《がじょく》病牀六尺の生活を余儀無くさせられた。「旅する子規」は、夢のまた夢となったのである。

六　子規俳句と「明治新事物」
——連作と季語と

1　子規の連作への志向

昭和五十二年(一九七七)十一月刊、講談社版『子規全集』第三巻(俳句三)の和田茂樹氏の「解題」において、子規俳句の総数は、「年次別句稿は一八、一九一、抹消句三、三七二、拾遺句あわせて二三、六四七ある」とされている。それ以降も、いくつかの子規の新出句が報告されている。[15] そして、平成二十一年(二〇〇九)、今まで、存在が知られるのみで、杳《よう》として行方がわからなかった交遊録的

秀句集《アンソロジー》『なじみ集』が出現したことによって、子規の新出句二句、推敲句三句が新たに判明した。(16)

そんな状況下、人々の関心は、もっぱら子規の秀句に向けられてきた。二万三千六百四十七句余の中で、今後、世に伝えられるべき子規の名句の選出であり、その評釈である。管見の範囲で、それらの成果を年代順に示しておくならば、寒川鼠骨著『春夏子規俳句評釈』(大学館、明治四十年)、『秋冬子規俳句評釈』(大学館、明治四十年)、内藤鳴雪・高浜虚子等論講『子規句集講義』(俳書堂、大正五年)、臼田亜浪《あろう》著『評釈子規の名句』(資文堂書店、昭和九年)、青木月斗《げっと》著『子規名句評釈』(非凡閣、昭和十年)、高浜虚子著『子規句解』(創元社、昭和二十一年)、そして最近の宮坂静生著『子規秀句考——鑑賞と批評』(明治書院、平成八年)などである。

いずれの著書も、一句一句の質を糺《ただ》しながら、評釈に及んでいる。これはこれですこぶる重要な作業であるが、このようなアプローチに終始すると、子規が俳句作品群の公表に企図したところの重要な文学的営為を見落してしまうことになるように思われる。本節は、子規の残した俳句作品を、今までとはまったく別の視点より読み直してみようとするものである。本節では、ほんの一例ないし二例を示すに止《とど》まることになるが、この作業を拡大していくことによって、子規俳句の別種の側面が見えてくることになるかと思われる。その試論である。

従来、子規研究者、あるいは愛好者がまったく気にもしなかったと思われる具体例を一つ提示する。それは十二句一セットで示されている。従来の『子規全集』類では見えてこなかった子規の俳句世界である。

明治新事物

子規子

ぼうと行けば鷗立ちけり春の風
うつくしき桜の雨や電気灯
行く春を電話の糸の乱れかな
薔薇深くぴあの聞こゆる薄月夜
甲板に寝る人多し夏の月
電信の棒かくれたる夏野かな
聖霊の写真に憑《よ》るや二三日
はら〳〵と汽車に驚く螽《いなご》かな
菊の花天長節は過ぎにけり
燐寸《マッチ》売るともし火細し枯柳
きやべつ菜に横浜近し畑の霜
煙突や千住あたりの冬木立

普通は、まず見えてこない子規の俳句世界である。出典は、明治二十九年（一八九六）四月発行の『早稲田文学』第七号。それでは、「明治新事物」の題の下に発表されているこの十二句は、従来、どのような形で我々の目に触れていたのであろうか。

これまでの各種『子規全集』は、子規自身の手控えである『寒山落木』(明治十八年より明治二十九年まで)、『俳句稿』(明治三十九年より明治三十三年まで)を基礎資料とし、それに『仰臥漫録』(明治三十四年、三十五年)を加え、遺漏《いろう》は、『日本新聞』などで補っていた。子規自身による句稿であるので、子規句集を編むに当って、このような編纂方針を採《と》るのは、一つの見識であろう。が、これによって、先のごとき作品群は、従来、一顧《いっこ》だにされずに葬り去られてきてしまっていたのである。しかし、先のごとき作品群も、また紛れもなく子規自身によって構成されたものであり、これをトータルに評価することによって、子規の別種の俳句世界が見えてくるはずなのである。小節では、そのことを述べてみたいと思っている。

まず、松山市立子規記念博物館編『子規俳句索引』によって、右の作品群が、講談社版『子規全集』にどのようにして収録されているかを確認しておくことにする。巻数、ページ数は、同全集のものである。

　ぼうと行けば鷗立ちけり春の風
　　第二巻 一八七ページ『寒山落木』明治二十八年 春 (春風)
　うつくしき桜の雨や電気灯
　　第一巻 二三一ページ『寒山落木』明治二十六年 春 (夜桜)
　行く春を電話の糸の乱れかな
　　第三巻 五五七ページ『俳句稿』明治二十九年度分 (春・暮春)
　薔薇深くぴあの聞こゆる薄月夜

第二巻 五〇七ページ『寒山落木』明治二十九年 夏（薔薇）
甲板に寝る人多し夏の月
第二巻 二三三ページ『寒山落木』明治二十八年 夏（夏月）
電信の棒かくれたる夏野かな
第二巻 四八四ページ『寒山落木』明治二十九年 夏（夏野）
聖霊の写真に憑るや二三日
第二巻 二八四ページ『寒山落木』明治二十八年 秋（魂祭）
はら〳〵と汽車に驚く螽かな
第二巻 三三〇ページ『寒山落木』明治二十八年 秋（螽）
菊の花天長節は過ぎにけり
第二巻 三三六ページ『寒山落木』明治二十八年 秋（菊）
燐寸売るともし火細し枯柳
第二巻 三八二ページ『寒山落木』明治二十八年 冬（枯柳）（ただし〈まつち売るともし火暗し枯柳〉の句形）
きやべつ菜に横浜近し畑の霜
第二巻 三七三ページ『寒山落木』明治二十八年 冬（霜）
煙突や千住あたりの冬木立
第二巻 三八一ページ『寒山落木』明治二十八年 冬（冬木立）

ということになる。『寒山落木』（一例は『俳句稿』の明治二十九年度分の中に見えるが）が、年度別、四季別、季題別の構成を採っているので、自ずから右に確認し得るごとく、ばらばらに出てくるのである。それを、子規は、明治二十九年四月発行の『早稲田文学』第七号に発表するに際して、「明治新事物」のタイトルを付し、先に見たごとくに構成したというわけである。

右の作業を少し整理しておくならば、句数は、春夏秋冬、それぞれ三句ずつの計十二句ということになる。この句数も配分も、子規は、当然、意識的に行っていよう。そのようにするために、明治二十九年の夏の二句〈薔薇深く〉〈電信の〉は、季を先取りして作ったことがわかる。なぜならば、『早稲田文学』第七号は、同年春（四月）に発行されているからである。このこともかかわるが、作品の成立年次は、明治二十六年が一句、明治二十八年が八句、明治二十九年が三句ということになる。旧作をもって、連作的趣向で新機軸を出そうとしたものであろう。

2 「明治新事物」ということ

子規は、明治二十九年八月十四日、『日本新聞』に連載中の随筆『松蘿玉液《しょうらぎょくえき》』の中に左のように記している。

新題　をものするも一興ならんと独り筆を取りて夏帽十句を試みたる中に、
夏帽の白きをかぶり八字髯

夏帽の人見送るや蜑《あま》が子等
潮あびる裸の上の藁帽子
夏帽の対なるをかぶり二三人
夏帽子人帰省すべきでたちかな
夏帽の古きをもつて漢方医
夏帽も取りあへぬ辞誼《じぎ》の車上かな

もとよりつまらぬ句が多かれど、これこそは古来誰一人詠まざりし新題なれば、一句々々陳《ちん》套《とう》を脱せしこと、自ら保証しても可なるべし。呵々《かか》。夏帽十句と聞きて、先づ題ばかりにてはや面白し、と喜びたるは碧梧桐なり。題ばかり聞きて鋭気当るべからず、と嘲笑せられたるは鳴雪翁なり。此頃《このごろ》も日蝕十句をものしたる中に、

お日様を虫が喰ひけり秋の風
日の神も御病気とやらこの残暑

などいへる。ある人は旧弊と笑ふべけれども、旧弊由来雅趣を存する事多かり。さりとて明治の詩人と生れて科学的の俳句も無くてやは、と戯れに、

日と月と連なりあふて昼暗し
日蝕に満月の裏ぞ見られける

と試みたる。これにては天文学者の説明を聞くやうなりと独り笑ひやまず。只《ただ》暗に秋の季を利かせたる処、俳句の特色とはいへ、それもこじつけなるべし。されば、事実にも違はぬやうに、

それで今少し理屈を離るゝやうにと自ら注文して、

北海や日蝕見えず昼の霧

日蝕すること八分芭蕉に風起る

とやりたる。いよ〳〵出《い》でゝ、いよ〳〵拙《つたな》し。筆を投じて、笑ふこと半晌《はんとき》。（因《ちなみ》に云ふ。古人に月蝕の句は一、二首之《これ》を見たり。日蝕の句は未だ見しことなし）

「明治新事物」とかかわって興味深い内容である。

まず「夏帽」に注目してみる。右に見たように、子規が「夏帽」に関心を示したのは、明治二十九年八月十四日のことである。このことは、近代俳句史上、すこぶる大きな出来事だと思われるが、なぜか詳細を極めた講談社版『子規全集』第二十三巻所収の「年譜」（和田茂樹編）にも、増進会出版社版『子規選集』第十四巻『子規の一生』所収の「正岡子規年譜」（和田克司編）にも記されていない。手もとにある明治二十九年八月十日刊（第十版）大槻文彦著『言海』（吉川半七刊）に「夏帽」の項はない。「ばうし」の項に、左のごとく記されている。

ばうし（名）帽子 布帛《ふはく》ニテ製セルかぶりものノ総名、僧、男、女、老、幼、其用、其形、種種ナリ。頭巾《ツキン》。今、又、西洋製ノモノハ、羅紗《らしや》製アリ、紙ヲ心《しん》トシ堅ク製スルアリ、形、方ナルアリ、扁ナルアリ。

子規より二十歳年長の国語学者大槻文彦も、同時期、「西洋製」の「帽子」に注目してはいたが、「夏帽」の立項にまでは及んでいなかったのである（ちなみに、今日の代表的辞典である小学館版『日本国語大辞典』は、「夏帽」「夏帽子」で立項している）。子規が関心を示した「新題」としての「夏帽」は、大槻文彦が記しているところの「西洋製ノモノ」としての「夏帽」であること言うまでもない。『寒山落木』を繙くと、明治二十九年の夏の「夏帽」の項に『松蘿玉液』中の作品の他に、左の三句が見える。

夏帽をかぶつて来たり探訪者
夏帽や吹き飛ばされて濠に落つ
麁末《そまつ》にして新しきをぞ夏帽子

これで子規の言う通り「夏帽十句」ということになるのである。なお、『寒山落木』では、〈潮あびる裸の上の藁帽子〉の一句は、「藁帽」の項に別に収められている。この「夏帽」について、子規は、「先づ題ばかりにてはや面白し、と喜びたるは碧梧桐なり」と記しているが、その碧梧桐、「夏帽」のみならず、「明治新事物」に大いなる関心を抱いていたようである。そのことが窺えるのが、河東碧梧桐著『新俳句研究談』（大学館、明治四十年）である。中に「新事物の諷詠」なる一節がある。明治三十八年（一九〇五）七月十日の稿と記されている（初出誌は未確認）。子規が没して、三年が経過している。「新事物の諷詠」なるタイトル、明らかに子規の十二句のタイトル「明治新事物」に影響を受けてのものであろう。碧梧桐は、子規の「写生」論の影響下、「新事物」について左のごとく発言している。

写生を主とする上からいふと、時代の変遷に伴なふ新事物を詩材に捕へるといふことは、更に疑を挟むべき問題ではない。吾々の平生見聞する多くの事物が直ちに詩となつて現れる以上、単《ひと》り其《その》時代に始めて出来た新事物が詩材とならぬ理由はない。たゞそれを詠ずる適不適、又は長所短所はあるにしても、新事物を詩化することの出来ぬやうな技倆《ぎりよう》で果して詩人といふ事が出来るであらうか。

碧梧桐に言わせれば「時代の変遷に伴なふ新事物を詩材に捕へ」て「写生」することは、当然過ぎるほど当然なことで、疑問を挟む余地《さしはさ》はないというのである。そして詩人(俳人)ならば「新事物を詩化」し得る「技倆」を養っておかねばならないというのである。碧梧桐の念頭には、明らかに子規の「明治新事物」十二句があったものと思われる。そこにおける子規の「技倆」「力量」を評価しての言であろう。そのあたりの思いを左のごとく記している。

到底、浅薄な識見で新事物の諷詠は出来来ぬ。観察の熟達、趣味の涵養《かんよう》、句作の経験、学問の蘊《うん》蓄《ちく》等、其《その》素養あつて始めて其困難に打勝つことを得るのである。歴史の助けをからぬ事物の趣味を発揮して之《これ》を美化する技倆は、常人に倍するものがなければならぬ。不出世の材を待つて始めて其意を満たすに足るのである。

そして、碧梧桐によれば、子規こそが、その「不出世の材」(逸材)だというわけである。かくて、子規に焦点を絞って、左のように記している。ここにおいて件《くだん》の「夏帽」が登場する。

明治の新事物も沢山あるが中に、殆《ほとん》ど人の詩材として顧みなかった「夏帽」を題に上《のぼ》したのは子規子であった。時は明治二十九年の夏である。其《その》達腕に一度《ひとたび》夏帽が救はれて以来、明治の新題といふことに著《(着)》目するものが多くなつて、夏の海水浴、冬の手袋、吾妻コート迄《まで》が詩題となるに至つたが、其第一著《(着)》の標準を示したのは子規子の夏帽である。子規子の事業多きが中にも、一些事《さじ》のやうで忘るべからざるものは、この新題を捕へた点である。蓋《けだ》し我が俳句界に新空気を注入した先鋒であった。

先の『松蘿玉液』中の子規自身による「新題」の記述に見事に呼応している。碧梧桐は、「新事物の諷詠」なるタイトルの下、「写生」と「新事物」のかかわりから論を展開し始めたのであったが、話が子規発見の「夏帽」に及ぶに至って、「明治の新題」へと焦点を絞って「子規子の事業多きが中にも、一些事のやうで忘るべからざるものは、この新題を捕へた点である」と結論している。子規は、「季題」(季語)のことを「四季の題目」と言っている(『俳諧大要』)。そのかかわりにおいての「新題」なる用語であろう。碧梧桐は「其《その》(子規の)達腕に一度夏帽が救はれて以来、明治の新題といふことに著《(着)》目するものが多くなつ」た、と指摘している。そして「海水浴」「手袋」「吾妻コート」など、「明治新事物」の中から次々と「新題」が誕生していったのであるが、そのきっかけ、すなわち「其第一著《(着)》の標準を示したのは子規子の夏帽である」というわけである。その「明治の新題」に「著目」(着目)した人々の中に、秋声会の森無黄《むこう》がいた。秋声会の機関誌、明治二十九年十二月発行の『俳諧秋の声』第二号に収録の評論「今日の俳諧」の中で、無黄は、左のように述べている。

月並調を離れて真の俳諧を起さんと欲せば、意匠の巧を求むべきことなり。然れども題寄せ、季寄の古臭き書に拠て徒《いたず》らに今ありもせぬ古き儀式、古き道具などを題詠にする間は、とても古人の言尽したる後に於て、其《それ》より旨きことの考付くべき筈なし。之《これ》を避くるにはアイスクリーム、焼芋、招魂祭、耶蘇《やそ》祭など近世の（筆者注・最近の）物事を季寄の中に編入して、其《そ》の範囲を拡張せざるべからず。秋声会にても「陸軍始」てふ新題を出したることありしが、一度限りにて廃され、以後復《ま》た新題の出たることを聞かず。連句や雑の題に新事物を詠み込む人往々ありても、人の之を喝采する者少きゆゑ、自然之を読む者なし。歎くべきことと謂ふべし。秋声会にして月並調に陥《おちい》らんと心掛《がけ》る者ならば格別、最早の目的の如く明治の俳諧を振興せんと欲するものならば、文明の新事物を題にして、意匠新らしき句を詠み出《い》で、天下をして之に傾かしむるの意気なかるべからず。

引用がやや長くなってしまったが、子規や碧梧桐とのかかわりにおいて、大変興味深い記述であろう。無黄は、元治元年（一八六四）の生まれであるので、子規より三歳、碧梧桐より九歳、年長ということになる。

子規が『早稲田文学』第七号に「明治新事物」十二句を発表したのは、明治二十九年四月であった。そして、『日本新聞』連載中の随筆『松蘿玉液』の中で「夏帽」がらみで「新題」に言及したのは、同年八月のことであった。一方、右の無黄の「今日の俳諧」が『俳諧秋の声』第二号に発表されたのが、これも明治二十九年の十二月である。無黄の視野の中に子規の「明治新事物」十二句、

『松蘿玉液』中の「新題」に関する文章、の二つが入っていたことは明らかであろう。
子規は、まず「明治新事物」に注目した。次に「明治新事物」の中に「新題」（具体的には「夏帽」）を探った。無黄は、そのことに関心を示しているのである。無黄が秋声会の人々に「文明の新事物を題にして、意匠新らしき句を詠」むことを提唱しているのは、先行する三歳年少の子規の俳句活動に範を求めたものであること、疑う余地のないところであろうと思われる。無黄は、子規に好意的だった。明治三十年四月発行の『俳諧秋の声』第六号掲載の随筆「俳壇雑俎《ざつそ》」の中に左のごとき記述が見える。

俳諧は平民文学とさへ渾號《こんごう》して、一文不通の職人社会さへ其《そ》の味を知るを得ると思ひ居《い》たるに、主観、客観、空間、時間、印象など六《むつ》かしき事を唱へ出し、大変に学び難き物かの様に講釈して、却《かえつ》て舟を山に揚ぐるが如し、と子規子を嘲る人あり。然《しか》れども、斯《か》くの如き事を云はざれば、教育のある社会には分り難きゆゑ、これも中等以上の社会をして俳道を知らしむる必要なる方法なるべし。昔《むか》しは、姿情とか、味ふて知るべしとか、幽寂とか云ひて、言語文章にては到底説く能《あた》はざる者の如く思ひ居たる俳道を、斯くまで分析して、規則に当嵌《あては》め説明し得る者となせるは、子規子の没すべからざる績（筆者注・業績）なり。

好意的というよりも、加担者と言ったほうがいいかもしれない。生前の子規に対する評価が窺える記述として注目してよいであろう。子規の活動に対する一般的評価は、「（俳諧、俳句を）大変に学び難き物かの様に講釈して、却て舟を山に揚ぐるが如」きものにしてしまった、ということだったのである。そんな一般的な評価に対して、無黄は、俳句を「分析して、規則に当嵌め説明し得る者」としたのが子規の業績である、と評価したのである。そんな姿勢で、子規の「明治新事物」十二句にも「新題」(「夏帽」)にも大いなる関心を示し、先に見た「今日の俳諧」のごとき発言をしたのである。無黄は、

秋声会と云ひ、日本派と云ひ、又近々旧株《ふるかぶ》の俳諧師連が建つる俳諧同志倶楽部と云ひ、皆組合の名のみ。其の詠み出づる俳諧が異なるものと思ふべからず、又敵なりとも思ふべからず。

との立場を採っていたのである(「俳壇雑俎」)。この柔軟な立場から、碧梧桐よりも九年早く、子規の業績を高く評価した、ということであったのである。

ところで、子規は、『松蘿玉液』中の「新題」の条で「日蝕」にもこだわっていた。「日蝕」そのものは、今、話題としている「明治新事物」とのかかわりにおける「新題」とは無関係であるが、「日蝕の句は未だ見しことなし」ということで挑戦したものであろうか(あるいは、「日蝕十句」の「十句」にこだわったか)。ただし、これは子規の杜撰《ずさん》。元禄十年(一六九七)刊、李由《りゆう》、許六編『韻塞《いんふたぎ》』(乾・坤)の乾の巻(李由編)の追加の部に、「月蝕」二句とともに「日蝕」の句が左のごとく記されているのである。

日蝕

日蝕の日に喰入《くひいる》や栗の虫　李由

となると、「新題」の下での「日蝕」句への言及は、「明治の詩人と生れて科学的の俳句も無くてやは」との「戯れ」は「戯れ」として、あまりテーマにそぐわない話題であったことは否めないであろう。

3 「獄中の鼠骨を憶ふ」十首

子規の門人の一人に寒川鼠骨《さんがわそこつ》がいる。その鼠骨が、『日本新聞』において筆禍事件を起し、十五日間入獄する。その体験を写生文『新囚人』として明治三十四年(一九〇一)二月に「ほとゝぎす発行所」より出版した。この『新囚人』には、巻頭部に碧梧桐の「入獄実記を読む」十句が、巻末部に虚子の「新囚人を読む」十句が掲げられている。いずれも新出句である。私は、これを連作俳句の嚆矢《こうし》であると考えている。(17)

子規はどうかというと、巻末部に左のごとき連作短歌十首を寄せている。

獄中の鼠骨を憶ふ　　竹の里人

ある日君わが草の戸をおとつれて人屋《ひとや》に行くと告げて去りけり
御あがたの大きつかさをあなどりて罪なはれぬと聞けばかしこし
天地に愧《は》ぢざる罪を犯したる君麻縄につながれにけり

都辺のまかねの人屋広ければ君を容れけりぬす人と共に
君が居るまがねの窓は狭けれど天地のごとゆたけくおもほゆ
くろかねの人屋の飯の黒飯もわが大君のめぐみとおもへ
豆の事をグンバ（軍馬）といふと人に聞きし人屋の豆のグンバ喰ふらむ
人屋なる君を思へば真昼餉《まひるげ》の肴の上に涙落ちけり
三とせ臥す我にたぐへてくろかねの人屋にこもる君をあはれむ
ぬば玉のやみの人屋に繫かれし君を思へば鐘鳴りわたる

子規が短歌革新の第一声ともいうべき「歌よみに与ふる書」を『日本新聞』に発表したのは、明治三十一年二月十二日のことである。そして、根岸庵歌会きっての論客伊藤左千夫が、子規庵を初めて訪問したのが、明治三十三年一月二日のこと。一月七日には、歌会に出席している。その左千夫が、子規生前の明治三十五年一月一日発行の歌誌『心の花』第五巻第一号に評論「連作之趣味」を発表、左のごとく記している。

歌の連作なる物は、始め一題十首より起れり。歌の一題十首は、俳句の十句作より来れるなり。根岸派の俳句会、必ず十句作をなす。其《その》俳句研究上に益する所多かりしを以て、正岡氏、歌を研究するに及び、其俳句の作法を用ひて、一題十首、若《も》しくは数題十首等の作歌を盛に行ひたり。是即《すなわち》、連作趣味を発見せる端緒なりとす。

そして、左千夫によれば、明治三十三年五月二十二日（実際には、二十一日）、子規が根岸の子規庵で詠んだ「雨中松十首」が連作短歌の嚆矢であると主張している。連作については、なお慎重な検討を要するであろうが、左千夫の考えは、一つの見解として大変興味深い。左千夫によれば、短歌の連作は、「一題十首」より始まったという。そして、短歌の「一題十首」は、俳句の「一題十句」（「十句作」）に端を発していると指摘する。今日残っている資料によれば、「一題十句」は、明治二十九年より試みられている（講談社版『子規全集』別巻三の補遺「十句集」参照。子規の「はきもの十句」「女十句」「飯十句」「心十句」「桜十句」「団扇十句」などの作品を見ることができる）。この俳句の「一題十句」を短歌にも応用して、短歌の「一題十首」が創始され、そのことによって「連作趣味」が発見されることになった、というのである。すこぶる面白い。が、この左千夫の見解、多少、微調整が必要であるように思われる。左千夫は、自らの実体験に即して論を展開し過ぎているところがあるようだ。そのことは、少しく後に述べることとし、左千夫の先の評論の中に「連作」を定義している個所があるので、それを見ておく。

或題目の趣味ある個所を見出《いだ》して、之を四方八方より詠み尽し、長短相補ひ、出入相扶《あいたす》けて、一個の好趣味を歌ふ上に遺憾《いかん》なからしむ。作歌の手段より見るも尤《もつと》も良法にして、其《その》新工夫たるや争ふべからざるものあり。

これが左千夫にとっての「連作」であり、その短歌上の嚆矢が、子規の「雨中松十首」だというのである。

ところで子規には、自筆の歌集『竹乃里歌』が残っている。明治十五年(一八八二)より明治三十三年に至る歌稿を年代順に整理したものである。それを繙いてみると、いくつかのことが明らかとなってくる。「雨中松十首」(『竹乃里歌』では、「五月廿一日朝雨中庭前の松を見て作る」となっている)以前に、子規は、すでに「或題目」でしばしば十首を試みているのである(例えば「鳥にありせば十首」など)。また、明治三十三年以前に遡ることもできる。そして連作の数も、十首に定まるものではない。左千夫の言う「連作趣味」を認めてよいと思われる明治三十一年制作の「ベースボールの歌」は九首であり、「足たゝは」は八首、「われは」は九首である、といった具合である。

碧梧桐、虚子とのかかわりにおいて先に注目した「獄中の鼠骨を憶ふ」は十首ではあるが、『竹乃里歌』においては、「雨中松十首」と同じく明治三十三年の、しかも「雨中松十首」より前に掲出されている。この作品にも「連作趣味」は十分に窺えるであろう。また、子規は、この「獄中の鼠骨を憶ふ」十首とは別に、碧梧桐や虚子と同様、鼠骨の『新囚人』によって左のごとき連作八首を作っている(明治三十三年の制作であるので、『新囚人』が単行本になる前、『ホトトギス』誌上に連載中に目を通したか、草稿段階で目を通してかしての制作であろう。あるいは、鼠骨から直接に体験談を聞いてのものか。この子規の連作に刺激されて、碧梧桐、虚子の連作が誕生したことも十分に考えられる)。

鼠骨入獄談

同じ朝縄許されしぬす人と人屋の門をいでゝ別れぬ
くろかねの人屋の門をいでくれば桃くれなゐに麦緑なり

かげろひのはかなき命ながらへて人屋をいでし君痩せにけり
人屋にて君がみがきしたぼはさみたぼにはさまん少女子《をとめご》いづら
都べの花のさかりを十日まり五日人屋の内に泣きけり
はなたれて人屋の門をいでくれば茶屋の女の小手招きすも
ぬば玉のヤミのひじきは北蝦夷のダルマの豆にいたくし劣れり
春鳥の巣鴨の人屋塀を高み青き麦生《むぎふ》の畑も見えなくに

まさしく、左千夫が言うように「或題目の趣味ある個所を見出して、之を四方八方より詠み尽し、長短相補ひ、出入相扶けて、一個の好趣味を歌ふ上に遺憾なからしむ」るような配慮がなされている連作と言ってよいであろう。

4「明治新事物」十二句を読む

大分迂回《うかい》したが、いよいよ子規の「明治新事物」十二句である。

私は、先に、この作品について「連作的趣向で新機軸を出そうとしたものであろう」と述べておいた。左千夫の右の定義に従って「連作」と見なしてもよいのであるが、十二句が一気に書かれたものではなく、制作年次を異にしていることにこだわっての表現であった。が、逆に、そこに「明治新事物」の「題目」の下に作品を構成するのだとの、子規の強い意志も窺われるのであるが……。

十二句総合によっての、左千夫言うところの子規の意図した「一個の好趣味」は、「明治新事物」と自然とのかかわりの面白さの表出ということではないかと思われる。

十二句における「明治新事物」を順に列挙していくならば、「ぼうと」(ボート)・「電気灯」・「電話」・「ぴあの」(ピアノ)・「甲板」・「電信」・「写真」・「汽車」・「天長節」・「燐寸」(マッチ)・「きやべつ菜」(キャベツ)・「煙突」ということになろう。「明治新事物」十二句が『早稲田文学』第七号に発表されたのは、明治二十九年(一八九六)四月のこと。そして、子規が夏の「新題」の「夏帽」に関心を示したのは(『松蘿玉液』)、四ヶ月後の八月のことである。この時点では、子規の中で、まだ「新題」(新、「季題」)意識はなかったと見てよいであろう。後に「季題」として定着するものもあるが(「ぼうと」「天長節」「きやべつ菜」など)、十二句においては、あくまでも「明治新事物」として詠まれているのである。

ここで少し十二の「明治新事物」について確認しておくことにしたい。が、その前に断っておかなければならないのは、俳句において「明治新事物」に関心を示したのは、子規が創始者ではない、ということである。はやく、明治十四年刊、西谷富水編『俳諧開化集』(金花堂中村佐助刊)の下巻発句の部に「明治新事物」を「題」にした作品が収められている。この『俳諧開化集』は、櫻井武次郎氏、越後敬子氏の校注で、〈新日本古典文学大系〉『和歌 俳句 歌謡 音曲集』(岩波書店、平成十五年)に収められている。この書に収めるところの「題」は百三十九題に及ぶというが(越後敬子稿「『俳諧開化集』――教林盟社と改暦」)、子規句十二句の中の「ぼうと」「電話」「ぴあの」「甲板」「燐寸」「きやべつ菜」「煙突」などは、百三十九題の中に見えない。編者西谷富水(天保元年〜明治十八年)と子規との「明治新事物」に対する関心の違いということであろうか。先行する『俳諧開化集』の存在があるにもかかわらず、なお子規の「明治新事物」十二句が注目されるのは、そこに子規の構成の意図がはっきりと読み取れるからである。従来のように『寒山落木』の中で、一句ずつばらばらに読まれていたのでは、子規の意図したところは理解できないということである。

そこで明治の「新事物」であるが、句意にも簡単に言及しておく。「ぼうと」(ボート)。この「ぼうと」(ボート)は、「春の風」とともに詠まれているので、明治二十年四月より隅田川上流において盛んに行われるようになった帝国大学の「分科競漕」を指しているのであろう(石井研堂著『明治事物起原』)。子規没後八年目の明治四十三年八月刊、富取芳河士《ほうがし》編『明治新題句集』(文成社)においては「ボートレース」は、春の部で立項され、〈言問の若葉に舫《もや》ふボートかな 丹鶏〉〈ボートレース桜に寄りて眺めけり 菫哉《きんさい》〉など、全五句が収められている(ちなみに、今日の歳時記類においては、ボートは夏の「季題」として立項されている)。子規の一句、「春の風」の中、ボートレースにより鷗が飛び立つのである。次に「電気灯」。瓦斯灯に対しての電気灯、すなわち電気の街灯。雨に煙る桜を浮かび上がらせる「電気灯」である。次の「電話」はいいとして、「電話の糸」とは何を指していようか。電話の回線と理解しておく。回線の乱れである。続いて「ぴあの」(ピアノ)。漱石の『吾輩は猫である』の中の「寒月君」の会話の中に登場するが、子規は早々と作品化している。季題の「薔薇」は、和歌以来「さうび」と訓《よ》まれている。明治三十六年二月刊、高浜虚子編『袖珍《しゅうちん》俳句季寄せ』(俳書堂)も、夏の季語の一つとして「薔薇《さうび》」で立項している。子規句も「さうび」と訓んでいても、不自然ではない。「薄月夜」に照らされる邸宅。「薔薇」の茂みの中から聞こえてくるピアノ。次は、「甲板」。デッキである。例えば、漱石の『夢十夜』の「第七夜」に「ある晩甲板の上に出て、一人で星を眺めてゐたら、一人の異人が来て、天文学を知つてるかと尋ねた」と出てくる。子規の一句は、「夏の月」の下、甲板で寛《くつろ》ぐ人々を詠んでいる。次の「電信」はいいとして、「電信の棒」は、いわゆる「電信柱」であろう。「夏野」の繁茂によって、電信柱も隠れんばかりなのであろう。「聖霊」が「写真」に「憑《よ》る」というのは、巷間《こうかん》で言われていたことであろうか。あるいは「写せば、寿命の縮る」との妄信(『明治事物起原』)を視野に入れての子規のユーモアか。「汽車」は、問題ないであろう。汽車の通過によって「はらはら」と飛び出す「蝗《いなご》」である。「天長節」は、明治元年(一八六八)に制定された天皇誕生日(四大節の一)。明治天皇の誕生は、旧暦の九月二十二日。明治六年、太陽暦採用にともなって十一月三日となった。先に繙いた虚子編『袖珍俳句季寄せ』は、「天長節」を十一月三日とし、秋の季語として採録している。句意は、明らか。「燐寸」については、先に繙いた大槻文彦の『言海』に「めつちニ同ジ。スリツケギ」と見える。「メッチ」の項には「スリツケギ。マツチ」の説明がある。別に詮索する必要もないのであるが、子規句には、「燐寸売る」とあるので、子規は「燐寸売り」を念頭に作句していると見てよいであろう。仲田定之助著『明治商売往来』(青蛙房、昭和四十五年)に「付木売り」のことが書かれている。雑誌『ホトトギス』の第二巻第十一号(明治三十二年八月十日発行)に漱石は論文「小説「エイルキン」の批評」を掲出しており、その中に「マツチ売」に及んでの記述がある(『漱石全集』第二十八巻の「総索引」による)。いずれにしても貧しい商いを詠んだものであろう。「ともし火細し」の措辞によって、そのことが窺われる。次に「きやべつ菜」。富取芳河士編『明治新題句集』が春の部に「甘藍」で立項して、例句二句が示されているが、その中の一句、上原三川（子規門）の〈十ばかり年々作る甘藍かな〉の「甘藍」は、「きやべつ」と訓むのであろう。子規の随筆『仰臥漫録』を繙くと、例えば明治三十四年（一九〇二）九月二十六日の夕食に「キヤベツ巻一皿」などと出てくる。子規の句は、嘱目吟《しよくもくぎん》であろう。ちなみに「きやべつ」、今日の歳時記類は、夏の季題としている。いよいよ最後の「煙突」。「ストーブ」の普及とともに、一般家庭でも「煙突」を用いることとなった。この子規句も嘱目吟、すなわち「写生」の句と思われる。

以上、十二句に詠まれている「新事物」と、それらを用いての作品世界を概観してみたが、先にも述べておいたように、いずれの「新事物」も、自然とのかかわりの中で詠まれている。生活に馴染んだ「新事物」を用いて、人々の四季の日常を、子規自身の目で捉えてみよう、というのが「明治新事物」十二句の企みであった、と言ってよいであろう。この連作的趣向による新機軸、見事に成功しているのではなかろうか。

私が、本節で何を言いたかったかというと、連作ということを睨《にら》みつつの、子規俳句の「読み直し」の提唱である。従来、子規俳句は、あまりにも一句、一句の質を検討することに、人々の関心が集中し過ぎてしまっており、子規自身が企図した、ある「題目」で統一されている複数句を複数句のままで享受しようとする姿勢に欠けていたと思われる。それらの作品の掘り起しと整理を早急にすべきではなかろうか。

最後に、そのような作品を、もう一例示しておく。これも『早稲田文学』の第五号、明治二十九年三月一日発行のものである。「新事物」への関心といい、「新題」への関心といい、そして連作的趣向の作品創作といい、子規の俳句作品を考える上で、明治二十九年という年は、大いに注目してよさそうである。ちなみに、子規の画期的な長篇評論の表題も「明治二十九年の俳句界」であった（明治三十年一月二日より三月二十一日まで「明治二十九年の俳諧」の表題で、二十四回にわたって連載され、単行本『四年間』に収めるに当って表題の変更がなされた）。

富士山　　子規子

日本は霞んで富士も無かりけり
薄黒う見えよ朧夜朧不二《ふじ》
永き日に富士のふくれる思ひあり
富士も見え塔も見えたる茂りかな
梅雨晴や最《も》う雲助の裸富士
雲喰ひに行くとて人の富士詣
初秋の富士に雪無し和歌の嘘
箱根路や薄に不尽《ふじ》の六合目
めづらしやはじめて見たる月の富士
はつきりと富士の見えたる寒さかな

裏富士の小さく見ゆる氷かな

吉原や眼にあまりたる雪の富士

「富士山」十二句である。これまた、当然、この十二句全体に子規の意図したところを読み取るべきであろう。言うまでもないことであるが、『寒山落木』では、このような形では鑑賞し得ないのである。

連作的趣向の作品群を集め、そのままの形で句集としてまとめることによって、子規俳句の別の世界が浮び上ってくるはずである。本節は、そのための試論である。

第三章

子規の俳論と俳句精神

一　子規と、虚子の「花鳥諷詠」論

1　子規の「写生」

正岡子規の「写生」論にしても、高浜虚子の「花鳥諷詠」論にしても、従来「感情」の視点から論ぜられることはなかったように思われる。これは、論者の側に「写生」論にしても、「花鳥諷詠」論にしても、「感情」とは別個のところで展開されている立論との判断が働いていたことによろう。この判断は、一面では適切な判断と言えようが、反面では、子規や虚子が「写生」あるいは「花鳥諷詠」なる言葉に托した真意を曖昧《あいまい》なままで放置していたことにも繋がっているのではなかろうか。

本節では、虚子の「花鳥諷詠」論における「感情」の位置付けを、虚子自身の発言を通して明らかにしつつ、「花鳥諷詠」論の実体に迫ってみたい。その際、それに先だって子規の「写生」論における「感情」の位置付けを確認することから、まずははじめることにしたい。これは、何も虚子一人に限ったことではなく、内藤鳴雪にしても、河東碧梧桐にしても、佐藤紅緑にしても、寒川鼠《さんがわそ》骨《こつ》にしても、彼等の俳論のいずれもが子規俳論の影響を大きく受けているからである。それらの人々の俳論のほとんどが子規俳論の祖述といっても過言ではないのである。
そのことは、無論、虚子においても例外ではない。虚子の著作の一つに『俳句の五十年』(中央公論社)がある。昭和十七年(一九四二)十二月の発行。この年、虚子は数え年六十九歳。子規没後四十年が経過している。虚子は「序」に「思ひ出すに従つて切れ〲の話をして、高田操さんに速記をして貰ひ、山本英吉氏に大体の順序を立てゝ貰《もら》つた」と記している。いわゆる口述筆記である。「序」には、さらに「話の重複してをるところも可なりあるが、それもそのまゝにして置いた。文章もそのまゝを筆記したのであるから体を成さないところがある。それもそのまゝにして置いた」と記されている。口述筆記ではあるが、最終的には、虚子自身が目を通していたものと思われる。中で、虚子は、次のごとく豪語している。

碧梧桐が新傾向句を称へて、自ら好んで俳句界の中心をだん〲と遠ざかつて行くに従つて、俳句界の運行は自然私を中心にして行はれるやうになつて参つたのでありました。私に附随《ふずい》して来る人々は勿論のことでありますが、私に反対する側の人々でありましても、私を中心にして動いてゐるといふやうな傾きがあるのであります。

ここに名前が挙げられている強力なライバル河東碧梧桐は、すでに昭和十二年二月、数え年六十五歳で没している。俳句界が「私を中心に動いてゐる」とのやや傲慢とも思える虚子の言は、偽らざる実感であったのであろう。そんな虚子にしてからが、当然と言えば当然なのであるが、『俳句の五十年』の記述の大部分を子規に費しているのである。それだけ子規の影響力が強かったということであろう。

そこで、子規である。明治二十八年(一八九五)十二月二日付『日本新聞』に発表の「俳諧大要」第十二回目に、左のごとき「感情」論が見える。

生きて世に人の年忌や初茄子《はつなすび》　几董《きとう》

(前略)「生きて世に」と屈折したる詞の働きより「人の年忌や」とよそ〳〵しくものしたる最後に「初茄子」と何心なく置きたるが如くにて、其《その》実、心中《しんちゆう》無限の感情を隠し、言語の上に意匠惨憺《さんたん》たる(筆者注・心を砕いて努める)処は、慥《たし》かに見ゆるなり。要するに此《この》種の句は、作るにも熟練を要し、見るにも熟練を要するなり。

子規は、自らと「写生」とのかかわりを、明治三十五年四月刊の『獺祭書屋俳句帖抄 上巻』(俳書堂・文淵堂)の序文「獺祭書屋俳句帖抄上巻を出版するに就きて思ひつきたる所をいふ」の明治二十七年を回顧しての一節の中で、左のように記している。

小日本は、其《その》年(筆者注・明治二十七年)の七月に倒れて仕舞つた。俳句は再び日本に掲載することになつた。それで自分は余程ひまになつたので、秋の終りから冬の初めにかけて毎日の様に根岸の郊外を散歩した。其時は何時《いつ》でも一冊の手帳と一本の鉛筆とを携へて、得《う》るに随《したが》つて俳句を書つけた。写生的の妙味は、此《この》時に始めてわかつた様な心持がして、毎日得る所の十句、二十句位な獲物は、平凡な句が多いけれども、何となく厭味がなくて垢抜がした様に思ふて、自分ながら嬉しかつた。今日から見ても、此見解《このけんかい》は間違つて居ない。

この「獺祭書屋俳句帖抄上巻を出版するに就きて思ひつきたる所をいふ」の末尾には「明治卅五年一月卅日某々等筆記し了る」と記されている。口述筆記だったのである。明治三十五年二月十日発行の『ホトトギス』第五巻第五号所収の碧梧桐による「消息欄」によれば、筆記者は、虚子、赤木格堂、寒川鼠骨の由。明治三十五年の時点で、「此見解《この》は間違つて居ない」と述べている、その「見解」とは、明治二十七年の「秋の終りから冬の初めにかけて」の頃、「写生的の妙味」を会得した、と自覚したことを内容とするものである。子規が西洋画論の「写生」に注目するきっかけとなった中村不折と出会ったのは、この年（明治二十七年）の三月のことである。ということで、先の「俳諧大要」執筆時の明治二十八年には、子規の中で「写生」に対する考えが、かなり熟成していたと見てよいであろう（日清戦争従軍により重篤の病に罹《かか》った年でもあったが）。

そんな子規と「写生」とのかかわりの中での、先の「俳諧大要」の一節である。几董の句は、天明三年（一七八三）刊、維駒《これこま》編『五車反古《ごしゃほうぐ》』の「夏之部」に見える一句。版下（文字原稿）は几董。「有感」との前書《まえがき》が付されている。『五車反古』が維駒の父召波《しょうは》の十三回忌追善として編まれたものであるので、几董の一句は、召波追善の句と解してよいであろう。几董は、寛保元年（一七四一）の生まれであるので、この時、数え年四十三。六年後の寛政元年（一七八九）、四十九歳で没している。「生きて世に」は、初老を迎えた几董の感慨。召波は、十二年前の明和八年（一七七一）、四十五歳で没している。あと二年で、その歳である――そんな几董の感慨であろう。子規が「屈折したる詞の働き」と言っているのは、そんな背景を承知しての評言であると思われる。「人の年忌や」は、旧知の召波に対する言としては「よそ〳〵し」い感じがしないでもない。突き放した表現である。が、無造作に置かれている下五の「初茄子」が活《い》きている、というのである。この「初茄子」という措《そ》辞《じ》（季題でもある）に「心中《しんちゅう》」の「無限の感情」が感じられるというのである。芭蕉の句に〈めづらしや山をいで羽の初茄子〉の句があることによっても窺えるように、「初茄子」の「初」には、称美の気持が込められていよう。その「初茄子」を仏前に供えようというのであろうか。几董自らも、大いに食指が動いたのであろう。そして、そんな思いの中で、召波と自分が幽冥界《さかい》を異にしていることをしみじみと感じた一句、ということではなかったろうか。子規は、一句に（特に「初茄子」の措辞に）、作者几董の「心中」の「無限の感情」を読み取る、そんな読みに、並々ならぬ自信を持っていたようである。「見るにも熟練を要するなり」との記述が、そのことを窺わせる。――「写生」論確立後の子規の中で、作者の「感情」への大きな関心が働いていたことが窺われるであろう。

子規の「感情」に対する思いが、より明確に表明されているのが、明治二十九年（一八九六）五月五日付の『日本新聞』に掲載の「俳句問答」の第二回目の左の一文である。

> 吾《われ》は、はじめより俳句を作らんと骨折るに非ず。只《ただ》、吾《わが》感情を見《あら》はさんとて骨折るなり。其《その》骨折りの結果が十七字となるか、十八字となるか、はた二十字以上となるかは、予期する所にあらず。

これは、質問者が「近頃の俳句を見るに十七字にはあらで、十八字、十九字、其外《そのほか》二十字にも余れるなど少からず。それにても差支無《さしつかえ》きにや」と質《ただ》したのに対する答の一部である。ここで、子規は「吾感情を見はさんとて骨折るなり」と明言しているのである。この発言は大いに注目してよいであろう。そのための「俳句」だというのである。最初に「感情」ありき、である。子規の「写生」論は、右のごとき作者の「感情」を根底に踏まえての「写生」論だったのである。

同じ「俳句問答」の明治二十九年七月二十七日付の第十二回目では、「新俳句」と「月並俳句」の違いを質す質問者に対して、まず最初に、

我は直接に感情に訴へんと欲し、彼は往々、智識に訴へんと欲す。

と説いている。子規の俳句作品が、右に見てきたように、作者の「感情」の発露に基づいてのものであるとするならば、読者に対しても、読者の「感情に訴へ」ようとするのは、当然であろう。ところが「月並俳句」の俳人たちは、「智識」を駆使しての句作りを心掛けていたので、読者に対しても、「智識に訴」えようとしていた、というのである。

右の具体例だけでも、子規の俳句の根底に子規の「感情」の存在が確認し得たかと思われる。

2　虚子の「花鳥諷詠」への疑義

虚子の「花鳥諷詠」にかかわっての発言が最初に活字化されたのは、昭和三年（一九二八）六月刊の『虚子句集』（春秋社）の「自序」において。「この講演筆記を以つて序文に代ふ」と記されている。

タイトルは、文字通り「花鳥諷詠」。後半は、「花鳥諷詠」を唱えることへの矜恃《きょうじ》が語られているに止《とど》まり、「花鳥諷詠」なる言葉に虚子が托さんとしたところの記述は、前半部に限られている。その前半部を左に引用してみる。一部、改行を無視して引用する。

花鳥諷詠と申しますのは花鳥風月を諷詠するといふことで、一層細密に云へば、春夏秋冬四時の移り変りに依つて起る自然界の現象、並にそれに伴ふ人事界の現象を諷詠するの謂《いい》でありまず。俳句といふものが始つて以来、宗鑑、守武から今日迄三四百年の間に種々の変遷がありましたが、終始一貫して変らぬ一事があります。それは花鳥風月を吟詠するといふ事であります。元来我等の祖先からして花鳥風月を愛好する性癖は強うございます。万葉集といふやうな古い時代の歌集にも、桜を愛で、ほとゝぎすを賞美し、七夕を詠じた歌は沢山あります。下つて古今、新古今に至つても続いて居ります。足利の末葉に連歌から俳諧が生まれて専ら花鳥を諷詠するやうになりました。殊に俳諧の発句、即ち今日云ふ処の俳句は、全く専問(ママ)的に花鳥を諷詠する文学となりました。芭蕉も「笈の小文」に、

見る所花にあらずといふ事なし。思ふ所月にあらずといふ事なし。

といふてをるし、又「幻住庵記」に、

花鳥に情を労して暫らく生涯のはかりごととさへなれば……

といふてをります。

文末の日付は、「昭和二年六月一日」となっている。川崎展宏著『高浜虚子』(明治書院、昭和四十

一年）の巻末に付されている「高浜虚子年譜」によると、虚子は、昭和二年六月「山茶花句会で初めて花鳥諷詠を説いた」とある。右に引用した『虚子句集』の「自序」は、この折の「講演筆記」に基づくものと思われる。虚子の「花鳥諷詠」論の原初的形態であり、十分に熟成していないというこどもあろうが、論述には、いくつかの矛盾と言おうか、理解に苦しむ箇所がある。その辺りを含めて順を追って検討してみたい。

虚子の「花鳥諷詠」についての第一声は、「花鳥諷詠」とは、「花鳥風月を諷詠するといふこと」との説明からはじまっている。「花鳥風月」なる言葉については、古く、室町時代成立の『庭訓往《ていきんおう》来《らい》』の中に、すでに、

抑《そもそも》花の底《もと》の会の事、花鳥風月は好士《こうじ》の学ぶ所。

と見える。この場合の「花鳥風月」は、自然の風物に対する感受性、とでもいった意味であろう。『庭訓往来』は、江戸時代に入ると版本によって流布し、多くの人々に初学者用教科書（書簡文範例）として愛読されていた。芭蕉にも〈庭訓の往来誰が文庫より今朝の春〉の一句が残っている。俳人たちにとっても、また、必読の書であったのであろう。そんなわけで「花鳥風月」なる言葉は、自然美を象徴するものとして、中世・近世を通して人々に馴染みのある言葉だったと思われる。もう一例みておく。中世の謡曲「生田敦盛」の中に、

平家の。栄華を極めしその始め。花鳥風月の戯れ詩歌管絃の様々に春秋を送り迎へしに。

と見える。一ノ谷の合戦で熊谷次郎直実に討たれた平敦盛が平家の栄華を語った言葉である。これによれば、「花鳥」は春の自然美、「風月」は秋の自然美を代表するものと考えられる。謡曲は、中世・近世を通して、多くの人々に愛好された。――そんな「花鳥風月」なる言葉が、近・現代を代表する俳人虚子に流れ込んだというわけである。この「花鳥風月」はひとまずいいとして、やや気になるのが「諷詠」なる語。諸橋轍次著『大漢和辞典』(大修館書店)には「詩歌をそらでうたふ」の意味しかない。これが漢語「諷詠」の本来的意味であろう。『日本国語大辞典』(小学館)には「詩歌を作ったり、声を出して吟じたりすること。また、それらの作品」との意味が付されている。『日本国語大辞典』は、別に「花鳥諷詠」の項を設け、「(「花鳥」は目に映ずる自然。「諷詠」は心におこる詠嘆)四季の変化による自然界や人間界のさまざまな現象を、ただ無心に、客観的にうたいあげること」との説明を付している。この説明の可否はしばらく措《お》くとして、俳人虚子が「花鳥風月を諷詠するといふこと」というのであるから、当然、「詩歌を作る」との意味が含まれていよう。虚子は、さらに敷衍《ふえん》して、「春夏秋冬四時の移り変りに依つて起る自然界の現象、並にそれに伴ふ人事界の現象を諷詠するの謂でありります」と述べている。「花鳥」に「人事界の現象」をも込めようというわけである。すでに見たように、史的な意味における「花鳥」の概念は、むしろ「人事界の現象」の埒外《らちがい》において成立するものであった筈である。それを虚子は、やや強引に「それに伴ふ」の言葉をもって「人事界の現象」をも「花鳥」の概念の中に含み込めようというのである。

俳句で「人事界の現象」を詠むことは、納得がいく。が、それを「自然界の現象、並にそれに伴ふ人事界の現象」との説明で、「花鳥」の中に含み込めるのは、いかがなものであろうか。虚子の論述への、私の疑義の第一点は、ここにある。

私の架蔵本に寛永四年(一六二七)刊、了意《りようい》著『連歌初心抄』がある。前半に「連歌四季之詞」が列挙されている。例えば、「正月」の項の「梅」「若菜」「鶯」「柳」「雲雀」などは、虚子言うところの「自然界の現象」と見てよいであろう。文字通り「花鳥」の範疇《はんちゆう》である。「霞」「残雪《のこるゆき》」などを「花鳥」に準ずるものとして「自然界の現象」に入れることも問題はない。そして、例えば「若水」を、虚子に倣《なら》って「自然界の現象」に伴う「人事界の現象」とみることも許容されてよい。が、例えば、元日の宮中で供御《くご》の屠蘇《とご》を試飲する未婚の少女である「薬子《くすりこ》」、正月七日の白馬《あおうま》の節会《せちえ》に引き出される「白馬《あをむま》」などの「四季之詞」は、あくまでも年中行事としてのそれであり、これを「自然界の現象」に伴っての「人事界の現象」と見なすことには、無理があろう。明らかに史的な「花鳥」の概念からは逸脱する「四季之詞」である。断っておくが、私は、「四季之詞」いわゆる季題の中に「人事界の現象」を入れるべきでないと言っているわけではない。むしろ大いに入れるべきだと思っている。が、「自然界の現象」としての「四季之詞」(季題)と、「人事界の現象」としての「四季之詞」(季題)との間には、おおむね関連がない、ということを言いたいのである。そのような「人事界の現象」としての「四季之詞」(季題)を「花鳥」に包括しようとする考えに無理があるということを指摘したいのである。「花鳥諷詠」という用語が、虚子流の一つの理念を表現する言葉としては、何としても不適当だということである。虚子の考えのように「人事界の現象」としての「四季之詞」(季題)をも包括しようとするならば、文字通り「季題諷詠」とでもすべきだったのである。が、虚子にしては、どうしても「人事界の現象」としての「四季之詞」(季題)を「花鳥」の中に事」句こそが虚子の真骨頂だったからである。このことは、あまり知られていない。そして、ここで再び浮上してくるのが、師の子規である。

子規は、明治三十年（一八九七）一月二日より、三月二十一日まで、二十四回にわたって、『日本新聞』に長篇評論「明治二十九年の俳句界」（原題「明治二十九年の俳諧」）を発表している。その中の明治三十年一月二十五日発表の第十一回目に左の記述が見えるのである。冒頭部を引用してみる。

虚子が成したる特色の一つとして見るべきは、此《この》（筆者注・虚子の時間的俳句）外《ほか》に人事を詠じたる事なり。俳句は元《も》と簡単なる思想を現すべく、随つて天然を詠ずるに適せるを以て、元禄に在りて既に此傾向の甚だしきを見る。明和安永に至り、蕪村は別に一機軸を出《い》だし、俳句の趣向として天然を取ると共に人事をも取り、しかも其《その》点に成功するを得たり。虚子の成したるは、特に蕪村よりも一歩を進めたるなり。一歩を進むとは、蕪村が為《な》さゞりし所を為したるの謂《いい》にして主として趣向の複雑なるをいふ。

この時、子規は三十一歳、虚子は二十四歳である。子規は、「人事」句の名手として虚子を高く評価しているのである。虚子の「人事」句は、子規の、俳句は「天然」を詠むもの、との固定観念を払拭してしまった。子規にとって、それだけ衝撃的なことだったのである。「人事」句の衝撃については、後年、明治三十四年五月刊の「日本」派の秀句集《アンソロジー》『春夏秋冬 春之部』（ほとゝぎす発行所）の序において、再度、次のように述べている。

太祇《たいぎ》、蕪村、召波、几董を学びし結果は、啻《ただ》に新趣味を加へたるのみならず、言ひ廻しに自在を得て、複雑なる事物を能《よ》く料理するに至り、従ひてこれ迄捨てゝ取らざりし人事を好んで材料と為《な》すの異観を呈せり。これ余が曽《か》つて唱道したる「俳句は天然を詠ずるに適して、人事を詠ずるに適せず」といふ議論を事実的に打破したるが如し。

蕪村一派の「人事」句の衝撃は、それまでの子規の持論であった「俳句は天然を詠ずるに適して、人事を詠ずるに適さず」を「打破」してしまい、撤回を余儀なくさせられた。そんな「人事」句の、「新俳句」での最初の実践者が虚子だったというのである。しかも、子規は「虚子の成したるは、特に蕪村よりも一歩を進めたるなり」とまで評価しているのである。虚子の感激いかばかりであったろう。子規が例示する虚子の「人事」句七句の中で、最初の二句は、

屠蘇《とそ》臭くして酒に若《し》かざる憤り　虚子
老後の子賢にして筆始めかな

である。子規は「酒に若かざる憤り」「老後の子賢にして」などの「抽象的の語」は「古来殆《ほとん》ど全く用ゐざりし趣向なり」と称賛している。しかも、「屠蘇」にしても「筆始め」にしても「人事界の現象」としての「四季之詞《ことば》」(季題)である。

すなわち、若き日の虚子は、右のごとき強烈な「人事」句体験をしているのである。虚子が「人事界の現象」としての「四季の詞」(季題)に執着し、「花鳥諷詠」の中に包括せんとする気持は理解

できなくもない。

引き続いて『虚子句集』中の「花鳥諷詠」論を追いかけることにする。次の部分も、大いに矛盾を感じる箇所である。虚子は、宗鑑、守武以来の俳諧史(俳句史)が、「終始一貫して変ら」ずに「花鳥風月を吟詠」してきたというのである。虚子が『万葉集』や『古今集』や『新古今集』に「花鳥風月を愛好する性癖」を認めるのはよい(ただし「桜」や「ほとゝぎす」や「七夕」にこだわっているのは、虚子の中で「季題」意識が強く働いていることによろう。これももちろん矛盾に満ちた立論であるが、いまは省略する)。ただし、宗鑑、守武、そして、貞門や談林の俳人たちが、はたして「花鳥風月を吟詠」してきたと言えるであろうか。山崎宗鑑は、

にが〳〵しいつまで嵐ふきのたう

と詠み、荒木田守武は、

落花枝にかへると見れば胡蝶哉《かな》

と詠んでいる。このような作品をも、虚子は、「花鳥風月を吟詠」していると言うのであろうか。子規は、明治二十六年(一八九三)十一月十九日付『日本新聞』に掲載の「芭蕉雑談《ぞうだん》」の中に、

芭蕉の文学は、古《いにしえ》を模倣せしにあらずして、自ら発明せしなり。貞門、檀林の俳諧を改良せりと謂はんよりは、寧《むし》ろ蕉風の俳諧を創開せりと謂ふの妥当なるを覚ゆるなり。

と記している。しかり、子規や虚子の俳句の源流は、芭蕉にこそ求めるべきではなかろうか。虚子は、その「花鳥諷詠」論を、なぜ宗鑑、守武にまで遡って繋《つな》げようと試みているのであろうか。確かに、宗鑑、守武の俳諧(発句)、そして、貞門、談林(檀林)の俳諧(発句)は、「四季之詞」(季題)を必須の条件として課している。が、そこにおける「四季之詞」(季題)は、芭蕉以降の俳諧(発句)のそれとは、全く別種のものと言っていいのである。

　虚子は最後に、芭蕉の『笈《おい》の小文』と「幻住庵記」の一節を援用することによって、自らの「花鳥諷詠」論を補強している。が、この引用箇所と、虚子の「花鳥諷詠」論との整合性についても、疑問が残る。「幻住庵記」の引用箇所は、虚子の「花鳥諷詠」論に方向的に合致するであろうが、『笈の小文』の引用箇所は、創作者の理想的美的感性、希求すべき美的感性について述べているように思われる。「花鳥諷詠」との関係は、稀薄なのではなかろうか。

　以上、虚子の一番最初に活字化されたところの「花鳥諷詠」論を、疑問の箇所を中心に検討してみた。虚子の結論は、「今日云ふ処の俳句は、全く専問《(ママ)》的に花鳥を諷詠する文学となりました」の部分であろう。俳句という文芸が「全く専問《(ママ)》的に花鳥を諷詠する文学」との主張の「全く専問《(ママ)》的に」の言葉に虚子は、何を托したかったのであろうか。そこにおいて、本節の冒頭で触れた子規が重視したところの「感情」の問題は、どのように処理されていたのであろうか。大いに気になるところである。

3「花鳥諷詠」と「感情」について

右に検討を加えた『虚子句集』の序文としての「花鳥諷詠」の一文にかかわって、少しく補足しておくならば、昭和四年(一九二九)の『ホトトギス』二月号には、これを増補したものを、同題にて掲載している。具体例が示されている他は、骨子に変りはない。ただ次の一節は、先に私が疑義を呈した箇所とも関係するので注目してよいであろう。

俳句の種類、価値を論ずることは暫くお預りして、只こゝに共通な或《あ》る一事がある事を申し上ます。それは何かと申しますと、花鳥風月を吟詠するといふことであります。極めて下等な地口、駄洒落を専らとした俳句でも、又俗情、俗事をうたふところの俳句でも、少なくとも花鳥風月を題材にしてゐないものはない。花鳥風月の味ひは解さないにしても、花鳥風月の仮面だけは被《かぶ》つてゐるのである。

虚子においても、芭蕉以前の俳諧における「花鳥風月」の意味するところと、芭蕉以後の俳諧における「花鳥風月」の意味するところの違いは、子規同様、はっきりと認識し得ていたのである。芭蕉以前における俳諧においては「花鳥風月の味ひは解さないにしても、花鳥風月の仮面だけは被つてゐ」たとの理解を示している。ならば、虚子は、なぜ「花鳥諷詠」の系譜を宗鑑、守武にまで遡って認めようとするのであろうか。虚子の中で、「花鳥諷詠」を俳諧・俳句史を貫通して流れる本質的なものとして位置付けたいとの意識が強く働いていたということなのであろうか。しかしそのことが、逆に「花鳥諷詠」の内容を狭小なものにしてしまうという危険性は考えなかったのであろうか。虚子の論理を通すならば、「花鳥風月の仮面」を「被つてゐる」宗鑑や守武の俳諧、そして貞門や談林（檀林）の俳諧も、また「花鳥諷詠」の範疇の作品、ということになるのであるが。私の疑義は解けそうもない。

　ところで、『ホトトギス』掲載のこの「花鳥諷詠」論の文末には「此《こ》の文章は数月前より組置きとなり其《その》まゝになり居たるものなるが、「俳諧趣味」といふ文章を掲げたる中に「花鳥諷詠」の文句あり。其《その》字義を明《あきらか》にする為《た》めこゝ（ママ）掲ぐることゝなしぬ」と記されている。

　そして、この付記に見える「俳諧趣味」なる文章の中に、まずは、「花鳥諷詠」と「感情」とのかかわりが記されているのである。「俳諧趣味」も、昭和四年の『ホトトギス』二月号に発表されている。「花鳥諷詠」ということを唱えた直後の見解として貴重である。少し長くなるが、虚子の「花鳥諷詠」の真意を理解するには欠かせない資料と思われるので、必要箇所を引き写してみる。

　俳句ももとより詩である。詩は志であつて、人々が心の底に持つてゐる感情を歌ふところのものである。其《その》点に於ては俳句といへども何等他の詩と変りは無い。が唯《ただ》、俳句は花鳥を仮りて情を陳《の》べる点が一特色を為《な》してをる。其《それ》は僅に十七字であつて尚且《なほか》つ一つの詩として立つことを得るものは、全く此《こ》の花鳥を仮りて情を叙するといふ特異な点にあるのである。三四百年間の俳句を通じて盛衰はあつたにしても、其《その》花鳥諷詠といふ事には変りがない。俳句では自己の胸奥に蔵してゐる感情を十七字に詠はうとする場合に、その胸奥の感情をむき出しに十七字に詠《うた》つたのでは物にならない。物にならないといふのは、吟味して見て無味乾燥で詩とはならない。花鳥風月を藉《か》り来《きた》つてこれを吟詠せなければ俳句といふものは成り立たない。花鳥風月を仮りて吟詠するといふことは、花鳥風月の姿を最も深く研究し尤《もつと》も深く吟味するといふことによつて、より多く自在に其感情を吟詠し得ることになるのである。感情を俳句に於てなるべく自由に詠はうとすることは、花鳥風月を極めて仔細に研究する事である。これは俳句にありては動かすことの出来ない鉄案である。花鳥風月を蔑《ないがし》ろにして決して俳句はなり立たない。そこで花鳥風月の写生といふことから俳句修業の第一歩は始まる。花鳥風月の写生といふ事に多年力を尽してをるうちに、花鳥風月を諷詠する事と自分の胸奥の感情を吐露《とろ》しやうといふ事とだん〳〵距離が近づいて来て、遂に両者が合致して一にして二ならざるものになつて仕舞《しま》ふ。（傍点、筆者）

ここでも虚子は、「三四百年間の俳句を通じて盛衰はあったにしても、其花鳥諷詠といふ事には変りがない」と、繰り返している。俳句という詩型へのこだわりが、このような発言となるのであろう。ただし、「三四百年間」の俳諧、俳句史の「盛衰」というよりも、芭蕉を中にして、その前、後において俳諧の質が一変したことによるものであるということ、前に述べた通りである。――この部分の記述を除けば、右の記述は、大変興味深い。先の『虚子句集』の序文としての「花鳥諷詠」論よりもはるかに明瞭である。そして、ここには、明らかに本節冒頭で検討した子規の「吾は、はじめより俳句を作らんと骨折るに非ず。只、吾感情を見《あら》はさんとて骨折るなり」との発言の強い影響を窺うことができるのである。

虚子は、俳句を、まず、詩の範疇の文芸として捉え、「人々が心の底に持つてゐる感情を歌ふところのもの」との理解を示している。従来、虚子の「花鳥諷詠」論を検討するにあたって、この「感情」の問題が欠落してしまっていたのである。「感情」を除外したところから、いきなり検討がはじまるので、虚子の真意が汲み取れていなかったのである。これは、虚子の責任ではない。虚子の悲劇である。子規の「写生」論にしても、虚子の「花鳥諷詠」論にしても、その根底に「感情」が存在していたのである。そして、その「感情」を「花鳥」に托して表現する（虚子の言葉によれば「花鳥を仮りて情を叙す」ということになる）のが、俳句という文芸だというのである。それには「花鳥風月」をしっかりと「研究」することが必要である、と言っている。そうすることによって、「人々が心の底に持つてゐる感情」を「自在」に「花鳥風月」に托することができるようになる、と説いている。そして、「花鳥風月」を「研究」するには、「花鳥風月」を「写生」することが、その「第一歩」である、と断言している。基礎訓練としての「写生」である。「花鳥風月」を的確に把握することによって、そこに「自在」に「感情」を托すことが可能となるとの、この虚子の論は説得力がある。俳諧、俳句史上において、このような論を展開した人物はいない。この点で、虚子の「花鳥諷詠」論は、十分にオリジナリティーに富んだものと言えるであろう。ただ、『古今集』の仮名序冒頭における「やまとうたは、人の心を種《たね》として、万《よろず》の言《こと》の葉とぞなれりける。世の中にある人、ことわざ繁《しげ》きものなれば、心に思ふことを、見るもの聞くものにつけて、言ひ出《いだ》せるなり」との歌論が先行することとは、指摘しておかなければなるまい。虚子の右の論で、やや疑問が残るのが、末尾の「花鳥風月の写生といふ事に多年力を尽してをるうちに、花鳥風月を諷詠する事と自分の胸奥の感情を吐露しやうといふ事とだん〳〵距離が近づいて来て、遂に両者が合致して一にして二ならざるものになつて仕舞ふ」の部分である。これでは「胸奥の感情」は、すべて「花鳥風月」に収斂《しゆうれん》されることになってしまうわけで、いささか無理があるように思われる。「花鳥風月」を「写生」することによって、「花鳥風月」の美そのものに「感情」が刺激される、ということは理解し得る。が、そこにあるのは、「人々が心の底に持つてゐる感情」のごく一部ではなかろうか。「両者が合致して一にして二ならざるものにな」るケースは、稀であり、きわめて至福なケースであるように思われる。

もっとも、虚子は、このような疑問が提出されるであろうことを十分に予測していたかのように、昭和四年の『ホトトギス』三月号に掲載の「写生主義」においては、

始めは或る感じを詠《うた》はうとして苦心するのでありますが、その感じを詠うにはどうしても花鳥風月に接して、その花鳥風月を藉《か》り来《きた》らねば感じを現はすことが出来ない、とさう判つたところから、一茎の草花、一羽の小鳥を写生する事に先づ努力を払ふ事になるのであります。(中略)嘗《かつ》て詠《うた》はうと思つてゐた心持の如きは真実性の乏しいものである。もはやそれを詠ふ価値を見《み》出《いだ》さないといふ感じになつて来る。たゞ現前してをる事実にのみ興味を持つのであつて、即ち目の前に現はれて来る花鳥風月其《そ》のものに興味があつて、感情とか空想とかいふ側には興味がない、といふやうになつてしまう。さうなつた時分に写生派若《も》しくは写生主義の俳句といふものが出来て来るのであります。

と記している。もちろん、このようなケースもあろう。しかし、あくまでも一つのケースということかと思われる。虚子の「花鳥諷詠」論は、そもそも、「花鳥を仮りて情を陳べる」ことを説いた論であったはずである。が、右においては、「花鳥風月」を詠むことが目的化されてしまっているのである。ここに虚子の中における論の展開上の捩れが指摘し得るであろう。

4 「感情」から「季題」へ

ところで、虚子の「花鳥諷詠」における「感情」の位置付け、との視点を用意した場合、最も注目されるのが、昭和十年十月刊の『俳句読本』(日本評論社)に収められている「俳句論」の中に見える「花鳥諷詠」論である。最初に「花鳥諷詠」論が活字化されてから、七年が経過している。虚子、この時、六十三歳。そこには、次のように記されている。

人には誰にもおさへきれぬ感情があつて、これをうちに秘めておいたならば懊悩を増すばかりでありまして、何かはけ口を求めて之《これ》を吐き出さねば承知が出来ないのであります。(中略)これを小さい詩によつて現はさうとすれば和歌となり俳句となります。和歌は主として本当の抒情に適するのでありますが、それを俳句によつて現はさうとする場合は四季の風物に托して現はすのであります。この四季の風物に托して現はすといふことが俳句の特色であつて特に花鳥諷詠詩の名のある所以《ゆえん》であります。

虚子は、先の「俳諧趣味」なる文章の中で、俳句は「人々が心の底に持つてゐる感情を歌ふところのもの」と説いていた。右の文章では、そのことが、より激越な調子で語られている。虚子において、俳句の基底部に想定されていた「感情」とは、このように激越なものだったのである。そのような「感情」を「四季の風物」に托して詠むのが俳句であり、それが「花鳥諷詠詩」のゆえんであると言っている。ここでは、「花鳥」に托してとか、「花鳥風月」に托してとかの表現ではなく、ずばり「四季の風物に托して」との表現が取られている。季題へのこだわりが、より強くなっているように思われる。それゆえ、昭和十九年(一九四四)の『ホトトギス』五月号に掲載の「花鳥諷詠ならびに写生といふことを反覆《はんぷく》する」なる文章の中では、もっと明確に、

花鳥諷詠といふ事は、よくいふやうに、四季諷詠といふことである。春夏秋冬の現象(自然及び人事)を諷詠することである。歳時記や季寄せに出る類の(其《その》他にも尚《な》ほあるであらう)季題を諷詠することである。俳句が季題を必要とする詩である以上は当然のことである。花鳥諷詠といふことは俳句の性質を明かにした言葉であつて、これに異議を挟む人は無い筈である。

と断定しているのである。虚子の中で、「花鳥諷詠」が、明かに変質を遂げているのである。ここでは「花鳥諷詠」は、「四季諷詠」と同義語であると断言され、「季題を諷詠」することが「花鳥諷詠」であると説かれている。先の昭和四年(一九二九)発表の「写生主義」なる文章の中では、まがりなりにも顧慮されていた「感情」への目配りは、完全に放棄されてしまっている。虚子の中で、季題が絶対的なものとしてすでに位置付けられているのである。明治三十一年(一八九八)四月に出

版されている『俳句入門』（内外出版協会）は、装いを改めて昭和十二年十二月に大洋社より出版されているが、そこでは、季題に対しての、

雑の句は俳句には許さぬものと規則を定めても差支無きことなれども、斯《か》くの如き人為の規則を設け置きても益無きことにて、夫《そ》れよりも俳句に季を読みこまざるべからざる根本の理由を解するを至当とは為《な》すなり。

との記述を、まだそのまま残している。これは、子規が明治二十八年十一月一日付『日本新聞』に掲載した「俳諧大要」第四回中に「四季の題目は一句中に一つづゝある者と心得て詠みこむを可とす。但しあながちに無くてはならぬとには非ず」とある姿勢を受けてのものであろう。ところが昭和十九年（一九四四）には、先のごとく、季題を俳句の必須条件として位置付けるようになっていたのである。

最後に、もう一度『俳句読本』中の「花鳥諷詠」論に戻る。「感情」とのかかわりにおいて次のように記されている。

正しき意味の花鳥諷詠といふのは、作者の感情を中に深く蔵して居つて、季題を諷詠する、季題が躍如《やくじょ》として描かれて居るのが表面ではあるけれども、裏面には作者の感情が潜んで居ることが明白に看取される、と云ふやうなものが一番正しい意味に於ける花鳥諷詠であると考へて居るのであります。

これが、虚子の「正しき意味の花鳥諷詠」であるならば、十分に納得がいく。しかし、ここに止《とど》まることなく、先に見たように「作者の感情」は、少なくとも表面的には、一顧《いっこ》だにされなくなっていくのである。

二　子規の「配合」論をめぐって

1　許六の「取合せ」論

子規は、明治二十八年（一八九五）十月二十二日より、十二月三十一日まで、二十七回にわたって、『日本新聞』に「俳諧大要」を掲載している。そして、子規生前の明治三十二年一月二十日に「ほとゝぎす発行所」より高浜清（虚子）の手によって、単行本として編輯・発行されている。「俳諧叢書」の第一編として出版されたものがそれである（ちなみに第二編は、子規の『俳人蕪村』）。虚子は、その序に左のごとく記している。

子規子、痾《やまい》を戦地に得《え》、帰つて神戸の病院にあること数旬、転じて須磨に遊び、やゝ癒《い》えて故山に帰り、漱石の家に寄寓す。極堂等、松風会員諸氏、朝暮出入して、俳を談じ、句を闘《たたかわ》す。時に明治二十八年秋。俳諧大要は当時に成るものにして、嘗《かつ》て新聞日本に連載せらる。是《こ》れ子規子進歩の径路を叙したるものにして、又同人進歩の径路を叙したるもの、即ち俳諧の大道なり、今輯《あつ》めて一巻となし、俳諧叢書第一編に収むる所以《ゆえん》なり。

ほとゝぎす発行所にて

明治己《つちのと》亥《い》一月　　虚子識

子規は、明治二十八年八月二十四日夜に三津浜（松山市）に着き、十月十八日まで滞在しているが（十月十九日出航）、その間、八月二十七日より十月十七日まで松山市二番町の漱石の下宿先を居としている。虚子によれば、『俳諧大要』は、その折の執筆であるという。和田茂樹氏は、『俳諧大要』を「近代俳句の基点となる体系的俳論集」（『俳文学大辞典』）と評価している。子規初期の俳句観の集大成といえるものであろう。

その『俳諧大要』を繙《ひもと》くと、「配合」論とのかかわりにおいて、まず、左の一条が注目される。「第六　修学第二期」の項の中に見えるもので、明治二十八年十二月十日に掲載されたものである（第二十二回）。

課題を得て空想上より俳句を得んとする時に、其《その》課題若《も》し難題なれば、作者は苦吟の余《あまり》、見るに堪へざる拙句を為《な》すこと、老練の人と雖《いえど》も、往々免《まぬが》れざる所なり。俳諧問答なる書に許六の

自得発明弁といふ文あり。其初に題詠の心得を記したり。曰く、

一、師の云、発句案ずる事、諸門弟、題号の中より案じいだす。是《これ》なきものなり。余所《よそ》より尋来《たずねきた》ればさてさて沢山成《なる》事なりと云り。予が云、我あら野、猿蓑にて此《この》事を見出《みいだ》したり。予が案じ様、たとへば題を箱に入て其箱の上にあがりて箱をふまへ立あがつて乾坤《けんこん》を尋るといへり云々。

と。蓋《けだ》し是《こ》れ題詠の秘訣なり。

これによって、この段階において、子規が蕉門許六《きょりく》の『俳諧問答』に目を通していたことが確認し得る。そこで、子規の蔵書目録を検索すると、子規が、寛政十二年(一八〇〇)、袴屋久左衛門等版の『俳諧問答』(全五冊)を架蔵していたことを知り得る。[1]

子規は、許六の『俳諧問答』(自得発明弁)の一節を「題詠の心得」を語ったものとして理解している。許六の言「題号」「題」に注目しての理解であろう。この場合の「題号」あるいは、「題」は、明治三十六年(一九〇三)六月、秋声会の俳人森無黄《むこう》によって、やや唐突に用いられはじめた「季題」なる言葉と一般であると考えておいてよいと思われる(俳誌『卯杖《うづえ》』第六号)。今日言うところの季語である。芭蕉の時代には、「季の言葉」(「季の詞」「季ことば」)と言っていたが、許六の『宇陀法師《うだのほうし》』(元禄十五年刊)の中に見える「題に竪横の差別有べし」との記述における「題」は、明らかに無黄言うところの「季題」と一般であるからである。[2]

ただし、子規の右の引用部分の記述からも明らかなように、許六は、必ずしも「題詠の心得」を

論じているわけではない。許六は、「発句」の「案」じ方についての、芭蕉の言を紹介しているのである。そのことは、子規も十分に承知していたと思われるが、右の一条、『俳諧大要』においては、「俳句をものするには、空想に倚《よ》ると、写実に倚るとの二種あり」とする流れの中にあっての論述だった。つまり、子規にあっては、「題詠」は「空想に倚る」句作りの範疇《はんちゅう》に入るものだったのである。一般的に、子規は、「写実」重視の俳人と考えられているが、子規自身は「空想と写実と合同して、一種非空非実の大文学を製出せざるべからず。空想に偏僻《へんぺき》し、写実に拘泥《こうでい》する者は、固より其至る者に非《あらざ》るなり」との結論を示している。

ところで、子規が引用している許六の『俳諧問答』は、元禄十一年（一六九八）に成立した俳論書であり、「贈晋氏其角書」「贈落柿舎去来書」「答許子問難弁」「再呈落柿舎先生」「俳諧自讃之論」「自得発明弁」「同門評判」から成り立っている。今日においては、許六自筆本（「再呈落柿舎去来先生」「俳諧自讃之論」）、あるいは自筆本からの模写本（「答許子問難弁」「自得発明弁」「同門評判」）が発見され、伝存している。が、子規が繙いたのは、寛政十二年（一八〇〇）刊の版本であるので、私も、この寛政十二年の版本を底本としている大野洒竹校訂の『許六集』所収のものによって考察を進めることにする。

私が注目するのは、子規が引用している箇所に続けて、許六が、左のごとき芭蕉の言葉を掲出している点である。子規も、当然、この箇所を披見していたであろう。

師の云《いわ》く、発句は畢竟《ひっきょう》取合せ物と思ひ侍るべし。二ツ取合《とりあわせ》てよし。とりあはすを上手と云也《いうなり》といへり。難有《ありがたき》教也《なり》。

すなわち、先の子規の引用箇所は、「発句」の「案」じ方の一つとしての「取合せ」についての芭蕉の見解であり、それを踏まえての許六の具体的な方法を述べたものであったのである。子規は、それを、便宜的に、「空想に倚る」句作りの範疇に入る「題詠」論に援用したということだったのである。

子規が、芭蕉あるいは許六の「取合せ」論に注目していたと思われる証左としては、『俳諧大要』中の「第五　修学第一期」に左の一条を見出《みいだ》すことができる。

時鳥鳴くや蓴菜《ぬなは》の薄加減　暁台

（前略）時鳥と蓴菜との関係は如何《いかん》と云に、関係と云程のもの無く、只時候の取り合せと見て可なり。必ずしも蓴菜を喰ひ居る時に時鳥の啼き過ぎたる者とするにも及ばず。只蓴菜の薄加減に出来し時と、時鳥のなく時と略ゝ《ほぼ》同じ時候なるを以て、此《この》二物により時候を現はしたるなり。しかも二物とも夏にして、時鳥の音《ね》の清らなる、蓴菜の味の澹泊《たんぱく》なる処、能《よ》く夏の始の清涼なる候を想像せしむるに足る。此等《これら》の句は、取り合せの巧拙によりて略ゝ《ほぼ》其《その》句の品格を定む。（傍点筆者）

この一条は、『俳諧大要』において、先の「題詠」の一条より前に掲出されているが、この時点において、子規がすでに許六の『俳諧問答』を披見していたと判断してよいであろう。芭蕉や許六の「取合せ」論を踏まえての、子規による右の「取り合せ」論であることは、一読、明らかであると思われる。許六の『俳諧問答』(自得発明弁)の「取合せ」論を追っていくと、左の一条に逢着する。

木がくれて茶摘も聞やほとゝぎす

是《これ》、時鳥に茶つみ、季と季とのとり合《あわせ》といへども、木がくれて、ととりはやし給ふ故に、名句となれり。

ここで、許六は、芭蕉の〈木がくれて〉を「季と季とのとり合《あわせ》」と説明している。一句中の「ほとゝぎす」は、夏の「竪題《たてだい》」(和歌以来の季題)、「茶摘」は、春の「横題《よこだい》」(俳諧の季題)。雅俗の「取合せ」である。子規は、この一条をも披見していての、先の発言であろう。暁台の〈時鳥《きょうたい》〉の句が、「竪題」である「時鳥《ほととぎす》」と、「横題」である「蓴菜《ぬなは》」との雅俗の「取合せ」であることを知悉《ちしつ》しての発言だったのである。ちなみに、暁台句、「薄加減」と「とりはやし」ている。この例によって、子規が、芭蕉や許六の「取合せ」論を的確に理解・消化して、自らのものとしていたことを確認し得るのである。

2 「取合せ」から「配合」への展開

このことを確認しておいて、子規の「配合」論の実体を追いかけてみることにしたい。今繙いている『俳諧大要』においては、「第六　修学第二期」に左のように記されている。

趣向の上に動く、動かぬと言ふ事あり。即ち配合する事物の調和、適応すると否とを言ふなり。例へば上十二文字、又は下十二文字を得て、未《いま》だ外《ほか》の五文字を得ざる時、色々に置きかへ見る可《べ》し。其《その》置きかへるは、即ち動くが為めなり。

ここに「動く」「動かぬ」を論じて、「配合」なる言葉が用いられている。(3) 明治二十八年(一八九五)十二月三日の発言である(『日本新聞』掲載日)。ちなみに、「動く」「動かぬ」に関しては、明治三十二年八月十日に『ホトトギス』第二巻第十一号に発表の「随問随答」の中に、

浅草の古き本屋や煤払　碧梧桐

此《この》句は、所謂《いわゆる》動く句なるべし。如何となれば、上五文字は「本町の」「京橋の」「横浜の」「品川の」等、何とでも更《か》へ得べし。併《しか》し浅草に限るにや。

答　浅草の古本屋として名高き浅倉屋など思ひ寄せたる作なるべし。

と見える。子規の先の「配合」論を勘案すれば、碧梧桐の句は、「浅草の古き本屋」と「煤払」の「配合」ということになろうか。子規にあって、「配合」なる用語は、時にごくごく一般的な意味合いで用いられたことがある。一般的な意味とは、「あれとこれとをとりあわせること。組み合わせること。混ぜ合わせること」(『日本国語大辞典』)の意である。明治三十二年十二月十日に『ホトトギス』第三巻第三号に発表の「随問随答」においても、左のごとく用いられている。

左の句を説明せよ。

五位六位色こきまぜよ青簾　嵐雪

答（前略）嵐雪は四位五位（筆者注・『源氏物語』の「若紫の巻」に「四位五位こきまぜに」とある）を五位六位とし、これに青簾を添へ、つまり赤と漂《はなだ》と緑と三色の配合となしたり。絵は色によつて成る者、色は絵によつて現さるゝ者にして、俳句などにて色を現すは極めて難事に属す。されば古より雪と鴉の配合、鷺と鴉の配合、松杉と紅葉の配合の如き簡単なる配合はあれども、三種の色を配合したる俳句は見当らず。此点《この》に於て、此句は珍しき句にして、且《か》つ成功したる句なり。

ここで多用されている「配合」なる言葉は、多少俳句の成否にかかわってはいるものの、一般的意味合に近いものと見てよいと思われる。

ところが、同じ「随問随答」中でも、左の場合などは、明らかに俳論用語としての意味合の強い「配合」なる言葉の用いられ方であろう（『ホトトギス』第二巻第十号）。

「明月や湖水に浮ぶ七小町」の句の解釈を請ふ。

答　この句は、芭蕉の「月見賦《つきみのふ》」中にある句にて、琵琶湖に月を賞したる時の句なり。名月の夜、湖水に七小町が浮んで居るといふ理想の句にて、湖水の水なるが為《た》め、自然うかぶともいふなり。実際浮びたるにあらず、たゞ月明かなる湖上の景を見たる時の理想なり。（中略）湖水に小町を配合せしは、同月見賦中にもある如く、蘇東坡《そとうば》の欲把西湖比西子、淡粧濃沫両相宜といふ詩句あるより、それに倣《なら》ひたるものなり。

この一条に、子規の「配合」論を集約的に窺うことができる。芭蕉や許六の「取合せ」論は、「題号」「題」、あるいは「季と季とのとり合《あわせ》」などの言葉に窺えたように、あくまでも季題（季語）をテーマとして、季題（季語）から発想し得るところの事物（あるいは季題）との「取合せ」であった。ところが、子規においては、少なくとも、右の例に限っては、季題（季語）以外のところで「取合せ」（「配合」）が論じられているのである。これは大いに注目してよいように思われる。芭蕉の一句は、支考編『和漢文操』（享保十二年刊）所収の「芭蕉翁」作「月見賦」に見える句形である。今日、「月見賦」は、支考の偽作とされ、この句形に対しても疑問視する研究者が多いが(4)、子規は「月見賦」も、そして、その中に見える〈名月や湖水に浮ぶ七小町〉の句も、芭蕉作として「配合」論を構築している。子規の蔵書目録を繙くと、子規が版本『和漢文操』を架蔵していたことが確認し得る。

もっとも、子規にあって、芭蕉や許六の「取合せ」論と同様な用い方をしている「配合」論もある。「随問随答」と同年の明治三十二年（一八九九）一月十日に『ホトトギス』第二巻第四号に発表の評論「俳句新派の傾向」の中に左のごとく見える。

強力《がうりき》の清水濁して去りにけり　碧梧桐

「去りにけり」の五字にて清水を離れ、且《か》つ自己を離れたり。即ち清水を掬《むす》ぶといふ動作の外に、更に去るといふ動作を加へ、清水と人とを配合したる光景の次に、人無き清水の光景をも時間的に聯結《れんけつ》し、以《もつ》て之《これ》を複雑にし、以て陳套《ちんとう》に陥らざるを得たり。是《こ》れ明治俳句進歩の一なり。

「清水と人とを配合したる光景」と記されているが、これは季題（季語）の「清水」と「人」（「強力」）

との「配合」と見てよいであろう。一句の「題」は「清水」ということになる。例えば、里村紹巴《じょうは》の『連歌至宝抄』（天正十四年成立）には「末の夏」（陰暦六月）の項に「清水結ぶ　清水と計《ばかり》は夏にあらず」と出ている。碧梧桐句の「清水」は、これ（「清水結ぶ」）に該当する（ただし、明治三十六年二月刊、高浜清編『袖珍俳句季寄せ』には、すでに「清水」単独で夏の季題として収録されている）。連歌以来の「竪題」。子規は、碧梧桐句における「去りにけり」なる措辞の重要性を指摘しているわけであるが、その前提として「清水と人」との「配合」があったのである。

右に見てきたように子規の「配合」論は、きわめて断片的である。が、実際には、子規は、しばしば「配合」なる言葉を口にしていたようであるし、門人たちも、また「配合」を子規の持論として理解していたようである。明治三十四年一月十六日から七月二日にかけて『日本新聞』に連載された子規の随筆『墨汁一滴』の四月十一日の条には、次の記述が見える。

虚子曰。今迄久しく写生の話も聞くし、配合といふ事も耳にせぬでは無かつたが、此頃《このごろ》話を聴いてゐる内に始て配合といふ事に気が付いて、写生の味を解した様に思はれる。規曰。僕は何年か茶漬を廃してゐるので、茶漬に香の物といふ配合を忘れてゐた。

この記述だけでも、子規が「写生」同様、「配合」をも熱心に説いていたことを窺知《きち》し得る。まず、虚子の言から注目してみる。「配合といふ事に気が付いて、写生の味を解した様に思はれる」との言葉より、虚子にあって「写生」と「配合」が、決して相容れないものではなく、「配合」の理解が「写生」の理解に繋がっていたことを知り得るのである。そして、虚子のこの言を紹介している子規も、そのことを首肯していたのである（子規は、明治三十年二月発行の『ほととぎす』第二号に載せた「俳諧反古籠《はいかいほごかご》」において、「実景を詠ずる場合」、「不規則に配合せられたる玉を規則的に配合するは、俳人の手柄なり」と述べ、「写生」と「配合」との関係を明らかにしている）。子規の「茶漬に香の物といふ配合」なる言は、虚子のあまりにも真面目な発言を少しばかり茶化した、子規一流のユーモアではあるが、虚子の言を否定しているわけではない（この言葉によって、子規の「配合」なる俳論用語が、日常語としての「配合」を援用したものであることを確認し得る）。子規は、すでに見たように、芭蕉や許六の「取合せ」論を「写実」に対するところの「空想に倚《よ》る」句作りの方法論として理解していたと思われるが、自《みずか》らが唱えた「配合」論は、「写実」（「写生」）の論とも矛盾するものではなかったのであり、そこに子規の「配合」論の独自性を見てよいように思われる。

3　虚子の「音調」論

子規グループの人々は、子規を中心にして、明治三十一年一月より、明治三十六年四月まで、六十二回にわたって『蕪村句集』（几董編、天明四年刊）の輪講を試み、『ホトトギス』に連載、子規生前に、俳書堂より単行本化して出版している（全四冊、秋の部のみ没後刊）。その中で、明治三十四年四月二十日に行なわれた夏之部の輪講中の、蕪村句、

さみだれや大河を前に家二軒

に対する虚子の左の発言も、大いに注目してよいであろう。引用が少々長くなるが、「配合」を考える上では、欠かせないものと思われる。先に子規が『墨汁一滴』中に引用していた虚子の発言よりも前の時期のものであることには留意しておいたほうがいいかもしれない。

> 蕪村は、冷やかな純客観の写生に甘んぜず、やゝ熱してやゝ主観を加へて此《この》句に活動を与へて居る。従て調子の強い、引きしまつた、勢力がうちに充実してゐるやうな句に感ぜられるのである。独り此句のみならず蕪村の句の多くは此種の主観の加味してあるのが多い。此種の主観を交へてある句は必ず調子がひきしまつて何だか其《その》句が一種の高朗な音を発しつゝあるが如くに感ぜられる。子規氏の所謂配合に対して予の音調といふやつには此種の者も亦《また》含まれてゐる。それが為《た》め四方太氏が蕪村の句を読《よん》で、無形なものと有形なものとの配合、極《ごく》大きなものと極小さなものとの配合、何でも配合が奇抜で人を翻弄《ほんろう》するやうな句でなければ云々(ほとゝぎす四巻第八号俳話参照)と驚いてゐる間に、予は蕪村の句が如何に巧みに主観を按排《あんばい》し、如何に其勢力の強大に、如何に其音調の高朗なるかを驚嘆してゐたのである。(傍点筆者)

虚子は「子規氏の所謂《いわゆる》配合」と言っている。虚子の中で、「配合」論は、子規の持論としてはっきりと意識されていたということであり、それは一人虚子のみならず、子規門の人々の一致した理解であったと思われる。それゆえ、右の虚子の発言中に見えるように、四方太などは、「配合」論に夢中になっていたのであろう。対して、虚子は、主観を加味しての「音調」論を主張しているのである。この点については子規もつとに気が付いており、明治三十年十一月二十二日発行の『日本

附録週報』中の「俳人蕪村拾遺」(後、明治三十二年十二月刊の単行本『俳人蕪村』の中に収録)において、

蕪村の句は、堅くしまりて揺《ゆる》かぬが其《その》特色なり。故に無形の語少く、有形の語多し。簡勁《かんけい》の語多く、冗漫の語少し。然るに彼に一つの癖ありて、或《あ》る形容詞に限り長きを厭はず屡ゝ《しばしば》之《これ》を句尾に置く。

と述べ、蕪村の〈つゝじ咲て石うつしたる嬉しさよ〉の句に対して「普通に嬉しと思ふ時、嬉しといはゞ、俳句は無味になり了《おわ》らん。況《ま》して嬉しさよと長く言はんは猶更《なおさら》の事なり。嬉しさよといはねば感情を現す能《あた》はざる時にのみ用ゐたる蕪村の句は、固《もと》より此語を無雑作に置きたるにあらず」との解釈を加えている。子規も、蕪村句の「主観」を認めているのである。ただし、子規においては、作品中の形容詞に注目しての右のごとき見解であった。虚子にあっては〈さみだれや大河を前に家二軒〉の蕪村句に「主観」を見ようというわけであるから、同じく蕪村句に「主観」性を指摘しているものでありながらも、一緒には論じないほうがよいのかもしれない。

　右の虚子の見解は、子規の「配合」論とやや距離を置くかのごとき印象を受ける。確かに、虚子は、あらゆる事項を「配合」で片付けることに対しては、疑義を有していたようである。明治三十五年(一九〇二)三月二十日の秋之部の輪講で、蕪村の、

白露や茨の刺にひとつづゝ

の句を、

茨の刺に一つづゝ露のたまつてゐるやうな光景は実際よく見るところで、予は此句《このく》を見てとげ〳〵した者にやさしいものを配合といふ理屈的の感じより、纎細な美しい景色がはつきり描かれてゐる愉快な感じの方が先づ起る。

と評しているところにも、そのことが窺われる。「配合」にこだわることによって、作品を味読する姿勢が損なわれることを危惧《きぐ》しているのである。この点は、右の〈さみだれや大河を前に家二軒〉に対する発言とも一致していると見てよいであろう。ただし、虚子が、常に「配合」論に対して拒否反応を示していたのかというと、決してそうではなく、明治三十四年六月二十二日に行なわれた夏之部の輪講では、蕪村の、

夕顔の花嚙ム猫や餘所《よそ》こゝろ

の句に対しては、

一方に牡丹と唐獅子とか蘭菊に狐とかいふものを置いて見ると、夕顔と猫との配合が殊に面白く感ぜられる。

との見解を示しているのである。蕪村句を離れての、俳人としての虚子の「配合」への究極の姿勢は、子規が『墨汁一滴』に記録していた虚子の言葉「配合といふ事に気が付いて、写生の味を解した様に思はれる」に尽きているであろう。この言葉と時期を同じくしての明治三十四年四月二十日

発行の『ホトトギス』第四巻第七号において、虚子は「配合」を論じて、

余は今迄、陳腐な材料でもいひ現はしやうで斬新にもなるし、平凡な配合でも調子によつていきく／＼とした句になると斯《こ》う思つてゐたのだが、子規君の極端な配合論を聞いて更《さら》に一方面を開き得た様に覚える。子規君の話に、自分の説はあまり傾き過ぎてゐるかも知らぬが、併《しか》し今日は此《この》説を主張する必要があると思ふ云々。然《しか》り、配合論は誠に時弊《じへい》にあつてゐる説だ。今の俳句に志す人、孰《いず》れもよく配合に注意して、早く其《その》単調無趣味の境を脱せられたいものだ。

と語っていることによっても、そのことを確認し得る。この発言は、虚子が、子規によって自らの句を「陳腐」と評され、かつ、その「陳腐」は「材料の配合が陳腐」だからであると指摘されたことがきっかけとなってのものである。虚子は、子規の「一喝《いっかつ》」によって大いに悟ったようである。

4 紅緑と碧梧桐の「配合」論

子規の『墨汁一滴』の記述により、やや虚子の発言にこだわり過ぎた感がある。子規の断片的な「配合」論を整理、発展させたのは、実は、虚子ではない。佐藤紅緑と河東碧梧桐である。まず、紅緑から見ていくことにする。その論が見えるのは、子規生前の明治三十五年六月に出版されている著作『俳句修辞法』（新声社）においてである。「配合の事」に一章を当て、詳細、かつ体系的に論じている。紅緑の「配合」論は、「事物の配合」論であり、

物と物との配合は、最も容易にして最も困難なるものである。何をか容易といふ、何でも配合する事が出来るからである。何をか困難といふ、配合多くは適切にならぬからである。配合の不調和は、俳句の不調和で、所謂鵺的《いわゆるぬえ》の俳句は、此《ここ》から起因するのである。

と書きはじめられる。そして、

凡《すべ》て或《あ》る物に或る物を配合するには、両者最も親しき関係を持て居るものにあらざれば、一面に於て全く無関係にして、一面に於て細く僅《わず》かに一道の脈《みゃく》が通ふて居るものでなければならぬ。

と論を進め具体例を示しているが、具体例についての見解は省略する。次に紅緑は、「配合」の方法にと論を進め、左のごとく記している。

然《しか》らば、配合するにはどうしたらよろしいか。曰く、趣味を知る事である。趣味とは趣である。其《その》物の趣きである。（中略）趣とは、其物の性質である、特色である。

そして、

其《そ》の物の特色に従つて之《これ》に調和する配合をなすこと。之を古人は、動く、動かぬといふ。

とまとめている。ここにおいて想起されるのが、すでに見たところの『俳諧大要』における子規の「配合」論である。そこにおいて子規は「趣向の上に動く、動かぬと言ふ事あり。即ち配合する事物の調和、適応すると否とを言ふなり」と述べていた。紅緑の「配合」論は、大変わかりやすく整理、論述されていて、我々には貴重な「配合」論であるが、つまるところは、子規の「配合」論の祖述ということに止まっている感があるのは否めないであろう。

なお、「配合」論にまでは論が及んでいないが、「配合」と「動く」「動かぬ」との関係を指摘しているものに内藤鳴雪の著作『俳句作法』(博文館、明治四十二年)中の「動と不動と」の章がある。次のように記されていて、子規や紅緑の論を補強してくれる。

俳句の著(着)想の上に動く、動かぬといふことが常にいはれる。これは事物の配合の上のことで、例へば、或《あ》る季の事物に他の事物を加へて、それで一つの景色《けいしょく》を詠じたとする。そこで其《そ》の加へた事物が季の事物といかなる調和を保つかと調べて、最も調和されたのが、即ち動かぬので、左程《さほど》調和されぬのが即ち動くのである。

鳴雪は、「季の事物」と「他の事物」の「配合」によって「動く」「動かぬ」を説明している。

次に、碧梧桐の「配合」論であるが、それを見ることができるのは、子規没後三ヶ月目の明治三十五年十二月に出版されている『俳句初歩』(新声社)の中である。独立して「配合論」の章が設けられている。次のように書きはじめられる。

一句を形づくる場合に於て、二つ以上の事物を諷詠することがある。其《その》事物のあるものに対する、他のものを其配合といふのである。詞を換へて言へば、あるもの丶美的趣味を助くる為《た》めに、他のものを添へるのである。（中略）つゞまるところ、配合は、一句を賑はすものである。複雑ならしめるものである。平板単純を避けしむるものである。

碧梧桐の「配合」論は、子規や紅緑や鳴雪の「配合」論と異なり、「動く」「動かぬ」の論に収斂《しゅうれん》されないので、やや趣を異にしている。一言で言えば、俳句作品の「平板単純を避けしむるもの」としての「配合」である。その点では、子規の「配合」論を援用しつつも、紅緑の「配合」論にない独自性を獲得し得ているともいえる。「配合」論の前提として、碧梧桐は、次のごとき事実を指摘する。

凡《おおよ》そ吾等《われら》の諷詠せんとする世上の事物は、多く複雑なものである。目で見、耳で聞くものに、たゞ一物一事の外何物《ほか》をも見聞しないといふやうな場合は甚《はなは》だ稀である。だから其《その》見聞を根本にして居る詩文も亦《ま》た左程単純なものではない。よし俳句の如き短詩形のものでも、元来の見聞が複雑であるから、其取材の範囲の相違ない限りは、矢張《やはり》多少複雑なものである。故に始めからかゝる配合を求めやうと特に注意しないでも、大抵《たいてい》の句が自然に配合を要求して、作者の注意しない間に配合の美の約束を踏んで居るやうなことがある。配合とて、何もむつかしいことではない。

これが、碧梧桐の「配合」論の前提である。子規や紅緑は、「配合」ということに対して、かなり意識的であったが、碧梧桐の場合、「配合」は、「世上」を「見聞」することによって自然に齎《もたら》されるものであるとするのである。「句が自然に配合を要求」するともいっている。ただし、この楽観的ともいえる「配合」論に、「配合の妙否は、又《ま》た別問題である」と述べて、歯止めをかけることも忘れていない。碧梧桐によれば、「配合」とは、蕪村の句〈二本《ふたもと》の梅に遅速を愛すかな〉のごとき「無配合」に対する「有配合」を指す、ということになる。そして、碧梧桐は、その「有配合」を三つに区分している。すなわち「反対趣味の配合」「同趣味の配合」「異趣味の配合」の三つである。ここに碧梧桐の「配合」論のユニークさを認めてよいであろう。

碧梧桐は、まず、「反対趣味の配合」に対して、

予が実際の経験に於ても、始め兎角《とかく》この反対の配合を喜んで作り、且《か》つ古句を読んでも、前例の如き（筆者注・碧梧桐は、蕪村の〈いばりせし蒲団干したり須磨の里〉など全四例を示している）以外に何でも反対の配合の句を賞美して居た。が、今日から見ると、それは悉《ことごと》く理屈的の配合であつた。反対のもので趣味的配合を求めやうとするのは、容易のことでないといふことを悟つたのである。

との見解を示している。碧梧桐の、やや楽観的とも思える「配合」論も、「趣味的配合」を希求するに至って、子規や紅緑の「配合」論と、その距離をぐっと縮めた感がある。碧梧桐も、また、間違いなく子規のよき理解者の一人だったのである。続けて、「同趣味の配合」に対しては、蕪村の〈閻王の口や牡丹を吐んとす〉など全五句の俳句を示した後で、

同趣味の配合は、ある物に他のものを添へて、其《その》趣味を助けしむるのである。一で足らぬところへ、今一を加へて二とするのである。即ち、錦上花を添へる手段である。古今の句中、配合の尤も普通なるものは、この同趣味の配合であつて、又《ま》た尤も配合の当を得易《えやす》い手段でないかと思はれる。

と述べ、「この同趣味の配合の快味を悟るのは、軈《やが》て俳句研究の一歩を進めたものだと言ふてよいのである」と加えている。そして、三つ目の「異趣味の配合」に対しては、前の二つの「配合」を見据えつつ、蕪村の〈花火せよ淀の御茶屋の夕月夜〉ほか全八句を示した後《あと》で、

反対の配合といひ、同趣味の配合といひ、要するに配合らしい配合である。配合致しますと断つて置くやうなもので、何処にか坊主の坊主臭いところがある。が、其《その》臭味を脱却する配合は、即ち異趣味の配合である。（中略）譬《たと》へば、鼠色ににぶ色を配した如きものである。必ずしもはつきりした配合が単純で、どんよりした配合が複雑であるといふ所以《ゆえん》はないけれども、多くの場合に於て、趣味の発達しない人は顕著な配合を喜び、多少進歩した者は、不顕著な部分を嗜《たしな》むといふ区別はあると思ふ。

との見解を示して、まとめとしている。先に紅緑が「或る物に或る物を配合するには、両者最も親しき関係を持て居るものにあらざれば、一面に於て全く無関係にして、一面に於て細く僅かに一道の脉が通ふて居るものでなければならぬ」と語っていた「配合」を、碧梧桐は、一歩進めて三分類

として示してくれたのであった。

碧梧桐は、「配合論」の章を閉じるに当って、「古人はこの配合を「取合せ」といふて居た」として、許六の「取合せ」論を紹介して、章を結んでいる。芭蕉や許六の「取合せ」と、子規の持論である「配合」論とは、必ずしも同一のものでないことは、これまでの検討でいくぶんかは明らかにし得たかと思われる。私が、子規に導かれつつも、許六の「取合せ」論から入っていったことも、故《ゆえ》ないことではなかったのである。

三　子規の愛した『猿蓑』

1　子規の逆鱗《げきりん》

子規門の河東碧梧桐は、明治三十二年(一八九九)五月十三日、『俳句評釈』(新聲社)なる書を上梓、続けて同年十一月五日、『続俳句評釈』(新聲社)を出版している。最近の俳諧研究では黙殺されているが、明治期になって最初の『猿蓑』発句の全評釈書であり、もっともっと注目されてよい。唯一、新田寛著『七部集猿蓑評釈』(大同館書店、昭和七年)が、本書に言及し、百七八十頁の袖珍本《しゆうちんぼん》二冊の中に猿蓑の四季発句全部を評釈したものである。一句毎に「釈」と「評」とに分けて懇切に説かれてをり、鑑賞の深さにも流石《さすが》と思はせられる点が多いのであるが、句釈には可成《かなり》に誤謬が多いやうである。そしてその誤謬の多くは「逆志抄」(筆者注・『猿蓑』の注釈書、文政十二年刊、空然著『猿みのさかし』)に誤られたもの丶やうである。

と記しているくらいである。書誌的にもう少し正確に記しておくならば、『俳句評釈』は、二〇七頁、『続俳句評釈』は、一六九頁。大きさは、両方とも菊半截判《はんさいばん》(A六判、文庫本の大きさ)である。『続俳句評釈』巻末部、奥付の前に『俳句評釈』の広告が掲げられており、そこに、当時の新聞の寸評が引かれていて、すこぶる興味深いので、引用してみる。

俳句評釈は、新派の驍将《ぎようしよう》河東碧梧桐氏が猿蓑集を誰にも解し得る様に、丁寧に評釈を加へたるもの。評中、往々首肯《しゆこう》し能《あた》はざるものなきにあらねど、何《ど》れもその精神を捉へ得て、駄宗匠者流穿索《せんさく》の末に走らざるはよし。且《か》つまた以て新派の立脚地を窺ふを得べく、初心者が座右の珍とすべし。　(大阪毎日新聞)

俳句を作るもの甚《はなは》だ多きも、俳句を解釈して、その趣味を知らしむるものは殆《ほと》んどあるなし。此《この》著は、新派の河東碧梧桐氏が、元禄俳句の粋をぬきたる猿蓑集中、名吟と称せらる丶者百七八十句を撰び、審美的標準に拠《よ》り、其《そ》の趣味、文法、言語まで詳しく評し、細かに釈《と》きたるものにして、文章極めて平易なれば、俳句を研究せんとする者の一読すべき好著なり。

（静岡民友新聞）

芭蕉、其《その》他古人の有名なる俳句に就て、文学的に簡明に評釈を試みたるものなり。中には首肯し難き節なきにあらざれども、初学者の為には頗《すこぶ》る結構なり。余輩は、尚《な》ほ此種の書、続々出《い》でんことを望む。

（萬朝報評）

評判がいいのである。ところが、碧梧桐のこの『俳句評釈』、子規の逆鱗に触れ、完膚《かんぷ》なきまでに酷評されている。その剣幕たるや驚くべきものがある。それが窺えるのが、明治三十三年九月七日発行の『ホトトギス』第三巻第十一号の「消息」欄。「付十四」頁に六号活字で左のごとく記されている。実際に左の箇所を執筆したのは、同年八月十七日のことである。

曩《さき》に世に出でたる碧梧桐君の「俳句評釈」なる者は、学者的野心の一端に有之候。評釈は、学者の為《な》すべき事にして、作者の為すべきに非ず。碧梧桐君は、自己の短所に向つて功を奏せんとしたる者にして、従つて書中に誤謬多きは必然の結果とも可申候。誰の著書にも多少の誤謬なきはなかるべく、如何なる学者も完全無欠の智識を備へたるはなかるべく候へども、四、五冊の俳諧文庫さへ備へ置かず、七部集の捜索までも人の文庫をあてにするやうな人が、書物の評釈を書くなど、余り大胆な事と存候。人は碧梧桐君の著作を評して「碧梧桐にして此《この》誤謬あるは」などゝいはれ候は、同君を買ひ被《かぶ》りたる者に候。自分は評して「碧梧桐が例の間違を申しけるよ」とも申候。「碧梧桐」といふ名詞と「間違」といふ名詞とは、同時に聯想《れんそう》せられ申候。

実に手厳しい『俳句評釈』評である。子規の批評の言を一口で言うならば、碧梧桐が『俳句評釈』を著すなど、笑止千万、烏滸《おこ》がましいにもほどがある、ということになろう。念のため確認しておくならば、碧梧桐は、明治六年（一八七三）の生まれ。子規より六歳年少である。『俳句評釈』を出版した明治三十二年には、数え年二十七歳になっていた。碧梧桐にとって最初の著作である。

子規が、俳人としての碧梧桐を高く評価していたことは、明治三十年一月二日より三月二十一日まで二十四回にわたって発表した長篇評論「明治二十九年の俳諧」（明治三十五年刊の単行本『四年間』に収めるにあたって「明治二十九年の俳句界」と改題）において明らかである。まっ先に碧梧桐に注目し、「碧梧桐の特色とすべき処は、極めて印象の明瞭なる句を作るに在り」と評しているのである。今、注目している「消息」のほかの箇所においても、子規は、

実際の上に於《おい》て、作る事と読む事とは両立せざる傾向有之《これあり》、善く読む者は作るに拙《つたな》く、善く作る者は読む事少きは、俳句の上にも限らざるべく、古来、詩人に学者無く、学者に詩人なきは人の知る所に有之候。

との見解を示している。それでも、それを承知で学問してほしい、というのが子規の本音であったようである。

自分は曽《かつ》て諸君に向て古俳書を読む事を勧め申候。古俳書を読めば俳句の歴史は自《おのずか》ら明瞭に相成申候。然《しか》れども諸君は、此《この》勧告を用ゐられざりしやうに存候。それも四、五年前の如く古俳

書の不自由なりし時ならばこそ仕方もなけれ、今日の如く翻刻夥《おびただ》しく価廉《あたいれん》なる時に於て、二十冊の俳諧文庫を備へ置く位の用意さへ無きとは呆れたる事に候はずや。

との文言に、そのことが窺知《きち》し得る。碧梧桐をはじめ門下の人々に「作る」ための学問を奨励しているのである。先に碧梧桐に「四、五冊の俳諧文庫さへ備へ置かず」と厳しく叱責した文言中に見え、そして右でも再び言及されている『俳諧文庫』について触れておく。

最終的には、子規が言っているより少しく増え、全二十四巻。第一編『芭蕉全集』が、明治三十年九月刊、第二十四編『俳諧紀行全集』が、明治三十四年六月刊である。洋装菊判。博文館から発行されている。子規生前に全二十四巻が完結、配本されたというわけである。子規は、もちろん全巻、座右に備えていたであろう。ところが、碧梧桐ときたら「四、五冊の俳諧文庫さへ備へ置かず」に、子規の蔵書を当てにしていたというから、子規にしてみれば、『俳句評釈』の話どころではないのである。子規は、こうも言っている。

諸君の坐右に俳書無きも不思議に感ぜらるゝが、今一つ不思議なる事は、諸君が俳書を見たしと思はるゝ時に、「借る」といふ手段を知りて、「買ふ」といふ手段を知られざる事に候。世の中に稀なる本か、価の貴き本ならばともかくも、僅《わずか》に三十銭か四十銭の本を「買ふ」といふ事を知らずとは、自由の利《き》く東京に住甲斐《すみがい》も無き事と存候。無い金を借りても酒飲みに行きて、一夜に大枚何円を費す癖に、本一冊買へぬ訳は無い、などゝは余り野暮《やぼ》過ぎた論に候へども、諸君が書物の利用法を知らぬ事も随分《ずいぶん》甚だしき事に候。

本一冊手許《てもと》になくて、『俳句評釈』、すなわち『猿蓑』の評釈など、よくやるわ、といったところであろう。そこにあるのは、浅薄な「野心」だけである。子規は、「評釈は、学者の為《な》すべき事にして、作者の為すべきに非ず」と、ぴしゃりと言って退けている。「四、五冊の俳諧文庫さへ備へ置かず、七部集の捜索までも人の文庫をあてにするやうな人が、書物の評釈を書くなど、余り大胆《だいたん》な事」であり、その書物に誤謬があるのは当然だ、と子規は言ってのけ、「碧梧桐」なる俳号から即座に連想されるのは「間違」なる言葉であると憫笑《びんしょう》している。

こんな苛酷な評言が『ホトトギス』誌上で公開されたのである。碧梧桐の反応、大いに気になるところである。この件に関しての、碧梧桐の回顧談がある。先の子規の「消息」の発端は、明治三十三年(一九〇〇)八月四日から五日間にわたって国語伝習所で開かれた「俳句講習」に碧梧桐が講師として参加したことへの、子規の不満であり、碧梧桐の回顧談も、それとの関係で記されている。回顧談が見えるのは、河東碧梧桐著『子規の回想』(昭南書房、昭和十九年)の中である。次のように記されている。

其《そ》の(筆者注・「俳句講習」の)報告に根岸に往《い》つた処、「ほとゝぎす」第三巻十一号の消息となつて、痛烈に罵倒されてしまつた。単なる罵倒でなく、平生の無学無識を洗ひざらひコキ下ろされてしまつた。イヤ久しぶりに雷が落ちたどころぢやない、それを見た時は、たゞもうカーツとなつて、全文読み通すことが出来なかつた。子規の書いてることが、嘘でも誇張でもなく、実事通りなのだから、一言の抗議も出来ないのは知れきつている。

碧梧桐の動揺振りの大きさが伝わってくる。大いに反省したようである。この一文は、次のように締めくくられている。

私は、この痛棒に会つてから、飜然《ほんぜん》としてといふやうには往かなかつたが、爾後《じご》かやうなことで子規の癇癪を起させまい決心の下に、古本をあさつたり、ぢつくり俳書を古典として読むやうになつた。誠に月並な話にもなるが、それから一年余り経つて、此頃《このごろ》は其角の著書を読んでゐるが、今まで高等幇間とばかり思つてゐたのに反し、新たな管見を得た。蕪村でも几董《きとう》でも、其角に負ふ所甚だ多い、といふやうな話をした時、子規がいつになく莞爾《かんじ》として、さうかな〳〵、と私の話を初耳と言つた風にきいてくれた。其《そ》の時、曽《かつ》て無学無識を痛罵された償ひを、始めてしたやうな悦びを心から感ずるのだつた。

碧梧桐にとっては、貴重な体験だったのである。

2 『猿蓑』という本

碧梧桐が「俳句を研究せぬ人は、俳句は絶対にわからぬものだと信じて居つて、到底覗《うかが》ひ知るべからざるものゝやうに、棄てて顧みない傾きがある。これは古来俳句の正当な解釈をしたものが無い為《た》めであつて、俳句が世の中に誤まられて居るのである」(『俳句評釈』「はしかき」)ということで、果敢に挑戦した『猿蓑』の評釈(なぜ『猿蓑』か、ということに対しては、「元禄調の趣味を知るのが至当」

であり、「同集は、七部集の中でも元禄調の精髄を輯《あつ》めたものであるから、元禄調の代表として恥かしくないだらうと考へたからである」と答えている）であったが、すでに見たように、その作業は、子規の逆鱗に触れ、酷評されたのであった。

ここで、その『猿蓑』について見ておく。私の書架本に「京寺町二条上ル丁　井筒屋庄兵衛板」の『猿蓑』乾坤《けんこん》二冊がある。乾坤揃いの完本であり、表紙は薄茶色の原表紙、「猿蓑　乾」「さるみの　坤」の原題簽《げんだいせん》が貼付されている。乾坤の巻頭に「小高文庫」の朱印。序文の「雲竹書」の一丁を欠くが、本文そのものの刷りは、さほど悪くない。時に繙《ひもと》き、飽かず眺めることがある。(5)

刊行は、元禄四年（一六九一）七月三日（阿誰軒《あすいけん》編、元禄五年刊『誹諧書籍目録』による）。編者は、去来、凡兆。編者の一人去来が「猿みのは新風の始、時雨は此《この》集の美目」（『去来抄』「先師評」）と言っているように、「時雨《しぐれ》」（冬の季ことば）の美に集約される蕉門の秀句集《アンソロジー》である。乾巻（一～四）は、冬、夏、秋、春の順に蕉門諸家の発句三八二句が収められており（碧梧桐が評釈を加えたのは、この部分）、坤巻は、歌仙四巻（巻五）、「幻住庵記」「几右日記《きゆうにっき》」（巻六）などより成る。

ところで、碧梧桐は、この『猿蓑』を、いかなる本によって披見《ひけん》し、テキストとしたのであろうか。明治三十二年（一八九九）九月十日発行の『ホトトギス』第二巻第十二号中の子規の「随問随答」に左の記述が見え、興味深い。

◎第五問　猿蓑集の洋製物は何地《どの》に有之候や。其代価御通知を乞《こ》ふ。

答　七部集の翻刻は一時多く出たれど、今は跡を隠したり。俳諧文庫第一編芭蕉全集の内にも猿蓑はあり。これは博文館出版にて、一冊定価廿五銭。

子規は、「七部集の翻刻は一時多く出たれど」と言っている。越後敬子氏「明治期俳書出版年表（二）」（国文学研究資料館文献資料部『調査研究報告』第十八号、平成九年六月）を繙いてみると、洋装本の『俳諧七部集』（江戸期には、安永三年刊の二冊本、寛政七年刊の七冊本などが版行されていた）が、何種か出版されていたようである。博文館の『俳諧文庫』の老鼠堂《ろうそどう》永機、阿心庵雪人校訂『芭蕉全集』が出版されたのは、先にも記したように、明治三十年（一八九七）九月。この中に、『猿蓑』も含めて、『俳諧七部集』所収の七部の秀句集《アンソロジー》は、総て収められている。校訂者は、「古板によりて校合《きょうごう》」と記している。が、一部は、校訂者によって用字の変更が施されている。そのあたりに注目してみると、碧梧桐が披見し、テキストとして用いたのも、この『芭蕉全集』所収の『猿蓑』だったように思われる。しかも、恐らく、それを子規の蔵書の中から借り受けたのであろう。子規は、明治三十一年六月三十日発行『ほととぎす』第十八号の「或問《わくもん》」の末尾に、

俳書を求めんと欲する人は活字本を求むるに如《し》かず。但し活字本には無数の誤字あることを承知し置くを要す。

と記している。活字本は、廉価であるが、翻字ミスなどの誤りがあるので、板本のようには信頼し得ないというのである。「人の住居をおとづれ候に、明窓浄几《じょうき》はあれど、座右に一冊の書籍だに置かぬ人あり。自分などの部屋の書籍狼藉《ろうぜき》たるに比べて、誠にさっぱりと清らかに、心地すが〳〵し

く相成候。乍併《しかしながら》此等《これら》の人が此《この》何も読むもの無き室内にありて、たとへ一分時たりとも何として暮すならんか、と考ふる時は殆んど不思議に存候」（「消息」）と語るほど本好きの子規であれば、活字本の功罪を知悉《ちしつ》した上での活字本の勧め、ということであったのであろう。ちなみに『子規文庫蔵書目録』を繙くと、子規が数種の『俳諧七部集』を架蔵していたことが知られる。

3　子規の批判の因《よ》って来《きた》るところ

子規は、碧梧桐の『猿蓑』の評釈書である『俳句評釈』を手厳しく批判し、碧梧桐をして「雷が落ちたどころぢやない」と言わしめたが、あの「消息」欄における批判も、唐突に為《な》されたわけではなかったのである。『俳句評釈』を精読、批評した上でのものであった。それが窺われるのが、明治三十二年六月二十日発行の『ホトトギス』第二巻第九号より、同年八月十日発行の『ホトトギス』第二巻第十一号まで、三回にわたって口述筆記によって連載された「俳句評釈を読む」である。まず、冒頭部の、子規の次の言に注目していただきたい。これによって、子規にとっての『猿蓑』とは何かが浮び上ってくる。そして碧梧桐の『俳句評釈』の全体としての欠点も。少し長くなるが、必要箇所を摘記してみる。

我は、七部集、殊に猿蓑を見て始めて眼を開いたので、其時にはもとより蕪村などの句は見た事も無いので、唯だ猿蓑を天下に唯一の俳書と思ふて居た。夫《それ》故に猿蓑と云へばそれに対する信仰心があつたから、猿蓑の句と云へば何となく善い様な感じがしたのである。之《これ》と反対に、碧梧桐は天明辺から悟入したので、蕪村、几董《きとう》を本尊として居る。碧梧桐が猿蓑を善く見たのは今度が初め位であるから、天明を標準として猿蓑を評したのは言ふ迄も無い。

子規が、蕪村に関心を示しはじめたのは、明治二十五年ごろである。明治二十五年十月九日付伊藤松宇宛子規書簡によって、それを窺うことができる。(6) 碧梧桐が、仙台第二高等中学を退学、上京して、子規に親炙《しんしゃ》するようになったのは、明治二十七年十二月のこと。子規は、明治三十年四月十三日には『日本新聞』にて「俳人蕪村」の連載をはじめている。それゆえ、右の「俳句評釈を読む」冒頭部の子規の把握は、正しいと言える。子規には、「俳句分類」の孜々《しし》とした努力の結果、ついに『猿蓑』に逢着、それによって俳句に開眼したという自負があったのであろう。その経過を経ての蕪村の発見である。ところが、碧梧桐は、いきなり蕪村、几董である。そんな碧梧桐に『猿蓑』がわかるのか、というのが、子規の偽《いつわ》らざる思いであろう。「碧梧桐が猿蓑を善く見たのは今度が初め位である」との言葉に、子規のそんな思いを窺うことができる。右の文章に続けての箇所では、

碧梧桐が俳句の註釈をするといふのは、寧《むし》ろ其《その》短所に向つて進んだのであつて、殊に猿蓑といふ馴染《なじみ》の少い本を注釈したのは益々其短所を顕した様なものである。

とまで言い切っている。「思ひ当つた事を一々に評して見(よ)う」ということで、四十六句にわたって疑義が呈せられているが、今は、左の一例のみに注目してみる。『猿蓑』巻之一、冬の部の作品

である。まずは、碧梧桐の『俳句評釈』の該当箇所を引いてみる。

家々やかたちいやしきすゝ払　伊賀祐甫《ゆうほ》

(釈) 煤払の師走の暮に家々一年中の塵を払ふ事、それ〳〵荷物を庭に運び出して乱雑を極め、又《ま》た人は汚ない衣服を着、顔も汚れて居るのを見て、何となく卑しく思ふと、其主観を叙して居る。

(評)「かたちいやしき」にて凡ての乱れたるさまを現して居るのは巧みである。「家〳〵や」は隣も向《むこ》ふもといふので、煤払の実景見るが如くである。

『俳句評釈』『続俳句評釈』全体、このように「釈」と「評」が付されている。子規は、碧梧桐の、右の評釈に不満であった。「俳句評釈を読む」の中に、左のように記している。

家々やかたちいやしき煤払　祐甫

此句の解に「又た人は汚い衣服を着、顔も汚れて居るのを見て、何となく卑しく思ふと、其主観を叙して居る」とあるは間違つて居る。こゝで「いやしき」といふ形容は全く客観的の形容で、只《ただ》衣服のいでたちのきたない事をいふので、主観では無い。これを主観といふのは天明の句法に慣れて居るから起つた間違であらう。

この批判は、先に見た「俳句評釈を読む」の冒頭部の子規の見解と符合する。そこにおいて、子規は、碧梧桐は天明辺から悟入したので、蕪村、几董を本尊として居る。碧梧桐が猿蓑を善く見たのは今度が初めて位であるから、天明を標準として猿蓑を評したのは言う迄も無い。

と述べていた。碧梧桐は、元禄にはほとんど無知、それ故、自らが得意とする「天明を標準として猿蓑を評」することになるというのである。その具体例の典型が、右の〈家々やかたちいやしき煤払〉の評釈に窺われるというわけである。そこで、子規との解釈の相違が生じ、子規からの批判を受けることとなるのである。子規と碧梧桐両者の解釈の相違は、句中の「いやしき」を「主観」と解するか、「客観」と解するか、である。碧梧桐は、なぜ「主観」と解するのか——それは「天明の句法に慣れて居るから」である、と子規は指摘するのである。

本節の冒頭で触れた新田寛著『七部集猿蓑評釈』が、子規の説に加担して、〈家々や〉の句を左のごとく「評釈」している。後代の著作ではあるが、子規言うところの「主観」「客観」が的確に説明されているので、参考までに示しておく。

煤払の光景。「かたちいやしき」は、容姿賤《かたちいや》しきで、身なりのみすぼらしい意。即ち、主人、主婦を初として、人々が粗末な着物を纏《まと》ひ、なりふりを構はずに立働いてゐる様を形容したのである。下品に見える、といふ主観ではない。「家々や」は、隣も、向ひもという様に、方々で行はれてゐる様である。

子規が言わんとしたことは、このようなことだったであろう。碧梧桐自身も、自らが「天明を標準として猿蓑を評」する傾向にあったことは、自覚していたと思われる。『俳句評釈』冒頭の俳句の歴史を概観している箇所で、「天明」の時代は、蕪村の出現で「俳句史上に文華の最美最高を誇つて居る」とした上で、「元禄詩人の想ひ及ばなかつた、人事的美と主観的観察を擅《ほしいまま》にし」た、と指摘しているからである。これが碧梧桐の俳句評価の「標準」（基準）だったのである。

ちなみに、鳴雪も明治三十二年七月二十日発行の『ホトトギス』第二巻第十号より、十二月十日発行の第三巻第三号まで六回にわたって「碧子の俳句評釈」と題して、今までに検討を加えてきた碧梧桐の『俳句評釈』を批評している。

碧子の俳句評釈は、猿蓑評釈である。猿蓑の咄《はな》しだと、僕も少々口を出して見たくなる。其訳は、僕の俳句入門の手引が猿蓑であって、其咄しには耳が立つからである。

ということである。が、今は、鳴雪にこの稿のあることを報告するに止《とど》める。

4　『俳諧三佳書』という本

碧梧桐の『俳句評釈』に刺激されたこともあろうかと思われるが、子規は、明治三十二年十二月二十日、『俳諧三佳書』なる一本を編《あ》んでいる。菊半截判、二四二頁。初版は、俳諧叢書　第三編、「ほとゝぎす発行所」編纂、「ほとゝぎす発行所」刊となっている。が、実質的には、子規の編纂と見なしてよいであろう。手もとに、初版本のほかに、大正九年（一九二〇）二月一日、俳書堂発行の第九版があるが、その表紙には「子規虚子共編」と記されている。今、注目している『猿蓑』のほかに、几董編『続明烏』(安永五年刊)、維駒《これこま》編『五車反古《ごしやほうぐ》』(天明三年刊)の二部の『蕪村七部集』中の撰集を合わせて一書としたものである。巻頭に獺祭書屋主人(子規)の「俳諧三佳書序」を掲げている。この序は、明治三十二年十二月十日発行の『ホトトギス』第三巻第三号にも、『俳諧三佳書』出版に一歩先立って掲出されている。今、『猿蓑』に焦点を合わせて「俳諧三佳書序」に目を通してみることにする。ちなみに、子規の代表著作『俳人蕪村』が単行本として出版されたのも、明治三十二年、十二月一日(「ほとゝぎす発行所」)のことである。

元禄と天明とは全く趣味を異にして、いはゞ両者が俳諧といふ一円球の半面宛を占領して居る訳であるから、若《も》し俳諧を研究せうといふ人があるなら、是非とも此《この》両時代だけは精細に研究せねばなるまい。どちらか一つ欠けても俳諧の半面だけは分らぬ事になつてしまふ。

子規の言「芭蕉の俳句は過半悪句駄句を以て埋められ、上乗と称すべき者は、其《その》何十分の一たる少数に過ぎず。否僅《わず》かに可なる者を求むるも寥々晨星《りようりようしんせい》の如し」との衝撃があまりに大き過ぎたので、子規の俳諧観が大いに誤解され、巷間、蕪村一辺倒の俳人として理解されている節《ふし》がある。が、「俳句分類」という地味な作業を継続して試みていた子規は、しっかりと俳諧史を凝視しているのである。その結果、子規によって抉出《けつしゆつ》されたのが元禄と天明という二つの時代だったのである。もちろん、元禄に芭蕉が、天明に蕪村が措定されていたことは言うまでもない。それゆえ、昔の人のやうに、自ら芭蕉派の正風を奉ずるというので、蕪村などを度外に置いたのは、固《もと》より大なる謬見であるが、今の人が、蕪村一本槍で、芭蕉の句は古池より外に知らぬ、といふのも甚《はなは》だ狭い見識である。

との言となるのである。そして、元禄のエッセンスが『猿蓑』、天明のエッセンスが『続明烏』と『五車反古』というわけである。

子規は、「俳句分類」の作業を通して『猿蓑』に逢着した喜びを次のように語っている。

猿蓑を分類する時の愉快は、今に覚えて居る。其句を写す間は、始終胸が躍つて居て、何やら嬉しくてたまらんので、猿蓑一部の分類は、極めて短い時間で済んでしまふた。此時《この》が始めて俳句の趣味を自分に感じた時である。今迄の事を考へると、丸で夢のやうで、今僅に眠《ねむり》から覚めた眼に、外界の物がはつきり写る、しかも何も彼も活気を帯びて来たやうに見えた。

子規の俳句の原点が『猿蓑』にあったのである。「此時が始めて俳句の趣味を自分に感じた時である」――この言葉は、子規の俳句開眼宣言と解してよいであろう。私の「子規の愛した『猿蓑』」との言葉も、首肯していただけるのではなかろうか。

5 「寂《さび》」好き子規

ところで、子規が『猿蓑』に逢着したのは、いつのことだったのであろうか。その時期を子規自身が明らかにしているのが、明治三十五年(一九〇二)四月十五日発行の自選俳句集『獺祭書屋俳句帖抄 上巻』の巻頭に掲げられているところの長文の序文的文章「獺祭書屋俳句帖抄上巻を出版するに就きて思ひつきたる所をいふ」である。この文章も、一足早く、明治三十五年二月十日発行の『ホトトギス』第五巻第五号に発表されている。

その中で、子規は、『猿蓑』との出会いを明治二十四年のこととして、次のように記している。

はじめて「猿蓑」を繙《ひもと》いた時には、一句々々皆面白いやうに思はれて嬉しくてたまらなかつた。其頃《そのころ》別に「三傑集」の端本《はほん》を一冊持つてをつて、其《それ》も面白い句が多いやうに思ふた。これが自分が俳句に於ける進歩の第一歩であつた。

言っていることは、先に見た明治三十二年の「俳諧三佳書序」とさして変るところはないが、この体験が、明治二十四年のことであることが明記されていることは、大いに注目してよいであろう。右に見える「三傑集」は、寛政六年(一七九四)刊、車蓋《しやがい》編『発句三傑集』のこと。闌更《らんこう》、暁台《きようたい》、蓼太《りようた》の四季別、月順発句集である。『子規文庫蔵書目録』を繙くと、確かに『俳諧発句三傑集』上下の端本三冊が収載されているのである。この書、昭和三十六年(一九六一)十一月、「さるみの会」からがり版刷りの翻刻が出ているので、今日では、比較的容易に披見し得る。とにかく、子規は、ごく早い段階で、まがりなりにも、いわゆる「天明」の息吹《いぶ》きにも触れ得ていたということなのである。子規が、わざわざ『発句三傑集』に言及し「其《それ》も面白い句が多いやうに思ふた」と記すゆえんであろう。このことは、今後、なお検討する必要があろうが、今は、指摘するのみに止《とど》めておく。ところで、やや意外な感じがしなくもないのであるが、子規は、『猿蓑』に「寂《さび》」を見、その「寂」に大いなる関心を示しているのである。最後に、そのことを確認しておくことにする。子規自身、

二十五年頃は、猿蓑の寂にかぶれて居つて他を知らなかつた。

と告白している。「二十五年」は、言うまでもなく、明治二十五年（一八九二）のことである。この年は、子規にとって、色々な意味で注目すべき年であった。まず、二月二十九日、本郷区駒込追分町三十番地の借家より、下谷区上根岸町八十八番地（金井ツル方）に転居している。恩人陸羯南《くがかつなん》の家の西隣である。十一月十七日には、母八重、妹律をこの家に故郷松山から呼び寄せている。十二月一日からは、羯南の世話で、日本新聞社の社員として出社するようになっている。月給十五円。この間、文科大学を退学ということもあった。——子規にとっての明治二十五年とは、こんな年である。この様々な事象に、前年の『猿蓑』との邂逅《かいこう》が微妙に影響していると見るのは、うがち過ぎであろうか。先の子規自身の告白に接する時、まんざら的外れの指摘でもないように思われるが……。

その明治二十五年十月十三日より十六日まで、子規は、旅先の大磯より箱根への旅を試み、十月十七日に帰京している。この旅での成果を、子規は、「獺祭書屋俳句帖抄上巻を出版するに就きて思ひつきたる所をいふ」の中で、

明月を大磯に見て、其《そ》れから箱根へ旅して帰つた時には、少しく俳句の寂といふ事を知つたやうに思ふた。

と記している。

この言を裏付けるかのように、この時の体験を綴った紀行文「旅の旅の旅」(明治二十五年十月三十一日から十一月六日まで『日本新聞』に連載、後《のち》に、明治二十八年九月刊『増補再版獺祭書屋俳話』の中に収めている)の中には、左のごとき「寂」にかかわっての記述が見え、大変興味深い。一つは、左の一節。

二子山、鼻先に近し。谷に臨めるかたばかりの茶屋に腰掛くれば、秋に枯れたる婆様の挨拶、何となくものさびて面白く覚ゆ。

「二子山」は、足柄下郡箱根町にある海抜一、〇九一メートルの火山。その二子山の麓の茶屋の老婆の挨拶に、子規は「さび」を認めようとしているのである。一見、滑稽性の感じられる場面であるが、そんな状況の中にも「さび」を見出そうとしている子規であった。そこには、確かに「猿蓑の寂にかぶれて居」る子規を確認し得る。

もう一つは、左の描写。

杉、樅の大木、道を挟み、元箱根の一村、目の下に見えて、秋さびたるけしき、仙源に入りたるが如し。

紅葉する木立もなしに山深し

仙境の地のごとき元箱根付近の雰囲気を「秋さび」と把握しているのである。ここにも「さび」に傾斜している子規を見出すことができる。

子規は、明治二十八年十月二十二日より十二月三十一日まで、『日本新聞』に本格的俳論「俳諧大要」を連載しているが（明治三十二年一月二十日、「ほとゝぎす発行所」より単行本として出版されている）、その中に左のごとき記述が見える。

春は美しく面白く、夏は大きく清らかに、秋は古びてもの淋しく、冬はさびてからびたる感あり。

子規の念頭に『三体和歌』の「春夏ふとくおほきに、秋冬からびてほそく、恋旅艶《えん》にやさしく」の文言があっての記述であろうが、「旅の旅の旅」の「寂（さび）」にかかわっての二箇所の記述、まさしく「秋は古びてもの淋しく、冬はさびてからびたる」の範疇《はんちゅう》での記述であろう。かつて、私は、「さび」（寂・渋）を、

日本の古典芸術の代表的な美の一つ。現象としての渋さと、それにまつわる寂しさとの複合美。無常観や孤独感を背景として、和歌・連歌・茶・俳諧など、ジャンルを越えて重んぜられた。芭蕉は特に「句のさび」として積極的に志向し、一句に「色」として形象化した。

と説明したが（中田祝夫編監修『古語大辞典』小学館、昭和五十八年）、子規は、右で明らかなように、生活の中に、そして風景の中に「さび」を感じているのである。

ここで話は、少し横道にそれるが、子規が「秋さびたるけしき」を形象化したところの〈紅葉する木立もなしに山深し〉について、一言、加えておく。「紅葉する木立もなしに」とは、「杉、樅の大木、道を挟み」ということである。すなわち一山、常緑樹ばかりなので、紅葉しないのである。そこに「秋さびたるけしき」を感じるのであるから、読者は、その場が幽邃《ゆうすい》の地であることを理解し得るというわけである。「秋さび」なる言葉、古くは、室町時代の歌人、下冷泉政為の歌集『碧玉集《へきぎょくしゅう》』の中に、

山館霧

山かげはなを秋さびてたつとみしけぶりの末かなびく夕霧

と見えるように、秋の閑寂な雰囲気を表現していると解してよいであろう。子規の一句から、そんな「秋さび」の情趣を感じとればいいわけである。それはいいのであるが、私が気になっているのは句中の「紅葉する木立もなしに」の措辞である。「紅葉する木立もなし」であるから、秋の「四季の題目」である「紅葉」は、実在していないのである。このことについて、子規は先に繙いた『俳諧大要』の中で、「題を全く空想中の物となして、実在せしめざるも亦《また》可なり」との見解を示し、蕉門の涼菟《りょうと》の、

野の宮の鳥居に蔦もなかりけり

の句にかかわって「蔦といふ実物を句中に現在せしめざるも、差支《さしつかえ》無し。これにて矢張《やは》り秋季と為《な》るなり」と説明している。先の子規句は、まさしく、この範疇の作品ということになる。

子規は、見てきたごとく、『猿蓑』によって俳句開眼をしている。その子規が『猿蓑』一巻に見たものは「寂」の世界であった。そして、その「寂」の世界に大きな関心を示し、自らも作品への形象化を希求したようである。また、作品理解にも「寂」なる用語を援用している。『俳諧大要』の中に、左の例が見える。

菊の香や奈良には古き仏だち　芭蕉

（前略）作者の奈良に遊びし時、恰《あたか》も菊の咲く頃なりしなるべく、従つて此《この》句を以て奈良を現はしたるなるべしと雖《いえど》も、而《しか》も菊花と古仏との取り合せは、共にさび尽したる処、少しも動かぬやうに観ゆ。こゝ、作者の活眼と知る可《べ》し。

芭蕉の〈菊の香や〉の句、子規の「俳句分類」の「秋の部」の「植物」中「菊（地理と器物）」の項にも載録されている。そして出典を「所名」「笈日記」と二つ記している。最初、文化七年（一八一〇）刊、槐陽井《かいようせい》躬之《みゆき》編『俳諧所名集』によって一句を採録し、後日、元禄八年（一六九五）刊、支考著『笈日記』によっても確認し得たということであろう。こんなところにも、子規の勉強家ぶりが窺知《きち》し得る。

こんな子規であるが、明治二十六年(一八九三)の芭蕉の『おくのほそ道』の旅を追体験しての「はて知らずの記」の旅の『猿蓑』影響下での「実景」句の量産(子規は、鳴雪の作業を通して「純客観の句は猿蓑に一番多い」ことを確認している)を経て、明治二十七年より「天明調」に傾斜していったようである。先に子規自身が挙げていた『発句三傑集』などが与《あず》かっているのであろう。「獺祭書屋俳句帖抄上巻を出版するに就きて思ひつきたる所をいふ」の中に「天明調といふのは、蕪村調の事ではない。此時《この》はまだ蕪村調を充分に解する事は出来なかつたので、暁台、闌更などを真似てゐた方が多いのである」と記していることから窺うことができる。「天明調」の理解によって「艶麗《えんれい》な趣味」を好むようになったとも記している。「さび」から「艶麗」への趣味の変化である。

ただし、同年秋の、

稲の花道灌山の日和かな
掛稲や野菊花咲く道の端
静さや稲の葉末の本願寺
刈株に螽《いなご》老ひ行く日数かな
吾袖に来てはねかへる螽かな

など十五句の「郊外写生の句」を掲出し、自ら「要するに春夏頃に比較して、少し寂が出て来たのは、時候の故でもあるであらう」と解説している。子規の「寂」解釈の中に「秋は古びてもの淋しく、冬はさびてからびたる感あり」との理解が底流していたことを確認し得るのである。子規に言わせれば、右の五句をはじめとしての全十五句は、「秋さびたるけしき」の中に見出した「寂」た情趣の句、ということだったのであろう。『猿蓑』との邂逅《かいこう》から誕生した、子規の「寂」の句である。

四　子規グループの人々と蕪村の滑稽句

1　『蕪村句集』の輪講

子規は、明治三十年（一八九七）四月十三日より十一月二十九日まで、『日本新聞』に「俳人蕪村」なる俳論を連載、その第一回目の「緒言」において、左のように記している。

余等《よら》の俳句を学ぶや、類題集中、蕪村の句の散在せるを見て、稍其《ややその》非凡なるを認め之《これ》を尊敬すること深し。ある時、小集の席上にて鳴雪氏いふ。蕪村集を得来《えきた》りし者には賞を与へんと。是《こ》れも固《も》と一場の戯言《ざれごと》なりとはいへども、此《この》戯言は之を欲するの念切なるより出でし者にして、其《その》裏面には強《あなが》ちに戯言ならざる者ありき。果して此戯言は、同氏をして蕪村句集を得せしめ、余等亦之《また》を借り覧《み》て大に発明する所ありたり。死馬の骨を五百金に買ひたる喩《たとえ》も思ひ出されてをかしかりき。是れ実に数年前(明治二十六年か)の事なり。而して此談《しこう》一たび世に伝はるや、俳人としての蕪村は多少の名誉を以て迎へられ、余等亦蕪村派と目せらるゝに至れり。

かくて、子規グループは「蕪村派」と称せられるに至ったのである。その子規グループは、翌明治三十一年一月十五日より、右の「緒言」中に名前が見えている『蕪村句集』の輪講をはじめている。冬・春・夏・秋の順に読んでいき、一巻を読了したのは、子規没後の明治三十六年四月六日(子規が没したのは、明治三十五年九月十九日)。輪講の場所は、当初、根岸の獺祭書屋《だつさいしよおく》(子規庵)、夏の部の途中(明治三十四年一月十日)より鳴雪宅でしばらく行われ、子規は、誌上参加(その間、明治三十四年七月二十日は虚子宅)。秋の部の途中の、明治三十五年四月二十九日、五月二十日、六月二十日、八月五日、九月十日と再び子規庵で行なわれ、子規没後の明治三十五年十月三日より明治三十六年四月六日の読了までを、また鳴雪宅(老梅居)で行っている。

輪講の対象となった『蕪村句集』は、蕪村門几董《きとう》編、蓼太《りようた》序、天明四年(一七八四)田福《でんぷく》跋、京都汲古堂刊。半紙本二冊。天保八年(一八三七)には、浪華中村三史堂(塩屋弥七)から求版本が出版されている。版を重ね、比較的多く刷られた本と思われるが、右の「緒言」にも見られるように、子規グループの人々はかなり苦心して入手したようである。もちろん活字化はされていなかったし、『国書総目録』といった便利なものもなかった。そんな明治の頃の話ではある。

「蕪村句集講義」の初出は『ほとゝぎす』(『ホトトギス』)。子規生前の明治三十三年三月(冬之部)

より順次単行本化されていき、秋之部のみ、子規没後の明治三十六年六月に出版されている（俳書堂籾山《もみやま》書店）。本節のテキストは、便宜的に大正五年（一九一六）三月刊の『蕪村句集遺稿講義』（俳書堂籾山書店）により、適宜、先の初版本を参照した。

本節で試みんとしているのは、蕪村俳句（正しくは発句）における滑稽的側面を、子規グループの人々の目を通して明らかにせんとすることである。この試みによって、蕪村俳句（発句。以下、特別の場合を除き、便宜的に「蕪村俳句」と呼ぶことにする）の滑稽的側面の特色が浮び上ってくるであろうことはもちろんのこと、子規グループの人々の滑稽観も、また自《おの》ずから明らかになるであろうと思われる。――そんな少々欲張った試みである。

子規グループの人々の滑稽観といっても、必ずしも一様ではない。そのことが窺われる一条がある。「冬之部」中の輪講において、ちょっとした「滑稽」論争がなされているのである。引用が長くなるが、大変興味深い一条なので、最初から引き写してみる。明治三十一年十一月五日に子規庵で行われた「冬之部」の第十一回目。筆記者は、虚子。

易水《えきすい》にねぶか流るゝ寒《さむさ》かな

碧梧桐氏曰《いわく》、風蕭々《しょうしょう》易水寒《さむし》から来たので、寒さの字は、歌其《そ》のものから直《ただ》ちに持《もっ》て来たものと思います。それに特別な見つけものを持て来たのが此《こ》の句の魂で、根深《ねぶか》を川上で洗ふと川下へ流るゝもの。これは能《よ》く我等の実見する景色で、それを易水の寒さに配合したのは、誠に力があると思ひます。黄塔《こうとう》氏曰、私は、懐古の意が含《ふくん》でゐるのではないかと思ふ。碧梧桐氏曰、それも有《あろ》うけれど、易水寒といふ詩らしきところへ、突然根深を持て来たのが面白いとおもふ。其処《そこ》に重きが置かれてゐると思ひます。鳴雪氏曰、私は更《さら》に付加へます。易水寒といふことは、歴史上已《すで》に趣が出来てゐる、きまつた趣ぢや。夫《そ》ればかりでは格別面白くない。真面目なところへ葱《ねぎ》を持つて来る、是《これ》が蕪村の磊落《らいらく》なところで、滑稽ぢやとおもふ。即ち俳諧の極意だと思ひます。易水は大きな川で、葱の流るゝのは小さい溝川のことである。此《こ》の両者を旨《うま》く調和したるも全く滑稽手段だとおもひます。四方太氏曰、大に賛成です。蕪村の大きな滑稽といつてよいとおもひます。子規氏曰、易水寒しを俳諧的に現したるは誠に蕪村の技倆です。夫《それ》につけて思ひ出した事があるからついでに申ますが、……「名月や鷓鴣《しやこ》飛上る越王台」といふ句の事を虚子君から聞きましたが、これは鷓鴣飛上越王台といふ詩句其儘《そのまま》を取つて、月といふありふれたるものを加へただけだから少しも俳句としての手柄は無いのです。詩句を其まゝ俳句に使ふたのは「鯊《はぜ》釣りや水村山廓酒旗の風　嵐雪」といふのが始めてゞ、これは杜牧《とぼく》の千里鶯啼緑映紅と云ふ詩を取つたのですが、若《も》し此の初五文字を「鶯や」「春雨や」「花咲くや」などゝしては、杜牧の詩其の儘《まま》になりてすこしも手柄が無い。それを「鯊釣りや」と云ふ俳諧的の者、即ち原詩とは少しも関係の無い者を持て来た為《た》め、此の句は詩以外の特別の趣味を有するやうになつたことゝと思ひます。是等《これら》と同理で「風蕭々易水寒」に葱を持つて来たのは、実に面白いと思ひます。鳴雪氏曰、夫について私も一寸申上て置きたいのは、漢語と和語とは調和せぬといふのが私の持論だが、併《しか》し此の句の如く判然反対のものを持て来たのは、滑稽趣味が出来て、却《かえつ》て調和するやうに思ひます。碧梧桐氏曰、先程より頻《しき》りに滑稽々々とおつしやるが、それは語癖（ママ）があると思ふ。寧《むし》ろ俳諧趣味とでもいつた方が人を誤らぬかと思ひますが。四方太氏曰、併し、古人は皆、俳諧は滑稽であるといつて居る。虚子曰、つまり滑稽に両意義があるので、広い方は俳諧の生命、極言すれば文学の生命其《そ》のものを言ひ現はす語と解して誤りなく、狭い方は普通のしやれといふ意味に用ひらるゝことゝ思ひます。猿蓑《さるみの》の序などにある滑稽の字義は前者であると思ふ。鳴雪氏曰、もと連歌・談林などに用ひられた時分は、寧ろ狭い方の意味であつた語が、其の儘蕉門にも用ひられて意味を変じたものであらう。虚子曰、私は終に臨《のぞ》みて、此の席上の諸君ではない、広く世の文学者に一言いつて置きたいことがある。それは、この易水寒に葱を配合するの手段さへ解すれば、歴史小説、若《も》しくは歴史的の新体詩など立派なものを作ることが出来るであらうといふことです。（傍点筆者。以下も同じ）

これがこの条の全文。発言者を確認しておく。順に、河東碧梧桐、竹村黄塔《こうとう》、内藤鳴雪、坂本四《し》方太《ほうだ》、正岡子規、高浜虚子ということになる。子規、碧梧桐、鳴雪、虚子はいいであろう。竹村黄塔は、碧梧桐の兄（河東静渓の三男）、本名鍛《きたう》、国文学者。坂本四方太も国文学者、鳥取県生まれ。二人とも子規門の俳人である。

蕪村句〈易水に〉の解釈については、発言者の理解に大きな齟齬《そご》はないように思われる。ちなみに、当日の会には、右の六名の他に石井露月（秋田県生まれ）、梅沢墨水（静岡県生まれ）の二人も参加しているが、異論はなかったのであろう、発言はない。その解釈とは、基調報告をしている碧梧桐の解釈である。すなわち、司馬遷の『史記』巻八十六「刺客列伝第二十六」中のエピソード、燕《えん》の太子丹が、秦の始皇帝を刺すために雇った荊軻《けいか》が出発にあたって歌った「風蕭蕭兮易水寒。壮士一去兮不㆓復還㆒」(風蕭蕭《しょうしょう》として易水寒《えきすいさむ》し。壮士《そうし》一たび去りて復《また》還らじと)を踏まえて、その易水に「根深《ねぶか》」(葱)が流れている寒さ、と詠んでいるとするものである。

2 蕪村の「滑稽」をめぐって

問題は、ここからである。口火を切ったのは、鳴雪。「真面目なところへ葱《ねぎ》を持つて来る、是《これ》が蕪村の磊落(こだわりのないこと)なところで、滑稽ぢやとおもふ。即《すなわ》ち俳諧の極意だと思ひます。易水は大きな川で、葱の流るゝは小さい溝川のことである。此の両者を旨く調和したるも全く滑稽手段だとおもひます」と発言している。要は、碧梧桐が指摘している「易水」と「根深」の「配合」(鳴雪の言葉で言えば「調和」)を、「滑稽手段」によって齎《もたら》された「滑稽」と見るのである。そして、それが「俳諧の極意」であるとも言っている。荊軻の故事、あるいは詩で知られている「易水」に庶民的俳諧季語(横題《よこだい》)「ねぶか」(葱)を配した面白さである。四方太も鳴雪の見解に賛意を表して「大きな滑稽」と言っている。子規は、「滑稽」なる言葉を用いずに「俳諧的」な作品とし、「鷓鴣飛上越王台」(曾鞏《そうきょう》「南遊感興詩」)を踏まえての〈名月や鷓鴣《しゃこ》飛上る越王台〉(作者不詳)や「水村山郭酒旗風」(杜牧「江南春」)を踏まえての〈鯊《はぜ》釣りや水村山廓酒旗の風〉(嵐雪)(正しくは〈はぜつるや水村山廓酒旗風〉)に目配りをしつつ、その「俳諧的」なゆえんを説明している。鳴雪は、この子規の見解を受けて、「反対」の(相対するとの意であろう)「漢語と和語」(「易水」と「ねぶか」)の「調和」

によって「滑稽趣味」が齎《もたら》される、と補足している。かかる鳴雪や四方太の「滑稽」論に対して疑義《ぎ》を呈したのが碧梧桐である。右に論じられているのは、「滑稽趣味」ではなく、「俳諧趣味」と言うべきであると主張する。これに答えて、四方太は「古人は皆、俳諧は滑稽であるといつて居る」とする。確かに、例えば、談林の俳人岡西惟中《いちゅう》の『俳諧蒙求《もうぎゅう》』（延宝三年刊）を繙くならば、「俳諧と滑稽とひとしき名なり」との言葉が記されている。これらの遣《や》り取りを受けて、この日の筆記者である虚子が、はじめて口を開く。そして「滑稽に両意義があるので、広い方は俳諧の生命、極言すれば文学の生命其のものを言ひ現はす語と解して誤りなく、狭い方は普通のしやれといふ意味に用ひらるゝことゝ思ひます」との考えを示している。虚子によれば、いわゆる芭蕉七部集の一つである『猿蓑』（元禄四年刊）の丈草《じょうそう》による「跋」（「序」とあるのは誤り）の冒頭部分「猿蓑ハ者芭蕉翁滑稽之首韻《しゅきょう》也ナリ」（「首韻」は「首響」に同じ。正風の吟詠の意）における「滑稽」は、広義の「滑稽」ということになる。子規をはじめとして、当日の参会者は、最終的にはこの虚子の考えに納得したようである。ということで、蕪村の〈易水にねぶか流るゝ寒かな〉の句には、「俳諧の生命」「文学の生命」としての「滑稽趣味」が横溢《おういつ》していることになるのである。

ここで、狭義の「しやれ」としての「滑稽」について確認しておくことにしたい。明治三十一年十月五日の子規庵での輪講。参会者は、子規、そして碧梧桐、虚子の三人だけ。筆記者は、子規。この回（「冬之部」の十回）は、ディスカッション形式ではない。子規が、碧梧桐、虚子の見解をも斟酌《しんしゃく》して記したものか。これまた引用が少し長くなるが、そのまま引き写してみる。

かの暁の霜に跡《あと》つけたる晋子《しんし》が信に背《そむ》きて、嵐雪《らんせつ》が懶《らん》に倣《なら》ふ。

皃見《かほみ》せやふとんをまくる東山

晋子《しんし》（其角《きかく》のこと）の句に「顔見せや暁《あかつき》いさむ下邳《かひ》の橋」といふあり。下邳の橋は漢の張良が故事にて、張良が黄石公と約して朝早く下邳に到り、兵書を授かりし事を顔見せに翻案したるなり。張良は初め朝早く行きしも、黄石公先《ま》づ在りて其《その》遅きを叱りし故、翌朝は極めて早く行きしといふ。それを顔見せの朝早きに比して言へり。嵐雪のは「蒲団きて寝たる姿や東山」といふ句にて、京の東山を形容したる者なり。蕪村の句は其角の顔見せと嵐雪の東山とを合わせてしやれたる者にて、「まくる」といふが翻案なり。張良が信、東山の懶とふべきを、晋子が信、嵐雪が懶といふもしやれなり。一句の意は、顔見せの日は朝早く飛び起きて行くべきを、無精して寝て居る故、側《そば》の者が其寝て居る奴の蒲団をまくりたりとなり。併《しか》し、顔見せをいやがる意には非《あら》ず。顔見せをいやがつて居るのを無理に起したものと解しては殺風景になるなり。全体を単にしやれと見るべし。「まくる」といふ語には勢ありて、顔見せの勇《いさ》みは暗《あん》にこゝに現れたり。東山といふは嵐雪の句を用ひたる迄にて意味無し。もつとも京にての作なる故に、東山を使ひたるなり。

この子規の記述によって、子規グループの人々の「しやれ」に対する共通認識が窺えるように思われる。先に虚子が「滑稽」の「両意義」について言及し、「狭い方は普通のしやれといふ意味に用ひらるゝことゝ思ひます」と語っていた「しやれ」も、右のような意味内容を有する言葉と理解してよいであろう。すなわち、子規グループの人々においての「しやれ」(洒落)とは、表現にかかわっての、比較的皮相的な「滑稽」と言ってよいかと思われる(対する「俳諧の生命」としての「滑稽」は、発想にかかわっての、比較的本質的な「滑稽」ということになろう)。

少しく子規の記述に注目してみよう。まず、蕪村句〈㒵見せやふとんをまくる東山〉中の「㒵見せ」(顔見せ)であるが、今、手もとにある元禄三年(一六九〇)刊、和及《わきゅう》著『俳諧番匠童《はいかいばんじょうわらわ》』(大坂、菊屋勘四郎版)を繙くと、「十一月」の項に「顔見せ　かぶきの役者をそろへ、はつしばいを立て見する事也《なり》」と見える。十一月一日、早朝より興行された。冬の季語(「ふとん(蒲団)」も冬の季語)。この句は、『史記』の巻五十五「留侯世家第二十五」の留侯《りゅうこう》張良《ちょうりょう》のエピソードを踏まえての其角句〈顔見せや暁いさむ下邳の橋〉(『五元集』)、および嵐雪句〈蒲団きて寝たる姿や東山〉(『枕屏風』)の二作品を下敷きにして作られている。そこのところを、子規は「其角の顔見せと嵐雪の東山とを合せてしやれたる者」と述べているのである。蕪村は、其角句と嵐雪句を「まくる」の措辞で見事に繋げてみせたのである。それを、子規は「翻案」と言っている。蕪村の一句から、読者が感じるのは、知的な面白さであろう。その点で「しやれ」は、皮相的な「滑稽」に甘んぜざるを得ないのである。子規は「全体を単にしやれと見るべし」と記しているので、一句に対してさほどに高い評価を与えていないことは明らかであろう。

3 子規と鳴雪の「滑稽」観

蕪村の「滑稽」をめぐっての論争が窺える条がもう一つある。明治三十三年（一九〇〇）十月四日に子規庵で行われた輪講。子規のほかに鳴雪、碧梧桐、虚子の三人。金森匏瓜《ほうか》（宮城県生まれ）が座にあったという（見学者）。「夏之部」の三回目。これも長くなるが、蕪村の代表句の一つでもあるので、全文引き写しておく。筆記者は、虚子。

山蟻のあからさま也《なり》白牡丹

鳴雪氏曰《いわく》、山蟻が白牡丹の葉か花弁を這《は》ふてをる。地上かも知れぬが、寧《むし》ろ花弁を這ふてゐると見るのがよからう。蟻の黒いのが白牡丹に対照する処からあからさまによく見える。元来、蟻はがさ〳〵早く這ふもので、明《あきらか》に目で見えるものではない。それが有《あり》の儘《まま》すつかり目に這入つたといふので聊《いささ》か滑稽のさまがある。虚子曰、無論、花弁を這ふてゐるのであらう。其《その》花弁の白い下を這ふてゐるので蟻の黒いのが目立つのである。子規氏曰、山蟻は大きな蟻で、其《それ》が白い花弁の下を這ふてゐるので、滑稽趣味は毛頭ない。鳴雪氏曰、「あからさま」といふ所には滑稽趣味がある。仮令《たとえ》ば、稲妻がさしたので裸で行水してゐるのがあからさまによく見えるといふやうな。子規氏曰、若《も》し「あからさま」といふ語が、先生（筆者注・鳴雪先生）の仰《おっ》しやる通りならば、寧《むし》ろ「あからさま」といふ語を用ゐたのを攻撃でもせうか。兎《と》に角、あからさまといふ語があるために此《この》句を滑稽に見るのは誤つて居る。鳴雪氏曰、滑稽になると、どうしても諸君と一致しない。子規氏曰、古い物語などにある「あからさま」といふ語の意味が先生に先入してゐるからでせう。碧梧桐氏曰、山蟻の勢の強い所、即《すなわち》恐ろしいといふやうな感じが牡丹によく調和すると思ふ。子規氏曰、大きいとか、挙動の早いとか、又勢の強いといふやうな処が、牡丹の凛《りん》としてゐる所に調和するはもちろんであるが、併《しか》し主眼は色の配合に在るのである。又曰、こりや一匹かな。碧梧桐氏曰、一匹でなけりや二匹か三四匹位であらう。皆曰、蟻の数は少くなけりやならぬ。

芭蕉の〈古池や蛙飛こむ水のをと〉において、時に「蛙」の数が問題になるように、この蕪村句〈山蟻のあからさま也《なり》白牡丹〉においても、子規をはじめとして、子規グループの人々が「山蟻」の数を問題としているのは興味深いが、ここでは措《お》く。

〈山蟻の〉一句に「滑稽趣味」があるか、ないかである。鳴雪は「滑稽になると、どうしても諸君と一致しない」と言っているが、ここでは「諸君」というよりも、子規と鳴雪との関係においてである。このことは、明治三十一年四月五日に子規庵で行われた「冬之部」の四回目の輪講にも窺うことができる。筆記者は、碧梧桐。この日は「終日雨ふりやまず。為に来会者なく、単に庵主と吾とのみ。二、三の問答を試みたるのみ。余り風情なければ、書して後《のち》、鳴雪翁、虚子君等の説を問ふことゝなしぬ」といった状況であった。こんな日もあったのであろう。「滑稽」に対する子規と鳴雪との姿勢の違い（あくまでも鳴雪の立場においてであるが）が明瞭に窺えるのは、蕪村の、

老女の火をふき居る画に

小野の炭匂ふ火桶のあなめかな

の句をめぐってである。小町伝説にかかわっての古歌〈秋風のふくにつけてもあなめ〳〵小野とはいはじ芒《すすき》生ひけり〉(「通小町」『類船集』)を踏まえての作品。碧梧桐は「火桶に穴などありしを、老女といふより此《この》歌に思ひ及び、其《その》穴より小野の炭匂ふと、わざと小野の小町にかけて作りたるものなるべし。小野の炭は、昔より名高きものなり。火桶を髑髏《どくろ》にたとへたり」と解している。「老女の火をふき居る画」に対する画讃であるので、当然、煙で目が痛い意も含まれていよう。以下に掲げる部分は、手紙の交換による意見の遣り取りを再現しての記載であろう。

子規いふ、何だか面白からぬ句なり。鳴雪云、子規君面白からぬと云はるゝは、例の滑稽嫌の故なり。余《よ》が如きは、這裏《しやり》(筆者注・この句に)一種の興味を感ずるなり。但《ただ》し、故事にあらざれば然《しか》らず。

注目すべきは、鳴雪が子規のことを「例の滑稽嫌《ぎらい》」ときめつけている点である。ということは、鳴雪自《みずか》らは「滑稽好《ずき》」をもって任じていた、ということになろう。とすれば、先の〈山蟻の〉の蕪村句をめぐっての二人の論争も納得し得る。鳴雪は、一句になんとか「滑稽趣味」を見出そうとの方向で解したのであり(わざわざ「白牡丹」を選ぶ「山蟻」の行動は、確かに「滑稽」である)、子規は「滑稽趣味」の埒外《らちがい》で解したのである。――その結果としての意見の衝突であった。

鳴雪は、子規を一方的に「滑稽嫌」と評しているが、そんな子規評をある程度首肯《しゅこう》し得るような子規の「滑稽」に対する発言を見ておくことにする。ただし、これは、あくまでも子規の「滑稽」観の一側面であり、子規は「滑稽」に対して並々ならぬ関心を抱いていた。(7)

子規の、鳴雪評を誘発する要素を有する「滑稽」観が見えるのは、明治二十八年十一月十一日の『日本新聞』に連載中の「俳諧大要」の左の記述である。

俳諧は滑稽なりとて、滑稽ならざるは俳句にあらずといふ人あり。局量の小なる、一笑するに堪《た》へたり。是《こ》れ已れ偶々《たまたま》滑稽よりして俳諧に入りしかば、しか言ふのみ。

なるほど、この言葉のみに注目するならば、鳴雪が言うように「滑稽嫌」の子規が浮び上ってくる可能性は十分にある。

が、先にも指摘しておいたように、子規の「滑稽」への関心は、決して少なくない。『蕪村句集講義』における蕪村句評においても、そのことが如実に窺える。そのいくつかを紹介しておきたい。まず、明治三十一年(一八九八)二月五日に子規庵で行われた「冬之部」第二回目の左の蕪村句評(参会者は、子規のほかに鳴雪、露月、四方太)。筆記者は、子規自身である。

十夜

あなたうと茶もだぶ〳〵と十夜哉《かな》

子規曰《いわく》、十夜は十月の五日より十五日迄の間、浄土宗の寺に於《おい》て行はる。往生結縁《おうじょうけちえん》のためなるべし。だぶだぶとは、茶を注ぐ音にして、南無阿弥陀仏にかけたる語なり。盖《けだ》し、人の念仏する時、南無阿弥陀仏をつゞけさまに低音に唱ふれば「だぶ〳〵」と聞ゆる者なり。さるを茶の如き者迄も「だぶ〳〵」と念仏するを聞けば、実に尊き法の数かなと、半ば真面目に、半ば滑稽に言ひたるなり。蕪村、往々縁語を用ひ、又往々滑稽の句を作す。

これによって、子規が、蕪村の作品に「滑稽の句」の存在を認めていたことが明らかとなる。そして、そのことを否定していない。むしろ、積極的に評価せんとする姿勢が窺えるように思われる。ただし、子規における「滑稽」は、あくまでも「半ば真面目に、半ば滑稽に言ひたる」ことが肝要であったことは、これまでに見てきた子規の言説によって確認し得よう。単に「しやれ」のめすだけの「滑稽」は、本当の意味での子規好みの「滑稽」ではなかったのである。

明治三十三年六月二十日に子規庵で行われた「春之部」第十六回目の輪講(子規のほか、鳴雪、碧梧桐、虚子が参会)では、左の例が見える。筆記者は、虚子。左の例では、発言者は、子規一人。ほかのメンバーは、子規の見解に賛意を表したのであろう。

ゆく春や横河《よかは》へのぼるいもの神

子規氏曰《いわく》、横河は東塔、西塔などゝ共に叡山に在る一つの場所で、春は京都あたりに疱瘡《ほうそう》が流行して居たのが、暮春になつてそろ〳〵横河にもはやつて来た。それを滑稽に疱瘡の神が横河へ上つたといつたのであらう。疱瘡は、病気のうちでも何処か陽気な滑稽な所があるので、暮春にも利く。この趣向の滑稽にもよく利いてゐる。

「いもの神」は、疱瘡神。天然痘をつかさどる神で、この病いをまぬがれるために祈った。「いもの神」のおかげで、京都で流行していた疱瘡に罹《かか》った人々が平癒《へいゆ》した。今度は、「横河」で流行する兆《きざ》し。横河の人々は「いもの神」に祈ることになる。そこで「いもの神」は「横河へのぼる」ことになるのである。そんな内容の俳句を、子規は「滑稽に疱瘡の神が横河へ上つたといつたのであらう」と、面白がっているのである。この句でも、子規が評価しているのは「趣向の滑稽」である。

もう一例。明治三十四年三月一日に、鳴雪宅で行われた「夏之部」第八回目の輪講。筆記者は、虚子。ほかに四方太、碧梧桐。虚子は「子規氏には、講義を筆記して後《の》ち、閲を乞ふ」と記している。子規の「滑稽」への発言が見られるのは、蕪村句、

　　鮓《すし》桶をこれへと樹下に床几哉《かな》

についてである。四方太、鳴雪の見解が見られるが省略する。それを受けて、子規は、左のごとく記している。

　子規いふ、これは無論茶店で、「樹下に床几」は、前から樹下に床几があつたのでも、新たらしく移したのでも、どちらでもよい。「鮓桶をこれへ」といふのは滑稽の心持で、大将ぶつて、例へば「首桶これへ」といふ様な調子に「鮓桶これへ」と命ずるのである。其《その》床几も家のうちなどにあるのではなく、樹下に在るので、殊に大将らしく見えるのである。涼しい心地のよいところから斯《こ》ういふ滑稽も出るのである。

「首桶これへ」(典拠あるか。不詳)の「首桶」とは、切り落とした首を入れる桶。それと「鮓桶をこれへ」とをダブらせるのであるから、「滑稽」以外のなにものでもない。しかし、一句から読者に伝わり、合点させられるのは、「涼しい心地のよいところから斯《こ》ういふ滑稽も出るのである」ということである。この句も先の〈あなたうと〉における子規の評言を借りるならば「半ば真面目に、半ば滑稽に言ひたる」作品ということになる。子規における「滑稽」とは、そのようなものであったのである。この句に「滑稽」を見た子規の炯眼《けいがん》を評価すべきであろう。

尾形仂・森田蘭校注『蕪村全集第一巻 発句』(講談社、平成四年)は、この句に注して「物々しく樹下に床几を据え、芝居もどきに鮓桶を運ばせその口を切る。亭主の構えの滑稽さ」としながらも、一切、子規グループの『蕪村句集講義』には言及していない(凡例、解説においても)。明らかに、子規の右の解釈の影響下に付された頭注であろう。この『蕪村全集第一巻 発句』は、ほかにも、そのような箇所が少なくない。新派秋声会の俳人小泉迂外の口吻《こうふん》を借りれば、「一言もそれに言及しないのは身勝手で、江戸ッ子としては取上げない態度だ」ということになりはしまいか。

『蕪村句集講義』において、蕪村句に「滑稽」を見た俳人は、碧梧桐、虚子、紅緑と少なくないが、圧倒的に多いのは、やはり鳴雪である。これは『蕪村句集講義』を繙読《はんどく》すれば一目瞭然である。鳴雪の洒脱な人柄からくる「滑稽好」ということでもあろうが、蕪村自身が、子規が言うように「往々滑稽の句を作す」ということによるところが大であろう。子規グループの人々は、そこのところを見逃さなかったのである。そして、子規自身も、決して「滑稽嫌」ではなく、蕪村の「滑稽趣味」をきちんと評価していたことは、右の何例かだけでも納得していただけよう。

第四章　子規の周辺

一　新聞『日本』第一号を読む

1　『日本』創刊号異聞

明治二十二年（一八八九）二月十一日、陸羯南《くがかつなん》によって『日本』（通称『日本新聞』）が創刊された。この創刊号を手にした男の文章が残っている。その男の名前は、正岡子規。後年、『日本』を舞台として俳句革新、短歌革新を展開した人物である。そして、『日本』の創刊号を手にしての思いが窺われるのが、その『日本』に子規が明治三十四年（一九〇一）一月十六日より七月二日まで百六十四回にわたって連載した随筆『墨汁一滴』の中の二月十一日の条。十二年前を回想しての記述である。

明治二十二年二月十一日は、新聞『日本』が創刊された日であるとともに、黒田清隆内閣の下、大日本帝国憲法が発布された日でもある。同時に、憲法と並立する国家最高規範としての皇位継承等を定めた皇室典範も制定された。これらに深くかかわったのが初代内閣総理大臣伊藤博文である。そして、明治二十一年四月三十日、総理大臣を辞任し、枢密院議長に就任した伊藤博文は、明治二十二年四月『帝国憲法皇室典範義解』を執筆し、六月一日に国家学会より出版している（発行人は、金港堂原亮三郎、丸善商社書店小柳津要人《おやいづかなめ》、哲学書院井上円成、博聞社長尾景弼《かげすけ》)。そのいきさつは、本書巻末に「明治廿二年五月」の日付で、「国家学会」の名の下、「付言」として左のように記されている。

会員伯爵伊藤博文君、帝国憲法及皇室典範ノ義解ヲ編成シ、其《その》稿本ヲ本会ニ寄贈セラレタリ。君ノ意、蓋《けだ》シ学者ノ講究ニ資シ、其発売、所得ノ利ヲ以テ国家学ノ拡張ヲ補セントスルニ在リ。而《しこう》シテ国家学ノ範囲ニ属スル良著ヲ得テ、之《これ》ヲ刊行販売シ、斯学《しがく》ノ振興ヲ助クルガ如キハ、固《もと》ヨリ本会ノ希図スル所ナルヲ以テ、喜ビテ君ノ恵贈ヲ受ケ、速ニ剞劂《きけつ》(筆者注・印刷所、本書は印刷局で印刷されている)ニ命ジテ之《これ》ヲ世ニ公布ス。因テ聊《いささ》カ其縁由ヲ記シテ巻尾ニ付スト云爾《しかいう》。

ちなみに、「国家学会」とは、明治二十年二月、帝大法科大学政治学科を母体に設立された学術団体で、機関誌『国家学会雑誌』を発行(『岩波日本史辞典』)。右の「付言」に明らかなように、大日本帝国憲法の起草者伊藤博文も会員の一人であった。

そんな十二年前を回想しての子規の文章は、左のごとく記されている。時代の雰囲気を知り得るので、明治三十四年二月十一日の条の全文を引用してみる。

朝起きて見れば一面の銀世界、雪はふりやみたれど、空は猶《なお》曇れり。余もおくれじと高等中学の運動場に至れば、早く已《すで》に集まりし人々、各級各組、そこゝに打ち群れて思ひ〳〵の旗、フラフを翻《ひるがえ》し、祝憲法発布、帝国万歳など書きたる中に、紅白の吹き流しを北風になびかしたるは殊にきはだちていさましくぞ見えたる。二重橋の外に鳳輦《ほうれん》を拝みて万歳を三呼《さんこ》したる後、余は復《また》学校の行列に加はらず、芝の某の館の園遊会に参らんとて行く途にて得たるは「日本」第一号なり。其《その》付録にしたる憲法の表紙に三種の神器を画きたるは、今より見ればこそ幼稚ともいへ、其《その》時はいと面白しと思へり。それより余は館に行きて仮店《かりみせ》、太神楽《だいかぐら》などの催しに興の尽くる時も無く、夜深け(ママ)て泥の氷りたる上を踏みつゝ帰りしは、十二年前の二月十一日の事なりき。十二年の歳月は甚だ短きにもあらず。「日本」はいよ〳〵健全にして、我は空しく足なへとぞなりける。其《その》時生れ出でたる憲法は、果して能《よ》く歩行し得るや否や。（傍点筆者）

十二年前の明治二十二年二月十一日が、昨日のことのように活写されている。子規は、当日の天気を「朝起きて見れば一面の銀世界、雪はふりやみたれど、空は猶曇れり」と記している。銀世界の中での大日本帝国憲法発布の式典ということで、印象深かったものと思われる。和田克司編『子規の一生』(『子規選集』第十四巻、増進会出版社、平成十五年)の巻末には、「官報」によって東京の天気を調査しての、朝六時の天気を示した「天候一覧」が掲出されているが、それによれば、二月十一日の午前六時は雪(ちなみに十日は快晴、十二日は曇)。子規が起床した時には止《や》んでいたということであろう。この時の子規の住居は、本郷区真砂町十八番地常盤会寄宿舎(旧松山藩主久松定謨《さだこと》による事業)。子規は、明治二十一年九月十一日に一ツ橋外、神田表神保町十番地の第一高等中学校本科一年に進学しているので、「高等中学の運動場」とは、この運動場であろう。「各級各組」とあるが、子規は、一部二之組。三之組には夏目漱石がいた。須永金三郎編著、明治二十六年版『東京修学案内』(東京堂書房、明治二十六年)を繙くと、本科の修業年限は、二ヶ年。第一部は、法科・文科志望。なお、学年は、毎年九月十一日に始り、七月十日に終っている。面白いのは「思ひ〳〵の旗、フラフを翻し、祝憲法発布、帝国万歳など書きたる中に、紅白の吹き流しを北風になびかしたるは殊にきはだちていさましくぞ見えたる」の記述である。元来、船印であった日章旗(日の丸)が、法令によって国旗と定められたのは、明治三年(一八七〇)一月二十二日の太政官布達第五七号においてである(『明治事物起原』日本評論社、昭和四十四年)。「日章旗の縦幅は其横幅の三分の二、日章の位置は旗面の中央とし、日章の直径は、旗の縦横の五分の三とす」ということである。この日章旗の図は、当時の錦絵などにも描かれている。が、子規は、「思ひ〳〵の旗、フラフを翻し」と描写しているのである。この時点においては、まだまだ国旗としての意識が稀薄であったということであろうか。「フラフ」はオランダ語のVlagからきた語であり、旗、国旗の意(『日本国語大辞典』)。「フラフ」が日章旗を指しているか。「鳳輦」は、天皇の乗物。子規は、「学校の行列に加はらず、芝の某の館の園遊会に参」加したとあるが、これは、先に参照した和田克司編『子規の一生』中の「正岡子規年譜」によれば、「久松邸芝別邸で開催の祝賀の園遊会」に参加した由。そこで「仮店」(模擬店であろう)や「太神楽《だいかぐら》」(寄席芸)を楽しんだようである。

注目すべきは、

> 行く途にて得たるは「日本」第一号なり。其《その》付録にしたる憲法の表紙に三種の神器を画きたるは、今より見ればこそ幼稚ともいへ、其《その》時はいと面白しと思へり。

との記述である。子規は、紛れもなく『日本』の創刊号を、創刊日当日に手に取って見ていたのである。当時すでに新聞の売子がいたようであるから（明治二十一年刊、瘠々骨皮著『百人百色』に「新聞の配達人」が見える）、子規も松山藩旧藩主久松邸別邸の園遊会へ行く途中、売子から求めたものであろう。

たまたま手にしたのであろうが、『日本』の創刊者（社長）陸羯南と子規との関係は、浅からぬものがあったのである。

子規没後（子規は、明治三十五年九月十九日没）すぐ、明治三十五年（一九〇二）十一月十五日、『日本』の編集長古島古洲（一雄）によって『子規言行録』（吉川弘文館）が編まれているが、その序（「子規言行録序」）を陸羯南が記している。その中に羯南と子規との出会いが綴られている。それによれば、羯南と子規がはじめて会ったのは、明治十六年夏のことである。羯南は、数え年二十七歳、子規は十七歳。年齢差は、十歳。子規を羯南に紹介したのは、羯南の親友で、後にベルギー駐在特命全権公使、衆議院議員、貴族院議員、松山市長などを歴任した加藤拓川《たくせん》（恒忠）。羯南と拓川は、司法省法学校の同期（ほかに原敬、福本日南、国分青厓などが同期）。そして拓川と子規の関係は、叔父と甥《おい》。子規の母八重の弟が拓川である。明治十六年十一月、拓川がフランスへ遊学のため留守をするというので、上京したばかりの子規を羯南に紹介したのである。この時はまだ、『日本』は創刊されていない。羯南が太政官御用掛となり文書局に勤務するようになった直後のことである。その時の子規の印象を、羯南は、左のように記している。

私の宅にも丁度アナタ位の書生が居ますからお引合せしませう、と云つて予の甥を引合はした。やがて段々話《はなし》する様子を見ると、言葉のはしく〳〵に余程大人じみた所がある。対手《あいて》になつて居る者は同じ位の年齢でも、傍《はた》から見ると丸で比較にならぬ。叔父の加藤といふ男も予よりは二つもわかい男だが、学校に居る頃から才学共に優《す》ぐれて、予よりは大人であつた。流石《さすが》に加藤の甥だと此《こ》の時はや感心した。

羯南は、初対面の子規をすっかり気に入ったのである。以後、明治三十五年九月十九日に子規が三十六歳で没するまで、二人の親交は日増しに深められていった。ついでに記しておくならば、子規は、明治二十五年十二月一日より『日本』の記者として神田雉子町の日本新聞社に出社することになったのである(月給十五円)。子規が『日本』の創刊号を手にしてから、すでに三年が経過している。後に子規の俳句グループは「日本」派と呼ばれるようになるが、子規と『日本』とは、不思議な運命の糸で結ばれていたのである。

子規の日本新聞社への就職のいきさつを、面接に当った『日本』の編集長(という呼称は、正式にはなかったようであるが)古島古洲(一雄)は、その著『古島一雄清談』(毎日新聞社、昭和二十六年)の中で左のように語っている。興味深いエピソードである。

『入社したいという話だが、今は何をしているか』とたずねると、今は大学にいるがもう一年で卒業だ、という。あと一年で卒業ならば、いま急いで入社するにおよぶまい、卒業してからでも遅くないではないか、というと、彼はこうぜんとしていったよ。『実は、試験のための勉強はもはやいやになりました。ことに井上哲次郎の哲学の講義などをこのうえ聞かされてはたまらない。それに自分は元来病身だから、一日も早く所信を実行したいのです。』これは見どころがある、と思ったね。

子規はまた、「実は肺患で前途を急ぐから、この際ぜひ入社させてください」とも言ったようである。かくて、

ぼくの会う前に、陸にはしばしば会っていたそうで、陸はほぼ彼の文学上の天分を認めており、入社させてその才能をふるわして見たいという口添えもあったから、まもなく入社にきめた。

ということになったのである。子規は、終生、日本新聞社の社員であることに誇りを持っていたようである。明治三十一年七月十三日付河東銓《せん》(号は可全、河東碧梧桐の四兄)宛子規書簡に添えられた「墓誌銘」には「日本新聞社員タリ明治三十□年□月□日没ス享年三十□月給四十円」と明記されているのである。

2 『日本』第一号

私の手もとに『日本』第一号の原紙がある。今日の新聞の大きさは、ブランケット判と呼ばれているが、それよりも幾分小振りである。縦五十二・五センチ、横三十九・五センチ。本紙四ページ、

付録八ページ。一面右上の題字部分は、縦八・五センチ、横四・五センチ。その囲みの枠内の十三・一センチの部分で罫線が横に引かれ、上の部分には、ややデフォルメされた日本地図。その上に新聞名「日本」が墨書されている。下の部分には、号数である第一号、発行日である明治二十二年二月十一日、次に「紀元節(月曜日)」「旧己丑《つちのとうし》正月十二日(戊午《つちのえうま》)」、そして日出・日入、月出・月入、満潮などが記されている。

今日、一般的には、新聞『日本』と言い習わされているが(本節でも、時にそのように呼ぶが)、正式名は、単に『日本』。興味深いのは、ややデフォルメされた日本地図である。当時の領土意識を示すものであろう。突飛な例を引くが、正徳二年(一七一二)序の寺島良安著『和漢三才図会』を検索すると「大日本国之図」に逢着する。その日本地図には、北海道は記されていない。そこで『日本』のタイトルバック的日本地図に注目してみる。無論、北海道は描かれている。そして、その上に国後《くなしり》(国尻)島のほんの一部が見える。隠岐諸島も記されている。種子島も描かれている。瀬戸内海の諸島は別にして、あとは平戸島、壱岐《いき》、対馬、五島列島が描かれている。明治二十二年という時点での日本人の一般的領土意識の反映と見てよいであろう。そして、新聞『日本』は、あくまでも「日本」という国を強く意識していることが、この題字部分からも窺える。

ここでもう一度、本節冒頭で注目した子規の『墨汁一滴』の左の記述に注目してみる。この部分は、どうも子規の記憶違いではないかと思われるので、それを解決しておきたい。なにしろ十二年前の回想であるから、記憶違いがあったとしても別段不思議はない。

芝の某の館の園遊会に参らんとて行く途にて得たるは「日本」第一号なり。其《その》付録にしたる憲法の表紙に三種の神器を画きたるは、今より見ればこそ幼稚ともいへ、其時はいと面白しと思へり。

まず、子規が面白がった「三種の神器」である。先に示した伊藤博文著(正しくは「枢密院議長伊藤伯著」となっている)『帝国憲法皇室典範義解』中の「皇室典範義解」の「第二章　践祚《せんそ》即位」「第十条　天皇崩スルトキハ皇嗣《こうし》即チ践祚シ祖宗ノ神器ヲ承《う》ク」の解説(義解)において、伊藤博文は左のように記している。

恭《つつしみ》テ按《あん》スルニ神祖以来鏡、剣、璽《じ》三種ノ神器ヲ以テ皇位ノ御守ト為シタマヒ歴代即位ノ時ハ必神器ヲ承クルヲ以テ例トセラレタリ(以下略)

すなわち践祚即位に伴って継承されるところの「鏡」「剣」「璽」が「三種の神器」であり、「皇室典範」に深くかかわった伊藤博文によって「皇室典範」における「神器」が「三種の神器」であることが明記されているのである。

子規は、その「三種の神器」の画を新聞『日本』の付録の「憲法の表紙」に見たと記している。このあたりから、さすがの子規の明晰な記憶も少々怪しくなってくる。『日本』第一号は、先にも記したように本紙四ページ、付録八ページである。この構成については、本紙の三面左隅(全五段)に掲げられている「社告」に詳しいので、左に示してみる。

本社新聞初号之儀十二頁とし、其《その》半を以て雑報、其他大家先生より寄贈せられし金玉の文章を登載可　致《いたすべき》予定之処、一たび本社新聞発刊之儀を世に告ぐるや、広告の依頼非常に夥《おびただ》しく、其約束時日内に得たる分のみにて既に十三頁に満ち、更に紙面を増加せんと欲するも、郵便法に制限あり、如何ともすべからず。僅《わずか》に三頁を以て論説、雑報等の地となすを得たるの仕合《しあわせ》に付《つき》、事情宜《よろしく》敷諒察有之《これありたく》度、又商況の如きも本日は登録の地なく、已《やむ》を得ず明日より報道致す可《べ》く候間、是亦《これまた》御承知被下度《くだされたく》候也。

明治二十二年紀元節　　日本新聞社

新聞『日本』の発刊を知った諸企業より多くの広告掲載の依頼があり、紙面構成を変更せざるを得なくなった、というのである。「社告」であるので、この記事の重要度は低くない。一は読者を、一は広告依頼者を　慮《おもんぱか》っての「社告」であろう。この「社告」の通り、本来の記事（論説・雑報、寄稿など）は、本紙の一面、二面、三面のみ。本紙の四面と付録の一面より八面までは、すべて広告である。ということで、子規の言っている「憲法」は、付録には掲載されていないのである。子規の混乱は、『日本』の発刊日が、大日本帝国憲法の発布日でもあったことによって生じたものであろう。言うまでもなく、「大日本帝国憲法」は、「第一章　天皇」「第一条　大日本帝国ハ万世一系ノ天皇之ヲ統治ス」ではじまる。そして「第二条　皇位ハ皇室典範ノ定ムル所ニ依リ皇男子孫之ヲ継承ス」と続く。ここにおいて、子規の中で「付録にしたる憲法の表紙に三種の神器を画きたる」との思い込みが生じてしまったものと思われる。子規の言う「三種の神器」の画は、新聞『日本』

第一号の三面「紀元節を祝ひ奉る一言」の記事(無署名)中に見られる。意図されたものであろうが、大日本帝国憲法の発布日は、紀元節でもある。先の『日本』の「社告」も、わざわざ「明治二十二年紀元節　日本新聞社」と記している。「紀元節を祝ひ奉る一言」の中に、

維新の後、明治六年橿原《かしわら》の宮居《みやい》のむかしを忍《しの》ばせたまひて、毎年二月十一日を「紀元節」と称へ、国祭の尤《もっとも》重きものとは定めたまひしなり。

との記述が見え、「紀元節」なる呼称が明治六年(一八七三)以降に普及したことが明らかにされている。ちなみに、やや後代の書であるが、明治四十四年六月刊、若月紫蘭《しらん》著『東京年中行事』(春陽堂)の「紀元節」の項には、

此日《この》を以て三大祝日(筆者注・四方拝、紀元節、天長節)の一と定めさせられたのは明治五年十一月十五日のことで、翌年一月廿九日より此儀式あり、明治二十二年の憲法発布の当日で有る所から、立憲の記念日として時々其《その》祝典を行ふので有る。現に昨年は日比谷公園に於て立憲満二十年の盛んな祝典が行はれたので有つた。

と記されている。ただし「明治五年十一月十五日」「翌年一月廿九日」は、旧暦(太陰暦)の日付である。明治政府は、太陽暦の導入により、明治五年十二月三日を明治六年一月一日と定めた(福沢諭吉著『改暦弁』慶応義塾、明治六年)。それに伴い明治六年三月七日の布告により「神武天皇御即位日を紀元節と称」し、明治七年に「二月十一日を紀元節と定め」たのであった(細川潤次郎著『明

治年中行事』東京築地活版製造所、明治三十七年)。やや迂回《うかい》してしまったが、「紀元節を祝ひ奉る一言」においては、「三種の神器」について、神武天皇が、「皇孫に三種の神宝授け」たことが記され、

其《その》政は八咫鏡《やたのかがみ》の清く明《あきら》けく、八尺瓊曲玉《やさかにのまがたま》のとこしへに弥足《いやたら》ひ行《おこなう》のみならず、武よく戈《ほこ》を止《とど》めん御稜威《みいつ》には叢雲剣《むらくものつるぎ》をさへ寄さし玉ひてければ、この天皇《すめらぎ》の御創業はしも実に天上の儀に則り玉ひけり。

と説かれている。そして、なぜか、当然秘匿《ひとく》されてあるはずの「八咫鏡《やたのかがみ》」「八尺瓊曲玉《やさかにのまがたま》」「叢雲剣《むらくものつるぎ》」の挿画が掲出されているのである。この挿画が、子規に強烈な印象を与えて、『墨汁一滴』のごとき記述となったものであろう。それにしても、その挿画、鏡にも、曲玉にも、剣にも、すべてに「日本」の文字が印されているのである。実に滑稽である。この挿画が問題にされなかったのは、明治政府の草創期ということで、大らかな時代であったということなのであろうか。子規の感想「今より見ればこそ幼稚ともいへ、其時はいと面白しと思へり」は、当を得たものであろう。当時の二十三歳の青年にとって「祖宗ノ神器」(「皇室典範」)がいかなるものかということは、興味津々たるものがあったであろう。が、十二年経って、当時の挿画を思い出してみると、真偽のほども定かでない、というよりもかなり眉唾的、子供騙《だま》し的挿画であることに気が付いた、ということである。

3 『日本』の広告

先にも記したように、『日本』第一号の広告は、本紙一ページ(四面)、付録八ページにわたって掲げられており、これはこれで興味深い。当時の文化史の一面をかい間見ることができる。例えば、本紙四面を見ると、左隅に『日本』の購読料が出ている。それによると「一枚(筆者注・一部の意)一銭五厘」「一ヶ月三十銭」「三ヶ月八十五銭」「半ヶ年一円六十五銭」「一ヶ年三円二十銭」「二ヶ年六円」と見え「京浜ノ外逓送《ていそう》料一枚ニ付一銭申受候・代価広告料共総テ前金ニテ申受候」と付記されている。参考のために週刊朝日編『値段史年表明治大正昭和』(朝日新聞社、昭和六十三年)を繙《ひもと》いてみると、明治二十四年(一八九一)の『朝日新聞(大阪)』の月決め定価(朝刊のみ)が二十八銭とある。『日本』の購読料のほうが二銭ほど高いということになる。広告料のほうは「一行廿四字詰三十行以下」で「一回八銭」「二回以上七銭」「七回以上六銭」、「卅一行以上」で「一回七銭五厘」「二回以上六銭五厘」「七回以上五銭五厘」となっている。一つの資料として興味深い。肝腎の広告のほうでは、ビール(東陽ビール)、葡萄酒(香竄《こうざん》葡萄酒)の広告が、明治という時代とのかかわりにおいて注目される。ちなみに子規は、日本酒よりもビールや葡萄酒を好んだようである。子規の随筆『病牀六尺』の明治三十五年八月十一日の条に左のように記されている。小稿の主目的である、後に紹介、検討する『日本』第一号一面に見える陸羯南の論説「日本と云ふ表題」とも多少かかわっていると思われるので、全文引用してみる。

日本酒が此後《この》西洋に沢山輸出せられるやうになるかどうかは一疑問である。西洋人に日本酒を飲ませて見ても、どうしても得《え》飲まんさうぢや。これは西洋と日本と総ての物が其《そ》の嗜好の違ふにつれて其の趣味も異つてゐるやうに、単に習慣の上より来て居るものとすれば、日本の名が世界に広まると共に、日本の正宗（筆者注・日本酒の銘柄）の瓶詰が巴里の食卓の上に並べられる日が来ぬとも限らぬ。併《しか》し吾々下戸の経験を言ふて見ると、日本の国に生れて日本酒を嘗《な》めて見る機会は可なり多かつたに拘《かかわ》らず、どうしても其の味が辛いやうな酸ぱいやうなヘンナ味がして、今にうまく飲む事が出来ぬ。之《これ》に反して西洋酒は、シヤンパンは言ふ迄もなく、葡萄酒でもビールでもブランデーでも、幾らか飲みやすい所があつて、日本酒のやうに変テコな味がしない。これは勿論下戸の説であるから是《こ》れでもつて酒の優劣を定めるといふのではないが、兎《と》に角、西洋酒よりも日本酒の方が飲みにくい味を持つてゐるといふ事は、多少証明せられて居る。それでも日本酒好になると、何酒よりも日本酒が一番うまいと言ふことは、殆《ほと》んど上戸一般に声を揃へて言ふ所を見ると、その辛いやうな酸ぱいやうな所が、其人等には甘く感ぜられるやうに出来て居るに違ひない。西洋人と雖《いえど》も、段々日本趣味に慣れて来る者は、日本酒を好むやうな好事家《こうずか》も幾らかは出来ぬ事はあるまいが、日本の清酒が何百万円といふ程輸出せられて、それが為めに酒の値と米の値とが非常に騰貴《とうき》して、細民が困るといふやうな事は、先《ま》づ近い将来に於ては無いといふてよかろう。

日本酒と西洋酒との興味深い比較論である。そして、そこには、後で述べる陸羯南とも共通する、子規の柔軟な思考を窺知《きち》し得る。子規は、明治三十五年九月十九日に数え年三十六歳で没しているので、右の見解は、死の三十九日前に述べられたものである。この間、子規自身が体験した日清戦争があった。そして、子規没後二年目の明治三十七年二月には、日露戦争がはじまっている。いやがうえにも日本全体に「日本」意識が高揚していた時代である。そんな中でも、羯南や子規は、しっかりと西洋を見据えていたのである。明治三十四年十一月六日付で子規が親友夏目漱石に宛てた手紙の中にも左の文言が見える。「僕ハモーダメニナツテシマツタ」ではじまる書簡であり、漱石が『吾輩は猫である』の中篇の序文の中に引用していることで知られている。

僕ガ昔カラ西洋ヲ見タガツテ居タノハ君モシツテルダロー。ソレガ病人ニナツテシマツタノダカラ残念デタマラナイノダガ、君ノ手紙ヲ見テ西洋へ往《いつ》タヤウナ気ニナツテ愉快デタマラヌ。

西洋への関心がすこぶる旺盛なのである。右に見た日本酒と西洋酒の関係でいえば、子規自身が繰り返しているように、子規が「下戸」だったということが前提とはなっているが。子規が正真正銘「下戸」だったことは、門人間でも認められていたようである。例えば、河東碧梧桐は、随筆「のぼさんと食物」(昭和三年九月刊『日本及日本人』第百六十号所収)の中で「病人でなかつた昔から、のぼさんは下戸だつた。酒の味、といふものを知る機会なしだつた。尤《もっと》も、酒の味なんか、どうだつていゝ、といふだろうが」と記している。自他共に許す「下戸」ではあったが、それでも、子規は「日本の国に生れて日本酒を嘗めて見る機会は可なり多かつたに拘らず、どうしても其の味が辛いやうな酸ぱいやうなヘンナ味がして、今にうまく飲む事が出来ぬ」と記しているので、上戸下戸の問題ではなくして、日本酒の味そのものが苦手だったのであろう。対して、西洋酒であるシャンパンや葡萄酒やビールやブランデーは飲みやすいと言っている。当時、これだけの西洋酒をすでに味わっていたことは、大いに注目してよいのではなかろうか。その結果、西洋酒に軍配をあげているのである。日本とか西洋とかにかかわらず、いいものはいい、とするのが子規の価値基準の根底にあったのである。そんな子規であってみれば『日本』第一号の「東陽ビール」の広告も「香竄葡萄酒」の広告も、興味深く眺めたであろうと思われる。付録として付されている全八ページの広告は、その一つ一つが明治の文明、文化を髣髴《ほうふつ》させるものであるが、省略する(今日では、付録のある第一号は、あまり残っていないかもしれない)。

4　『日本』一面を読む

いよいよ『日本』の一面に目を通すことにする。子規も目を通した紙面である。まず『日本』創刊の趣旨を「日本」なる見出しで巻頭に掲げている。執筆者は、無署名であるが、社長兼主筆の陸羯南。『陸羯南全集』(みすず書房、昭和四十四年)第二巻に収められている。ちなみに、その巻末「解説」(編者は、西田長寿、植手通有両氏)によれば、明治二十二年(一八八九)の『日本』の一日の発行部数は、八、五八五部(一番多いのは『やまと新聞』で、二二、八二一部)。

羯南は、まず、「近世の日本は其《その》本領(筆者注・羯南は「毅然《きぜん》侵す可らざるの本領」と言っている)を失ひ、自ら固有の事物を棄るの極、殆《ほとん》ど全国民を挙げて泰西に帰化せんとし、日本と名づくる此《この》島地は漸く将《まさ》に輿地図《よちず》の上にたゞ空名を懸《か》くるのみならんとす」と慨嘆し、次いで『日本』創刊の趣旨を五ヶ条にわたって記している。興味深いのは、一ヶ条目。前文において、

「日本」は自《みずから》揣《おしはか》らず。此《この》漂揺せる日本を救ひて、安固《あんこ》なる日本と為《な》さんことを期し、先《ま》づ日本の一旦亡失せる「国民精神」を回復し、且《か》つ之を発揚せんことを以て自ら任ず。

と宣言した後で、左のように記している。

「日本」は国民精神の回復発揚を自任すと雖《いえど》も、泰西文明の善美は之を知らざるにあらず。其《そ》の権利、自由、及平等の説は之れを重んじ、其哲学、道義の理は之を敬し、其風俗、慣習も或る点は之れを愛し、特に理学、経済、実業の事は最《もっとも》之《これ》を欣慕《きんぼ》す。然《しか》れども之れを日本に採用するには、其泰西事物の名あるを以てせずして、只日本の利益及幸福に資するの実あるを以てす。故に「日本」は狭隘《きょうあい》なる攘夷論の再興にあらず。博愛の間に国民精神を回復発揚するものなり。

羯南は、これより前に「国民主義」を唱えている。羯南は、明治二十一年四月九日、『東京電報』を創刊しているが(社長兼主筆)、その第五二八号(明治二十一年六月九日発行)において、その「国民主義」を、

吾輩が斯《ここ》に用ふる「国民主義」とは英語の所謂《いわゆる》「ナショナリチー」を主張する思想を指す。(中

略）原来「ナショナリチー」とは国民（ネーション）なるものを基として他国民に対する独立特殊の性格を包括したるものなれば、暫く之を国民主義と訳せり。

と規定して、

外国の文化を採用するに当りては道理と実用とを以て標準となし、国民の性格を毀損《きそん》せざる度にまで之れを採用し、之れを日本的に同化するを力《つと》めざるべからずと。

と述べている。新聞『日本』の先の論説が、この論の延長線上にあることは明らかであろう。羯南の思想の基底部には、「国民主義」があったのである。「日本主義」ではない。あくまでも「国民主義」である。ゆえに「国民精神」の回復を希求しているのである。当時の風潮の大勢は「百事欧米の文化を模倣して之《これ》に随行せざるべからず」といった流れにあったのである。が、羯南は「日本の利益及幸福」を重視し「博愛の間に国民精神を回復発揚するものなり」と主張している。

子規は、明治二十九年に『日本』に発表した俳論『俳句問答』の第十二回目（七月二十七日付）で、

我はある俳人を尊敬することあれども、そは其著作の佳《か》なるが為なり。されども尊敬を表する俳人といへども、佳なると佳ならざる者とあり。正当に言へば我は其人を尊敬せずして、其著作を尊敬するなり。

と述べている。この考えと、羯南の、

之れを日本に採用するには、其泰西事物の名あるを以てせずして、只《ただ》日本の利益及《および》幸福に資するの実あるを以てす。

との考えは、通底していよう。羯南の思想の子規への影響は、今後の検討課題であると思われる。二ヶ条目、三ヶ条目も注目すべきもの。「国民主義」を唱える羯南にとっての「皇室」の位置付けが窺える。「大日本帝国憲法」下、「天皇ハ神聖ニシテ侵スベカラズ」と規定されていた時代における羯南の主張である。

「日本」は外部に向《むかつ》て国民精神を発揚すると同時に、内部に向ては「国民団結」の鞏固《きようこ》を勉むべし。故に「日本」は国家善美の皇室と社会利益の基礎たる平民との間を近密ならしめ、貴賤貧富及都鄙《とひ》の間に甚しき隔絶なからしめ、国民の内に権利及幸福の偏傾《へんけい》なからしめんことを望む。「日本」は国民の富力を増さんが為《た》め実業の進歩を期し、国民の智力を増さんが為め教育の改良を期す。

ここにも羯南の「国民主義」の思想が明瞭に窺われよう。羯南が目指したのは、「国民の内に権利及幸福の偏傾なからしめんこと」であった。「偏傾」は、「かたより」の意味でよいであろう。「泰西文明」における「権利、自由、及平等の説」である。「貴賤貧富及都鄙の真に甚しき隔絶なからしめん」ことの希求である。そのためには「実業の進歩」により「国民の富力を増」す必要があり、「教育の改良」により「国民の智力を増」す必要があるというのである。『日本』は、その部分に積極的にかかわっていこうというのである。先の第一ヶ条目もそうであったが、かぎかっこ付きの「日本」は、一般的な国名である日本と区別しての、『日本』の趣旨を明らかにせんとする表記である。四ヶ条目、五ヶ条目は、省略する。羯南は、続いての論説「日本と云ふ表題」においても、同様の趣旨を敷衍《ふえん》して述べている。創刊の新聞の名称(呼称)『日本』に、羯南が託したところのものを鮮明にしておこうとの意図で執筆されたものであるので、当然、先の創刊の辞である論説「日本」と方向を同じくしている。羯南は、まず、

日本は往時西洋諸国を蔑視して、毫《ごう》も其《その》事情を弁《わきま》へざりしが、一たび国を開きて此等《これら》諸外国と交を結びてより、有形無形、数多《あまた》の点に於《おい》て彼の我に優《まさ》ること遠きを知り、頓《とみ》に洋風模倣の意を生じ、百事則《のり》を彼に取るに至れり。是《これ》に於て西洋事物の我国に伝来すること、決水(筆者注・決壊により水が氾濫《はんらん》すること)も啻《ただ》ならざるは数の免れざる所にして怪《あやし》むに足らざることなれども、其《その》結果に至りては大に吾輩の望を失へる所なり。有益純良なる結果と共に、悲むべく痛むべき事実も亦《また》出現し来れり。

と記す。そして「悲むべく痛むべき事実」「極端なる西洋主義」を、政治、経済、法律、工技文芸、風俗習慣などにわたって具体的に説明し、左の結論を披瀝《ひれき》している。創刊紙を『日本』と名乗るゆえんである。引用が少し長くなるが結論部であるので、省略せずに掲出する。

今吾輩が非として論ずる所は、此《こ》の極端なる西洋主義にあり。其《その》理由は他《ほか》なし。只此の西洋心

酔を以て我国の利に非《あら》ずと信ずればなり。抑々《そもそも》今日に於て西洋諸国の我に優れたる開化を占むることは、何人たりとも之《これ》を知らざる者なかるべし。吾輩も亦《また》権利自由の説を重じ、此等《これら》諸国の法律を貴ぶ者なり。吾輩は哲学道義の理を敬し、西洋諸国の工技文芸を愛する者なり。其経済的実業的の事に感服する者なり。風俗習慣の或るものに就きても吾輩は亦西洋を欣慕《きんぼ》することなきに非《あら》ず。然《しか》れども、此等重愛《ちようあい》する事を我国に伝へて採用するに至りては、大に其適否を考へざるべからず。採用は実に主要の問題なり。吾人は西洋事物を只其《その》西洋物たるを以て採用せず。日本の利益幸福なるが故に之を採用する者なり。西洋に於て善良なる事物も、我国に移して適当ならざるものは、棄てゝ之《こ》れを顧みざるなり。吾輩が本紙を発刊するの意も亦実に此《ここ》にあり。日本のため、日本国存在のためにありて、毫《ごう》も他に非ず。読者、幸に此意を諒せば、吾輩の此の表題を掲ぐるも亦失当ならざることを知るべし。

先の論説「日本」と、論旨においてぶれはない。「国民主義」に基づいての「国民精神」の覚醒を目指しての紙名『日本』ということだったのである。右の論述に目を通すならば、羯南にあっては、西洋文明への拒否反応など皆無《かいむ》であることが見て取れるであろう。ただ「日本のため、日本国存在のために」マイナスと思われるものを排除しようとの主張であり、その主張の論述の場が『日本』だというのである。「西洋主義」でなく、「西洋心酔」でももちろんないが、決して「西洋」を拒絶するものではなく、「日本の利益幸福」を念頭に、その「適否を考へ」ようとする場が『日本』であるというのである。この主張が紙面の一段目後半から二段目、そして三段目の前半にかけて展開し、三段目から四段目にかけては、これも羯南の論説である「日本国民の新特性」が記されている。羯南の言う「日本国民の新特性」とは、「建国二千五百年一系不易の帝室」をも「一特性」と見なし、「国民主義」（羯南は、「国民旨義《しぎ》」なる言葉をも用いている。政治学者丸山真男が昭和二十二年（一九四七）の『中央公論』二月号所収の論文「陸羯南 人と思想」において注目し、評価したのは「国民旨義」）を唱える立場から注視しているのは「憲法」（「大日本帝国憲法」）である。これに「日本国民の新特性」を見ているのである。羯南は、言う。

吾輩は『日本』なる此《こ》の新聞紙上に於て始めて筆を執るの今日に当り、日本社会の現況を通観するに、上は鶴舞ふ千代田の御庭《みにわ》より、下は汐汲む海士《あま》の苫屋に至るまで、佳瑞《かずい》の気、到処《いたるところ》に棚引きて、日本と云へる思想の常に勝《まさ》りて勃興《ぼっこう》するを覚ゆ。此の思想は実に国民的思想にして、今日此の佳節（筆者注・紀元節）に当り、其《そ》の特に勃興するは固《もと》より自然の効果なりと云ふべし。

と。ここにも、羯南の「国民主義」（国民旨義）が窺える。羯南にとって、「日本と云へる思想」は、あくまでも「汐汲む海士」を巻き込んでの「国民思想」でなければならなかったのである。しかして、

君民偕和《かいわ》の間に憲法の発布あるは「日本国民の新特性」なりとすれば、豈《あ》に亦《また》日本国民の特性たらざらんや。而《しこう》して此《こ》の特性を保続するの方法如何《いかん》は、憲法其《その》物の如何に由《よ》らずんばあらず。

と結論している（この時点で、羯南は「吾輩は未《いま》だ憲法其物《そのもの》の如何を知らず」と記している。披見前の見

解ということである)。

以上見てきたように、創刊された『日本』の一面は、羯南の独擅場《どくせん》。羯南以外では、わずかに四段目の中頃より五段目にかけて、地理学者、思想家志賀重昂《しげたか》が「『日本』の発刊豈《あ》に偶然ならん」の稿を寄せている。左に結論部のみ引用しておく。

『日本』の発刊する、豈に偶然ならん。『日本』の発刊は時なり、勢なり。日本社会進化の次第なり。明治廿二年二月十一日は、大日本帝国憲法発布の当日なり。独り憲法発布の当日のみならず、亦《また》大日本帝国独立復興(無形上の)当日なり。『日本』第一号は、大日本帝国独立復興の檄文なり。予輩豈に此の記憶すべき月日を軽々に消費すべけんや。

やっと新聞『日本』第一号の一面を読み終った。社長兼主筆である陸羯南の創刊の意図は、十分に読み取れたように思う。

『日本』の編集長的立場にあった古島一雄は、後年、『古島一雄清談』において、羯南を、

『日本』新聞の陸羯南などの議論は、反動どころか進歩的民主主義であった。

と評しているが、この言、右に見てきたところにより十分に首肯されよう(丸山真男が指摘するように不徹底なものではあるが)。

二　子規と閨秀作家中島湘烟

1　中島湘烟のプロフィール

明治期、閨秀作家として、また自由民権、男女同権運動家として活躍した人物に中島湘烟《しょうえん》がいる。本名俊子。男爵中島信行夫人。著書に『函入娘・婚姻之不完全』(駸々堂本店、明治十六年)、『善悪之岐《ふたみち》』(女学雑誌社、明治二十年)など。文久三年(一八六三)、京都三条通の呉服商岸田茂兵衛の長女として生まれ、明治三十四年(一九〇一)五月二十五日、大磯に没している。享年、数え年三十九。明治二十年(一八八七)以降、保安条例公布により横浜太田に隠棲した湘烟であるが、自由民権、男女同権運動家としての湘烟の活動を振り返って、明治三十二年四月十九日付の『報知新聞』は、次のように回顧している。

当時名うての弁者代わるがわる演じ去りし後へ登壇したるは、是《これ》ぞ岸田俊子とて年も十九の花盛り、白襟三枚襲《かさ》ねに島田髷の出立《いでた》ち、以前大内《おおうち》へ宮仕へせし身とて、上品なる動作最《もっ》ともしとやかに壇上に現はるゝや、喝采先《ま》づ湧くが如し。党（筆者注・自由党の別動隊である立憲政党）

の人々、斯《か》る女性にはあれど、如何《いか》なるものかと危《あやぶ》み合ひしが、其《そ》の音声《おんじょう》は高きにあらざれど、澄み渡りて四隅に透り、説き来り説き去つて秩序あり段落あり、滔々《とうとう》数万言、淀みなき間に、又人に感動を与ふるの意気あり。其頃《そのころ》女の演説なるもの未だ聞きしことなき聴衆は、唯々呆気《あっけ》に取られ、拍手喝采する許《ばか》りなりしと云ふ。

若き日の湘烟（岸田俊子）の活躍の様子が髣髴《ほうふつ》とする。

明治三十四年五月二十五日の逝去を、五月三十日付『日本新聞』は「湘煙《（ママ）》女史中島俊子　昔は民権家の岸田俊女」の見出しの下、次のように報じている。

去る二十五日湘南の病舎に永眠したる故中島信行男の未亡人（筆者注・中島信行は、明治三十二年没）俊子は、数年来其《その》病床に在るや枕頭「我家の日誌」なる者を備へ、日常の出来事を一切記入すること〻なし、且《か》つ之《これ》に雑《まじ》ゆるに和歌、俳句、漢詩を以てしたる由なるが、瞑《めい》するに先《さきだ》ち左の一句を同日誌の名残として辞世したりと。

藪入《やぶいり》に鳥渡《ちょつと》そこまで独旅行《ひとりたび》

女史危篤の報、鎌倉円覚寺なる宗演師の許《もと》に達するや、師は故信行男及女史とも法縁浅からざることとて、直《ただち》に馳《は》せて大磯に赴きたるも已《すで》に事切れたる後なりければ、悼惜《とうせき》措《お》く所を知らず。即座に左の弔偈《ちょうげ》を賦《ふ》し、併《あわ》せて「葆光《ほうこう》院月洲湘烟大姉」の法号を贈られたりと。

悼湘煙《（ママ）》女史

自知三十九年非。忽唱巴歌出旧扉。従是新行誰結伴。一声鵑叫不如帰。

因《ちなみ》に同女史の葬儀は今三十日午後二時、大磯天運寺に於て執行する由にて、宗演師は之れが導師たりと。

辞世として、滑稽性豊かな俳句が紹介されているのが面白い。盆の「藪入」までには少し間があるが、死を前に、泰然自惹として戯《おど》けてみせたのであろう。記事中、病床で記していた日記「我家の日誌」について触れられているが、この日記と思われるものが、湘烟没後に公刊されている。

2　『湘烟日記』を読む

すなわち、没してから二年後の明治三十六年三月五日に発行されている『湘烟日記』(育成会)がそれである。編者は、石川栄司、藤生貞子。一書の中には「一　中島男爵家を訪ふ」「二　女史の略歴」「三　病中日誌」「四　詩抄」「五　漫筆(こゝちよき)(一沈一浮)」が収められている。その中心をなしているのが「病中日誌」である。

冒頭に収められている「中島男爵家を訪ふ」は、編者の一人藤生貞子(藤生てい)による大磯中島家訪問の記。七十九歳の湘烟の母から「病中日誌」「こゝちよきこと《(ママ)》」、湘烟の写真などを貸与されたいきさつが記されている。別に自由民権、男女同権運動家時代の日記も残っていたようであるが、これについては借り受ける許可が下りなかったようである。次のように記されている。

夫《それ》はある事はあるけれども、本人(筆者注・湘烟)の遺言にて、私(筆者注・湘烟)が元《も》と書いた処の日誌は決して人に見せて呉《く》れるな、夫《それ》には政治上の事や、或《あるい》は色々と世の中の事を罵《ののし》つた事もあり、又牢屋の苦しみを受けた時の事、又夫《おつと》と共に外国に公使として出た時の事（筆者注・夫中島信行はイタリア駐在公使をも務めた）もありまして、其《そ》の間には余り人に公にする事を望まぬ事があるから、是丈《これだけ》は人に見せぬで呉れと云ふ本人の遺言であるから、どうもあなた（筆者注・藤生貞子）に日誌を貸して遣《や》ると云ふ訳には行かぬ。遺憾《いかん》ながら夫丈《それだ》けは出来ぬ、と申されました。

湘烟の母が語る「牢屋の苦しみ」については、編者石川栄司が記す「湘烟女史の略歴」の中に次のように記されている。

明治十六年一月、女史滋賀に入り例によりて学術演説会を開く。聴衆数千、戸《こ》に溢る。女子（ママ）懸河《けんが》の弁（筆者注・よどみない弁舌）は、端《はし》なくも忌諱《きい》に触れて、臨場警官の為《た》めに捕はる。哀れ繊弱可憐の旧官女は、遂に新獄中の人となる。当時、寒天十襲（筆者注・襲《かさね》着十枚）、尚ほ且《な》つ《か》寒さを感ずるに、悲惨なるよ牢舎《ろうや》の責苦《せめく》。朔風室に満つるに、板の如き布団一枚にて僅《わず》かに寒《さむさ》を凌《しの》ぎしとは、今尚母堂が涙ながらに語る所なり。

湘烟は、こんな体験もしていたのである。ただし、一月は、十月の誤りか。明治十六年（一八八三）十月十九日付『朝野新聞』は、次のごとく報じている。

有名なる女弁護士（ママ）岸田俊子は、去る十二日の夜、滋賀県大津四の宮の劇場にて学術講演会の節、箱入娘といふ題にて滔々《とうとう》弁ぜられたるが、閉会の後、該演説は政談に渉《わた》りしとて、直《ただち》に警察署へ拘引になり、監獄署へ送られしかば、門人なる太刀フヂ女が、何卒《なにとぞ》妾《わたくし》へ御引渡相成度《たく》と懇々願ひ出《い》でられしも聞届られざるゆゑ、潸然《さんぜん》として溢るゝ涙を袖にて掩《おお》ひ、退散されしとぞ。

一月か十月かはともかく、右のごとき獄の生活を体験しながらも、その主義、主張は揺るがなかったようである。石川栄司は、

女史が堅固の主義は、また変るべくもあらず。益々《ますます》平民と女子との権利を主張し、演説に新聞に所信を吐露《とろ》して忌憚《きたん》することなかりき。

と記している。

ということで、いよいよ「病中日誌」を繙《ひもと》いてみる。残された「病中日誌」の総てではなく、抄録であることが付記されている。

日誌は、明治三十四年三月十九日から始まっており、死の四日前である五月二十日まで綴られている。その間の病床の湘烟の楽しみの一つは、新聞を読むことにあったようである。五月一日の条には、

書斎に座し、新聞紙を手にすれば、胸轟《とどろ》きたり。何が為にとゞろきしぞ。何となくうれしさに堪《た》へざればなり。

と記されている。私が注目するのは、四月十六日の条。朝、血痰が出ている。その記述の後に、次のように記されている。

午食は為《な》し得ずして枕に就きしが、体温は九度強、脈は百余。医来り、かやうにあかきもの出《いで》ては、と驚きぬ。だまされると思召《おぼしめ》して薬用ひ給へといふ。左様、モーだまされごろならんと吾《われ》笑ふ。

先の辞世句もそうであったが、湘烟のユーモアのセンス、なかなかである。続いて、次のように綴られている。

投薬して一時間、御容体見んと座して、傍《かたわ》らの新聞を手にす。其《その》日本新聞の中に墨汁一滴といふ題があるならん、よみて聞かせてくれよ、といへば、こゝなりと母君指示《ゆびさ》し給ふ。吾《われ》耳を傾く。彼(筆者注・医師)何をきかせしかすこしも分らぬ中、余り不思議の語ありて、忘れもせずあとによみて見んとおもふ。

大いに注目すべき記述である。新聞好きの湘烟が購読していたのは、『日本新聞』だったのである。そこに掲載されている「墨汁一滴」が、湘烟が特に楽しみにしていた読み物だったのである。正岡子規は、慶応三年（一八六七）の生まれであるので、湘烟より四歳年少。この時、湘烟三十九歳、子規三十五歳である。「墨汁一滴」は、明治三十四年一月十六日から七月二日まで、百六十四回にわたって『日本新聞』に子規が連載した随筆。湘烟は、それがはやく読みたくて、往診に来ていた医師に朗読を依頼したのである。傍《そば》に居合せた母は、医師に「墨汁一滴」の掲載場所を指で教えた。ところが、医師には文学の素養がまったくなかったようである。湘烟は、聞いていてもその内容がさっぱり理解できなかった、と記している。そして、病状が落ち着いてから自分で読んで確認しようとしたのである。結末の部分を記してみる。

其《その》不思議の語とは、栗をとるねずみの骨がといふにあり。其《その》帰り去るを待ちかねて見れば、把栗、鼠骨なる二人の雅号にてありしに、吾独りふき出しぬ。

湘烟のみならず、読者もまた笑いを禁じ得ないであろう。把栗は、福田把栗《はりつ》、鼠骨は、寒川鼠骨《さんがわそこつ》。ともに子規門の俳人である。医師は、俳人の名前などには、まったく関心がなかったであろうから、苦心して「栗をとるねずみの骨」と読んだのである。

念のため明治三十四年四月十六日付の『日本新聞』に掲載されている「墨汁一滴」を見てみると、

把栗鼠骨が一昨年我病を慰めたる牡丹去年は咲かずて
　三年目に蕾たのもし牡丹の芽

と見える。句読点が付されていないのである。これでは、俳句に関心のない医師であってみれば、誤読もやむをえないところであろう。

3　中島湘烟と正岡子規

湘烟が子規の「墨汁一滴」に特に関心を持っていたのは、同じく病床に身を横たえている者同志としての親近感によるものと思われる。「墨汁一滴」の連載がはじまってすぐの、明治三十四年一月二十四日付の『日本新聞』に、子規は次のごとく記している。この記述、当然、湘烟も目を通していたであろう。

年頃苦《くるし》みつる局部の痛の外《ほか》に、左横腹の痛、去年より強くなりて、今ははや筆取りて物書く能《あた》はざる程になりしかば、思ふ事腹にたまりて心さへ苦しくなりぬ。斯《か》くては生けるかひもなし。はた如何《いか》にして病の牀のつれ〴〵を慰めてんや。思ひくし（筆者注・屈《く》し）居る程にふと考へ得たるところありて、終に墨汁一滴といふものを書かましと思ひたちぬ。こは長きも二十行を限とし、短きは十行、五行、あるいは一行二行もあるべし。病の間をうかゞひて、其時《そのとき》胸に浮びたる事、何にてもあれ書きちらさんには、全く書かざるには勝《まさ》りなんか、となり。

この記述、湘烟にとっては、すこぶる衝撃的であったと思われる。湘烟は、子規の病状に並々ならぬ関心を持ち、自らと比べている。「病中日誌」の四月七日の条では、子規の病状と自らの病状とを比較しながら、縷々《るる》筆を費している。それを見てみよう。引用がやや長くなるが、子規とまったく面識のない一文学者が子規に言及している貴重な資料なので省略せずに掲出してみる。いわば、子規の読者の、子規への思い、といったところである。

子規がこのごろ絶えず左肺がふつ〳〵と音するやうになりぬ、と筆《ひつ》す。吾之《われこれ》を読みて、実に世の中は道中双六《すごろく》の如きものなり、吾は人のあとを追ひ、人又吾のあとを追ふ。東京両国橋を出立して、望むところは、はやく京の御所に着せんとなり。其《その》道中、運よく川どめにも逢はぬもあれば、酒銭《さかて》を費して三、四日の滞在せねばならぬ不運ものもあり。されど此《この》運不運もとんとあてにならぬなり。三、四日滞在して居《お》るかと見れば、六の数四、五回も続けば、乍《たちま》ち人を飛越へ、のりこへて、先鋒《せんぽう》となる事も往々あるなり。又、早くすゝみすぎて、再び三井寺辺につきもどさるゝもありて、鳥渡《ちよつと》容易には入洛出来ぬところが妙なり。吾と子規の病気の順も、此すごろくによく似たり。世の中の病者、吾と子規とにも限らねど、彼時々病況を筆するを以て、殆病《ほとんどやみ》兄弟の如き心地するも、亦為何縁《またなんのえんたる》ぞ。子規の左肺はこのごろふつ〳〵といふと。吾は五年以前より絶《たえ》ず此《この》音するのみならず、今は胸部全く鳴り、やかましくて眠《ねむ》られぬ事もあり。数日前、医に何故《なにゆえ》にかくは音するぞと問へば、骨がこすれるにて候、といひしが、果してさる事のありしものにや、素人《しろうと》は鳥渡合点のゆかぬ議論なり。五年前に吾の覚えあるものを、子規今、稍《ようや》く知るとすれば、吾は滋賀にいりて、子規は尚《なお》美濃路をあゆむものゝ如し。この順にゆけば、無論吾は早く其《そ》の目的地に達するわけなれば、其の数の出《で》によりて、幾回三井寺にあともどりするやはしれず。其《その》内子規は一直線に御所に着するも知れず。御所に着すれば、又やがて東京の両国橋よりはじめねばならぬとすれば、先《まず》三井寺辺に幾久《いくひさ》しく滞在するはよかんめれなど思ふ中《うち》、又もや子規いかにしてかくせきこみしか、人間一匹返上仕候、幽霊になりて折々帰り得らるゝやう特別を以て取はからひくれ云々《うんぬん》、とある。名宛は、地水火風御中とある。流石《さすが》の子規も地水火風には頭は上《あが》らぬと見へて、嘆願書を出《いだ》すが可愛《かあい》らし。此婆婆《このしやば》でこれ程いぢめられても、猶《なお》こりづまに（筆者注・しょうこりもなく）幽霊となりてまで来たしとは、奇怪千万、人間の中《うち》から足のない子規、この上幽霊になつたら何とするぞ。モーそんな面倒なる嘆願はよせよ、といひやりたきも縁なければやみね。

湘烟が子規に親近感を持っていることが文言のあちらこちらから窺えるであろう。自ら「病兄弟の心地する」と述べているのである。湘烟の病、しばしば血痰や高熱に悩まされているので、肺結核と思われる。五年前の発病と書かれている。五年前は、明治二十九年（一八九六）。奇《く》しくも、子規が結核性のカリエスにより臥褥《がじよく》の生活を余儀なくされた年である。湘烟は「五年前に吾の覚えあるものを、子規今、稍く知る」と記しているが、湘烟が子規の病状を把握するのは、「墨汁一滴」を通してであるので、子規の詳細な情報は把握し得ていなかったということであろう。

やや理解しがたいのが、湘烟が比喩的に用いている道中双六である。道中双六は、回り双六の一種で、賽《さい》の目の数によって道中を進み早く上がることを競う遊戯であるが、この道中双六によって何を表現したいのかがちょっとわからないのである。東京両国橋から京の御所までであることは示されているが、御所に到着する（上る）ということは、何を意味するのであろうか。「御所に着すれば、又やがて東京の両国橋よりはじめねばならぬとすれば」とは、どういうことなのか。どうもわからない。湘烟は、「吾と子規の病気の順も、此すごろくによく似たり」と記している。道中双六が「病気の順」、すなわち重篤に向っての早さ、ということであるならば御所に到着するとは、死を意味することなのだろうか。だとしたら「御所に着すれば又やがて東京の両国橋よりはじめねばならぬ」とは、輪廻転生によって再び人生を繰り返すことを言いたいのであろうか。あるいは湘烟のユーモアか。いまひとつわかりにくい比喩である。

それはともかくとして、湘烟は、右の文章を、「墨汁一滴」のどの条に目を通しながら書いているのであろうか。冒頭、子規が「このごろ絶えず左肺がふつ〳〵と音するやうになりぬ」と書いている、と記している。そこで「墨汁一滴」に目を通していくと、湘烟が日誌を書いているのと同日の明治三十四年四月七日付の『日本新聞』の「墨汁一滴」に、子規は、

　此頃は、左の肺の中でブツ〳〵〳〵といふ音が絶えず聞える。これは「佛佛佛佛《ぶつぶつぶつぶつ》」と不平を鳴らして居るのであらうか。或は「物物物物」と唯物説でも主張して居るのであらうか。

と記している。湘烟は、この一節に目を通して、すぐに先のごとき長文を綴ったのである。待ち兼ねるように「墨汁一滴」を愛読していたということである。

もう一つの「地水火風御中」のほうは、何日掲載分なのであろうか。こちらのほうは、不思議なことに、四月九日掲載文である。そこにおいて、子規は、

一　人間一匹

右返上申候。但《ただし》時々幽霊となつて出られ得る様、以特別御取計可被下《おとりはかりくださるべく》候《そうろう》也《や》。

明治三十四年月日　　何がし

地水火風御中

と記しているのである。湘烟の「病中日誌」は、四月八日も、四月九日も綴られている。ということは、どういうことかというと、気分のいい時に数日分まとめて書いた、ということであろう。私的な日記が、毎日、規則正しく綴られていく、などということは、健康な人間においてもまずないことであろう。とすれば、湘烟の「病中日誌」の四月七日の条に四月九日の新聞に載っている「墨汁一滴」のことが書かれていても、不思議でもなんでもない、ということなのである。四月九日に四月七日のことを綴れば、四月九日の新聞は、当然、座右にある、ということなのである。

子規が右の一文を記したことを、湘烟は「又もや子規いかにしてかくせきこみしか」と疑義を呈している。「せきこむ」は「急《せ》き込《こ》む」で、あせるの意味であろう。なぜ死に急ぐのか、というのである。しかも「時々幽霊となつて出られ得る様、以特別御取計可被下候也」に対しては、「此の娑婆でこれ程いぢめられても、猶こりづまに幽霊となりてまで来たしとは、奇怪千万」との感想を述べている。かなり手厳しいが、背後には「病兄弟」としての愛情がひしひしと感じられる。死を願う子規の苦しさが理解できたのであろう。

ところで、先の明治三十四年五月三十日付『日本新聞』の湘烟の死亡記事、子規も確実に目を通していたはずである。どのような思いを抱いたであろうか。「墨汁一滴」には別段何も記されていない。

子規が没したのは、翌明治三十五年（一九〇二）九月十九日。享年三十六であった。

三　子規と小杉天外

1　『子規全集』内容見本中の天外の文章

アルス版『子規全集』の大正十五年（一九二六）七月よりの刊行を知らせる内容見本の巻末に「子規に対する諸家の感想」と題するページが設けられている。全二十一ページ。諸家が子規とのかかわりをテーマに、短文を寄せている。諸家とは、佐藤春夫を筆頭に、芥川龍之介、相馬御風、古泉千樫、寺田寅彦、土岐善麿、齋藤茂吉、長谷川如是閑《によぜかん》、室生犀星、三宅やす子、平田禿木《とくぼく》、平福百《ひゃく》穂《すい》、吉植庄亮《しょうりょう》、土井晩翠、与謝野寛、中村吉蔵、島田青峰、土田杏村、川路柳虹、加藤武雄、内田魯庵《ろあん》、岡村龍彦、松本烝治、中川一政、入澤達吉、河井酔茗《すいめい》、杉村楚人冠《そじんかん》、笹川臨風、萩原朔太郎、小杉天外、新《に》居格《いいたる》、高須芳次郎、井澤弘、岡本かの子、小川剣三郎、林若樹《わかき》、野上豊一郎、野上弥生子の三十八名。中で、今、私が注目しようとしているのは、小杉天外の「正岡子規と私」と題する一文である。さほど長い文章ではないので、まずは、左に全文を引用してみる。改行は無視して引用する。

私の家では祖父が俳諧をやつてゐたので、そんな関係からか俳句が非常に好きであつた。それで俳句には若い頃から注意し、正岡さんの新運動には殊の外《ほか》注意してゐた。その頃正岡さんがやつてをられた日本新聞も常に読んでゐたし、また、自分の俳句や小説を度々見て貰つたこともある。慥《たし》か明治二十七年だつたと思ふ、正岡さんは自分の新聞に私の処女短篇小説「どろ〳〵姫」を推薦してくれたりして私を可愛がつてくれる、私も氏を慕つてゐたやうな仲で、谷中の三崎町にゐた時代などは、わざ〳〵私の家まで訪ねて来てくれたりした。矢張り谷中の鶯横町にゐた頃は、私は二軒長屋の東の方に居り、正岡さんは同じ長屋の西の方にゐたといふやうな関係であつた。その頃私は俳句をやれと切《しき》りに奨《すす》められ、その内容としては人情に基いた句を作れと言はれたものである。それで、私が病を得て小田原へ行つてゐた頃はよく俳句を作つたものである。興津に居つた頃わざ〳〵見舞に来たりなどして、その都度私に句を賜《たまわ》られた。

春風に吹かれて君は興津まで

病む人の病む人を訪ふ小春かな

こんな句は、その時々に私のために詠まれた句である。そんな関係だつたので、正岡さんの著書の殆《ほと》んど総べてを持つてゐたが、全集となると私がこれまでに持つてゐる以外のものも這入《はい》つてゐやあしないか、といふ考へもあつて矢張り纏めて揃へたい気がして来る。私は正岡さんの和歌が一番好きであつて、私が家庭で自分の子供に和歌を教へたといふのも、つまりは正岡さんのものに感服した結果であつて、子供はその和歌に依つて何《ど》れだけ育てられたか、導かれたか知れない。兎《と》に角、今全集が出るといふことは嬉しい気がします。

正岡子規の視点からも、小杉天外の視点からも、そして両者の交流の視点からも、内容の濃い文章である。この文章を綴っている天外、慶応元年（一八六五）に生まれて、昭和二十七年（一九五二）に没している。享年、数え年八十八。子規が慶応三年の生まれであるので、子規より二歳年長ということになる。秋田県生まれ。斎藤緑雨門。

そこで、天外の文章に注目してみることにする。天外の生家は「農を業として兼ねて醬油醸造絞油呉服太物商等を営んでゐ」た（松本龍之助著『明治大正文学美術人名辞書』立川書店、大正十五年）ようである。そんな中で、祖父が俳諧に親しんでいたと記している。その影響で、天外自身も若い頃から俳諧に関心があったようであり、子規という存在も、「新運動」も自ずから視野の中に入っていたと述べている。子規の動向は、『日本新聞』を通して把握していたようである（「正岡さんがやつてをられた日本新聞も常に読んでゐた」）。天外は、明治十六年（一八八三）、数え年十九歳の折に一度上京しているが、徴兵検査のため明治十八年に帰郷、そして二十二年再び上京、ということであったようである（伊藤整編『小杉天外 小栗風葉 後藤宙外集』筑摩書房、昭和四十三年、所収の大塚豊子編「年譜 小杉天外」参照）。子規と天外との交流は、明治二十二年以降ということになろう。

2 天外の子規宛書簡

今日、子規の天外宛書簡は、全四通残っている。それぞれ、明治二十八年一月一日付、同七月二十三日付、明治二十九年九月九日付、明治三十年十二月十一日付である。いずれも、その内容において、本節とは当面、直接かかわらない。対する天外の子規宛書簡は、二通残っている。一つは、明治二十九年八月十七日付、もう一つは、同年九月十四日付である。この中で、前者の書簡が、本節とかかわってすこぶる興味深い一節を含んでいる。この時、子規の住所は、東京市下谷区上根岸町八十二番、差出し人である天外の方は、羽後国仙北郡六郷町となっている。この住所は、天外の故郷の実家の住所である。先の大塚豊子氏の年譜では明らかにされていないが、明治二十九年六月十五日の三陸大地震による一時帰郷ということであったのであろう（同年九月九日付の天外宛子規書簡には「先日ハ御地大地震にて六郷全潰《ぜんかい》との報に接し、先づ肝潰《きもつぶ》れ候へども、全潰とありてハ気遣ひも気づかひなれど、手紙出した処でどんなものかとわざとひかえ候」との文言が見える）。

天外は、まず、子規の病状を案じて左のように記している。

> 小生等を以て見れば、十分に御治療なされ候とも申されず候。其《その》処には種々と事情もあるべく、又厳たる御観念（筆者注・考え）も有之《これある》べく候へども、今一入《ひとしお》こゝに意を用ゐ玉はゞ、歩行の自由なる位に至るは容易の儀と存ぜられ候。（中略）智慧といふもの無き小生なれば辱知《じょくち》の恩に酬《むく》ふ

べきの術《すべ》も知らず候。只一日にても此《こ》の世に長くゐまし玉《たま》ふを望む念のみ切に候へば、誰よりも五月蠅《うるさく》すゝめ上《あげ》候ひしならん言葉なれども、猶《なお》御治療に力を致されんこと希望にたへず候。

先にも述べたように、天外、子規より二歳年長ではあるが、後に述べるがごときいきさつもあり、心底より「辱知の恩」を感じていたようである。それが、執拗《しつよう》なまでに子規に「治療」を勧める結果になっているのであろう。子規に対する「只一日にても此《こ》の世に長くゐまし玉ふを望む念」の吐《と》露《ろ》は、あまりに直截で、その大胆さにびっくりさせられるが、それだけ子規を思う気持ちが強かったということであろう。この書簡を受け取った子規も、決して不快な思いはしなかった筈である。

——ということで、私が大いに注目した一節を見てみる。左のように記されている。

俳句に就きての御教訓毎度ながら、小生如き俗骨を御見かぎり無く丁寧にお示し被下《くだされ》、千万難有《ありがたく》存候。近ごろは暑気の為かして心地よからず、駄句も出すべき気力無之《これなく》相成申候。過日、日食のをり、

　日蝕やかツたい窓をのぞきけり

未《いま》だ俳味といふことも分らず候へば、句になることやら、ならぬことやら、夢中にて候。

大変面白い。先に全文引用した「正岡子規と私」の一文と重ね合わせると、俳句という文芸を中にしての子規と天外の関係が浮び上がってくる。ただし、今日にあっては、その真相を解決し得ない事項もある。最も面白いのは、子規と天外が隣同士だったという記述である。天外は、左のよう

に記している。

谷中の鶯横町にゐた頃は、私は二軒長屋の東の方に居り、正岡さんは同じ長屋の西の方にゐたといふやうな関係であつた。

ところが、これがはっきりしないのである。この文章を書いているのが、仮に大正十五年(一九二六、この年十二月二十五日に昭和と改元)とすると、子規が没して(子規は、明治三十五年九月十九日没)、すでに二十四年が経過している。天外(大正十五年の時点で、六十二歳)の記憶が、やや混乱している、ということも十分に考えられる。子規が、恩人、日本新聞社社長陸羯南の西隣、上根岸町八十八番地より、東隣の上根岸町八十二番地に転居したのは、明治二十七年(一八九四)二月一日のことである。子規門の寒川鼠骨は、その著『正岡子規の世界』(青蛙房、昭和三十一年)の中で、

八十二番地への移転は、廿七年の一月に子規居士を編輯長として新聞「小日本」を創刊する議が決し、俸給も三十円に増額された為に、やゝ高い家賃を奮発し、羯南先生の東隣りに空家が出来たのを幸ひとして断行されたのであつた。

と述べ、「市町名は上根岸八十二番地であるが、通称は鶯横町であつた。(中略)近く上野へ登る渓径《けいけい》に鶯渓《うぐいすだに》の名があつたやうに、此《こ》の横町も樹々の茂りに鳴き移る鶯が多かつたため名づけられたのである」としている。「鶯横町」は、上根岸町八十二番地界隈の通称だったのである。が、子規の住居は、一戸建(河東碧梧桐著『子規の回想』昭南書房、昭和十九年の中に子規庵の看取図が示されている)。

どうも天外の記憶違いのようである。が、ごく近隣に住んでいたことは間違いないであろう。

天外は続ける。

その頃私は俳句をやれと切《しき》りに奨められ、その内容としては人情に基いた句を作れと言はれたものである。

この記述も大変興味深い。明治二十七年(一八九四)といえば、子規が洋画家中村不折と巡り合い、「写生」の理論を確立した年である。そのような状況下で「人情に基いた句を作れ」と言われたというのである。もし、この天外の記述が信憑性《しんぴょうせい》のあるものだとしたら、子規の真意がどこにあったのか、ということは、大いに吟味しなければなるまい(第三章第一節参照)。――ただし、これらの記述は天外の三十数年前の記憶に基づいてのものであるので、いささか心もとない点もある。対して、書簡のほうは、子規生前に子規に宛てたものであるだけに信憑性を問題にする必要は、まったくない。

子規が天外に対して熱心に俳句の指導をしていたことは、間違いないようである。子規に対しての「俳句に就きての御教訓毎度ながら、小生如き俗骨を御見かぎり無く丁寧にお示し被下《くだされ》、千万難有存候《ありがたく》」との文言に、それを窺うことができる。このような指導を受けていた天外であれば、天外の伝える子規の言葉「人情に基いた句を作れ」も、あながち否定し得ないように思われる。

そんな指導の下に、天外が子規に披瀝《ひれき》した作品が、

日蝕やかツたい窓をのぞきけり

であった。この句を見ていると、子規が「人情に基いた句を作れ」との言葉に込めた真意が窺知《きち》し得るようにも思われてくる。子規は、明治三十年、『日本新聞』に長篇評論「明治二十九年の俳諧」(後に、表題を「明治二十九年の俳句界」に改めている)を連載しているが、その明治三十年一月二十五日掲載分において、

俳句は元《も》と簡単なる思想を現すべく、随つて天然を詠ずるに適せるを以《い》て、元禄に在りて既に此《この》傾向の甚だしきを見る。明和・安永に至り蕪村は別に一機軸を出だし、俳句の趣向として天然を取ると共に人事をも取り、しかも其《その》点に成功するを得たり。

と記している。明治二十九年、子規、およびその周辺の人々(特に虚子)は、蕪村を通して俳句における「人事」的側面に大いなる関心を示していたのである。天外が伝えている子規の言葉「人情に基いた句を作れ」も、「人事」句とのかかわりにおいて見るならば、その意味するところ、自ずから明らかになってくるように思われるが、いかがであろうか。

そこで天外の〈日蝕やかツたい窓をのぞきけり〉の句であるが、「かツたい」は、「かたい」すなわち「乞丐」である。室生犀星が、後年(大正二年)「ふるさと」を「うらぶれて異土の乞食《かたゐ》となるとても　帰るところにあるまじや」(「小景異情」)と詠《よ》んだ、そこに出てくるところの「乞食」、「かツたい」である。「日蝕」という現象下、乞食が人家の窓を覗いているというのである。どこか侘《わび》

しく、心淋《うらさび》しい光景である。まさしく子規言うところの「人事」の句であり、また「人情に基いた句」である。

子規から俳句の指導を受けた天外であるが、その作品となると、まったくと言っていいほど知られていない。天外俳句作品の収集は、今後の大きな研究課題であるが、そんな状況下、この〈日蝕や〉の作品、貴重である。ほかには『明治大正文学美術人名辞書』の「小杉天外」の項に、

草の汁妹《いも》の腕《かひな》に染めんと思ふ

の一句が紹介されている。この句、後代（大正六年）の萩原朔太郎の詩「愛憐」（『月に吠える』所収）中の「女よ、このうす青い草のいんきで、まんべんなくお前の顔をいろどつて」の詩句、あるいは「おまへの美しい皮膚の上に、青い草の葉の汁をぬりつけてやる」の詩句の先蹤《せんしょう》をなすものであろう。すこぶる詩的な佳句である。そして、この句また「人事」句であり、「人情に基いた句」である。天外は、子規の指導に素直に従いながら作句に励んでいたのであろう。天外俳句の全貌、大いに気になるところである。その天外が、「未《いま》だ俳味といふことも分らず候へば云々」と、「俳味」なる言葉を用いていることも注意してよいであろう。例えば、夏目漱石の『吾輩は猫である』中編（明治三十九年）の中に「上田敏君の説によると俳味とか滑稽とか云ふものは消極的で亡国の音ださうだが」との文言が見えるが、明治二十九年の天外の使用は、「俳味」なる言葉の比較的早い時期の使用例かもしれない。そして、子規、および子規グループでは、比較的早くから「俳味」なる言葉で

俳句の要諦《ようてい》を語っていたのかもしれない。その影響下での天外の使用と考えるのが、自然であろう。

3　子規の句、二句

再び、アルス版『子規全集』の内容見本中の天外の「正岡子規と私」の文章に戻る。そこに子規の句、二句が紹介されている。

春風に吹かれて君は興津まで
病む人の病む人を訪ふ小春かな

である。〈春風に〉の句、今日、もっとも充実している講談社版の『子規全集』には、未収録。子規の新出句、ということになろうか。〈病む人の〉の句は、『寒山落木』中に明治二十八年（一八九五）冬の句として、

病む人の病む人をとふ小春哉

の句形で見える。新聞、雑誌などでの公表は、なかったようである。ほかに、明治二十八年三月から十二月末までの俳句作品を碧梧桐と虚子が筆録した『病餘漫吟《びょうよまんぎん》』の中には、

寄天外　病む人の病む人をとふ小春哉

と見える。となると、天外の「正岡子規と私」の記述の内容の信憑性は、俄然《がぜん》、大きくなってくる。天外は、左のごとく記していた。

私が病を得て小田原へ行つてゐた頃はよく俳句を作つたものである。興津に居つた頃わざ〳〵見舞いに来たりなどして、その都度私に句を賜られた。

春風に吹かれて君は興津まで

病む人の病む人を訪ふ小春かな

こんな句は、その時々に私のために詠まれた句である。

この天外の言葉が、信憑性のあるものであることが、先の『病餘漫吟』中に見えた〈病む人の〉頭書「寄天外」によって立証されたのである。だとしたら、

春風に吹かれて君は興津まで

の句も、子規の新出句として認定することに、もはや躊躇《ためら》いは不要であろう。先の大塚豊子編「年譜 小杉天外」によれば、明治二十七年の頃に、

この春、肺患を煩い、四、五月は修善寺や興津に遊び、健康の恢復《かいふく》を計った。

と見える。とすれば、子規の〈春風に〉の一句成立は、明治二十七年四月と見てよいであろうか。天外は、「正岡子規と私」の中に、

慥《たし》か明治二十七年だつたと思ふ、正岡さんは自分の新聞に私の処女短篇小説「どろ〳〵姫」を推薦してくれたりして私を可愛がつてくれる。

と記していたが、子規が編集主任であった『小日本』に、子規の推輓《すいばん》で天外の短篇小説「どろ〳〵姫」が、「撫浪漁史《ぶろうぎょし》」の筆名の下、連載をスタートさせたのは、明治二十七年六月一日のことである(天外が「辱知の恩」と記すところの実際である)。以降、六月十八日まで、全十四回の連載であった。この作品、美術学校生筆野《ふでの》伯爵令嬢艶子《つやこ》を主人公とし、中村不折の存在が隠見するすこぶる面白い小説であるが、今は省略する。興津での「健康の恢復」が功を奏しての連載ということであったのであろう。だとしたら、子規と天外との交流は「どろ〳〵姫」連載以前から、すでにはじまっていた、ということなのであろう。しかし、なんとなくすっきりしない。これは、偏《ひとえ》に小杉天外の側に詳細な年譜が備わっていないことによる。

が、今は、アルス版『子規全集』の内容見本の中に小杉天外の「正岡子規と私」なる小文を見出だし得たこと、そして、そこに子規の新出句を発見したことに満足しつつ、本節を閉じることにする。

注

第一章

（1）〈筑摩書房版明治文学全集〉『中江兆民集』所収の松永昌三編「年譜」による。

（2）『子規写生画』（講談社、昭和五十年）にカラーで収録されている。

（3）集英社版『漱石文学全集』別巻の荒正人著「漱石研究年表」による。

（4）『川柳四目屋攷』によれば、明治三十四年、明治書院より発行のものとのこと。

（5）今日、その大部分は国立国会図書館に、一部は河野記念文化館に蔵されている。和田克司氏稿「正岡子規の俳句分類日付別項目一覧上・下」昭和五十四年三月『大阪成蹊短大紀要』第16・17号を参照。

（6）詳しくは、『俳句界』平成二十二年三月号所収の拙稿「『七草集』あれこれ」を参照。

（7）『墨汁一滴』、および森田義郎編『平賀元義集』（彩雲閣、明治四十一年）を参照。

（8）昭和十二年、松本慎一氏の訳で岩波文庫に『フランクリン自伝』として収められており、今日では、松本慎一、西川正身両氏の共訳のかたちで同書を読むことができる。

（9）山下一郎著『鶯の谷　根岸の里の覚え書き』（冨山房インターナショナル、平成十九年）を参照。

（10）『拓川集 日記篇』（拓川会、昭和六年）を参照。

第二章

（1）拙著『俳句の発見 正岡子規とその時代』（NHK出版、平成十九年）中の「子規と松宇の親交」を参照。

（2）明治三十二年五月十日発行の『ホトトギス』第二巻第八号掲載分。この連載は、『俳句問答 下之巻』（俳書堂・金尾文淵堂書店相版、明治三十五年）に所収。

（3）土屋文明記念文学館編『群馬の作家たち』（塙書房、平成十年）の中に「倉田萩郎」の項があり、中里麦外氏が執筆されている。そこには「倉田萩郎は、明治二（一八六九）年、久森平左衛門（俳号烏暁）・塩原ともの三男として群馬郡榛名町室田に生まれた」と記されている。なお、丸山知良著『群馬の句碑』（みやま文庫、昭和五十四年）では「萩郎」を「しゅうろう」と読んでいる。

（4）俳誌『ほととぎす』（『ホトトギス』）は、明治三十年（一八九七）一月、柳原極堂によって松山市で創刊され、翌年十月、高浜虚子によって引継がれ東京で発行されることになり、今日に至っている（稲畑汀子主宰）。萩郎は、『ほととぎす』松山時代からの会員であったわけである。

（5）拙著『俳句の発見　正岡子規とその時代』所収の「子規と緑雨の俳句の貸借」を参照。

（6）本書第四章「新聞『日本』第一号を読む」を参照。

(7) 和田克司編〈子規選集〉『子規の手紙』（増進会出版社、平成十四年）巻末の「人物一覧」は、近藤泥牛の生年を慶応三年（一八六七）とする。

(8) 明治三十一年三月三十日発行の『ほととぎす』第十五号裏表紙に掲載されている『新俳句』の広告文の中に「此《この》書、三川、碧玲瓏二子の共編と云ふと雖《いえど》、実は子規の選と謂て可なり」との文言が見える。

(9) 詳しくは拙著『佐藤紅緑 子規が愛した俳人』（岩波書店、平成十四年）を参照。

(10) 「写真石版」による短冊の中にも紅緑の〈黄菊しら菊其《そ》のほかの菊も愛すかな 紅〉の作品があるが、広告では、そのメンバーの名前からも紅緑を外《はず》している。

(11) 例えば〈屋の内にきり籠をともす嵐哉〉（知られている句形は〈窓の内に〉）、〈しばられて片そよぎする芒哉〉（知られている句形は〈くゝりあげて〉）、〈稲の花束籬菊いまだ荅無し〉（知られている句形は〈荅なり〉）などの句形は、何によったものであろうか。ほかには見られない句形である。

(12) 小学館『日本大百科全書』、講談社『日本人名大辞典』を参照。

(13) 本書第三章「子規の愛した『猿蓑』」を参照。

(14) 同右

(15) 私自身、拙著『子規のいる風景』（創風社出版、平成二十三年）において、新出句と思われる作品を報告した。

(16) 平成二十一年七月十日付『愛媛新聞』掲載の拙稿「子規選句集「なじみ集」発見」を参照。

(17) 詳しくは、拙著『余は、交際を好む者なり 正岡子規と十人の俳士』（岩波書店、平成二十一年）を参照。

第三章

(1) 『俳諧問答』が、大野洒竹《しやちく》の校訂で俳諧文庫の一冊としての『許六集』（博文館）の中に活字化して収められたのは、子規生前の明治三十一年四月のことであるが、『俳諧大要』執筆時（明治二十八年）には、子規は、直接版本によって引用しているのであり、子規の博覧ぶりの一端が窺《き》知《ち》し得て興味深い。

(2) 「竪題」「横題」については、拙著『俳句実践講義』（岩波現代文庫、平成二十四年）を参照。

(3) 「動く」「動かぬ」については、拙著『本質論としての近世俳論の研究』（風間書房、昭和六十二年）を参照。

(4) 別に〈名月や海にむかへば七小町〉の句形が伝わるが、作品としては〈名月や湖水に浮ぶ七小町〉の方が上質。

(5) この板本『猿蓑』の書誌的事項については、前田利治氏解説『猿蓑』（勉誠社、昭和五十年）に詳しい。

(6) 拙著『俳句の発見 正岡子規とその時代』を参照。

(7) 詳しくは、拙著『子規との対話』（邑書林、平成十五年）所収の「子規の滑稽感の確認」を参照。

初出一覧

＊のついたタイトルは初出時と変更しています。

第一章
私註『病牀六尺』『図書』二〇一〇年八月〜二〇一一年一月

第二章
子規の参加した互選句会＊『文学』第11巻第1号　二〇一〇年一―二月
新資料　明治二十九年八月十五日付子規書簡『文学』第10巻第6号　二〇〇九年十一―十二月
子規の憤懣『文学』第9巻第6号　二〇〇八年十一―十二月
「ガラス戸」からの写生『麒麟』第二十号　二〇一一年三月
旅する子規〈道の手帖〉『正岡子規』河出書房新社、二〇一〇年
子規俳句と「明治新事物」＊『鬼』第24号　二〇〇九年十二月

第三章
子規と、虚子の「花鳥諷詠」論『鬼』第18号　二〇〇六年十一月
子規の「配合」論について＊『麒麟』第十四号　二〇〇五年三月
子規の愛した『猿蓑』『国文学 解釈と鑑賞』第75巻11号　二〇一〇年十一月
子規グループの人々と蕪村の滑稽句『鬼』第13号　二〇〇四年五月

第四章
新聞『日本』第一号を読む＊『表象としての日本―移動と越境の文化学』御茶の水書房、二〇〇九年
子規と閨秀作家中島湘烟『神奈川大学国際経営論集』第三十七号　二〇〇九年三月
子規と小杉天外＊『麒麟』第十八号　二〇〇九年三月

復本一郎（ふくもと・いちろう）

1943年愛媛県生まれ。早稲田大学卒。静岡大学教授を経て、現在、神奈川大学名誉教授。専攻は近世・近代俳論史。俳号は鬼ヶ城（おにがじょう）。著書に『俳句と川柳』『佐藤紅緑 子規が愛した俳人』『余は、交際を好む者なり 正岡子規と十人の俳士』『子規のいる風景』『俳句実践講義』など。

子規とその時代

2012年7月15日　第1刷発行

著　者―復本一郎

発行者―株式会社 三省堂 代表者 北口克彦

発行所―株式会社 三省堂
〒101-8371 東京都千代田区三崎町二丁目22番14号
電話 編集（03）3230-9411　営業（03）3230-9412
振替口座　00160-5-54300
http://www.sanseido.co.jp/

印刷所―三省堂印刷株式会社
ＤＴＰ―株式会社エディット

落丁本・乱丁本はお取替えいたします
©Ichiro Fukumoto 2012
Printed in Japan
〈子規とその時代・320pp.〉
ISBN978-4-385-36390-5

Ⓡ本書を無断で複写複製することは、著作権法上の例外を除き、禁じられています。本書をコピーされる場合は、事前に日本複製権センター（03-3401-2382）の許諾を受けてください。また、本書を請負業者等の第三者に依頼してスキャン等によってデジタル化することは、たとえ個人や家庭内での利用であっても一切認められておりません。